A noite sem *homem*

A noite sem *homem*

Orígenes Lessa

*Estabelecimento do texto,
apresentação, glossário e nota biográfica*
Eliezer Moreira

Coordenação Editorial
André Seffrin

São Paulo
2017

© **Condomínio dos Proprietários dos Direitos Intelectuais de Orígenes Lessa**
Direitos cedidos por Solombra – Agência Literária (solombra@solombra.org)
5ª Edição, Global Editora, São Paulo 2017

Jefferson L. Alves – diretor editorial
Gustavo Henrique Tuna – editor assistente
Flávio Samuel – gerente de produção
André Seffrin – coordenador editorial
Eliezer Moreira – estabelecimento do texto, apresentação, glossário e nota biográfica
Flavia Baggio – assistente editorial
Fernanda Bincoletto – assistente editorial e revisão
Danielle Costa – revisão
Tathiana A. Inocêncio – projeto gráfico
Mayara Freitas – capa
Nikada/iStock – foto de capa

A Global Editora agradece à Solombra – Agência Literária pela gentil cessão dos direitos de imagem de Orígenes Lessa.

Obra atualizada conforme o
NOVO ACORDO ORTOGRÁFICO DA LÍNGUA PORTUGUESA.

CIP-BRASIL. CATALOGAÇÃO NA PUBLICAÇÃO
SINDICATO NACIONAL DOS EDITORES DE LIVROS, RJ

L632n
Lessa, Orígenes

    A noite sem homem / Orígenes Lessa; estabelecimento de texto Eliezer Moreira; coordenação André Seffrin. – [5. ed.] – São Paulo: Global, 2017.
    il.
    ISBN 978-85-260-2310-9

    1. Romance brasileiro. I. Moreira, Eliezer. II. Seffrin, André. III. Título.

16-36453	CDD: 869.3
	CDU: 821.134.3(81)-3

global editora

Direitos Reservados

global editora e distribuidora ltda.
Rua Pirapitingui, 111 – Liberdade
CEP 01508-020 – São Paulo – SP
Tel.: (11) 3277-7999 – Fax: (11) 3277-8141
e-mail: global@globaleditora.com.br
www.globaleditora.com.br

Nº de Catálogo: **3924**

Espaço Cultural "Cidade do Livro", Lençóis Paulista

O escritor Orígenes Lessa.

Sumário

Terceira parte

Um Orígenes Lessa
excepcional

O lugar de *A noite sem homem* parece, à primeira vista, um ponto meio fora da curva no conjunto da obra de Orígenes Lessa. O microcosmo da história é um bordel de beira de estrada chamado Quilômetro Seis, em algum local na divisa entre Rio de Janeiro e Minas Gerais, nas proximidades de Além Paraíba. Para conferir classe ao estabelecimento, selecionar clientela e rebaixar sua concorrente Maria Navalha, o dono da casa, Salomé – o homossexual Raimundo Teofrasto de Souza, conhecido na intimidade como Salô –, resolve aumentar o preço do michê, deflagrando com isso uma greve de sexo das prostitutas. Ao ver desaparecer a clientela, na maioria de pobres assalariados, elas decidem forçar seu empregador a baixar o preço para terem a freguesia de volta. Apesar do imediato paralelismo que possa suscitar com *Lisístrata*, a peça de Aristófanes, não é a mitologia – o tema da guerra de sexo das mulheres atenienses para forçar seus maridos a pôr fim a suas guerras eternas – que torna *A noite sem homem* algo excepcional na obra de Orígenes Lessa.

Depois de *O feijão e o sonho* (1938), Orígenes publicou cinco outros romances – *João Simões continua* (1939), *Rua do Sol* (1955), *A noite sem homem* (1968), *O evangelho de Lázaro* (1972) e *Simão Cireneu* (1986). Nos intervalos, publicou centenas de contos, seu gênero por excelência, novelas, reportagens, ensaios e dezenas de infantojuvenis. Embora *Beco da fome* (1972) e *O edifício fantasma* (1984) possam ser considerados romances em algumas listas classificatórias, julgamos que são novelas e que só os seis títulos mencionados fazem parte da obra romanesca do autor. É curioso observar que após *A noite sem homem*, profano sob todos os aspectos, Orígenes Lessa tenha escrito seus últimos dois romances baseados em personagens bíblicos. Parece uma ruptura em relação ao romance anterior, mas não. Entre outros aspectos, é essa suposta ruptura que faz este *A noite sem homem* parecer um ponto fora da curva no conjunto de sua chamada obra adulta.

Aos 21 anos de idade, após abandonar o Seminário Teológico, desistindo da carreira de pastor, a mesma do pai, Orígenes deixa também a casa paterna, no auge de uma crise religiosa-familiar que o levou a se mudar para o Rio, onde passou maus pedaços antes de iniciar sua carreira. Aquele conflito de origem parece ter permanecido no homem e no escritor, uma vez que em quase toda a sua obra ficcional adulta é possível distinguir certa tensão entre o moralismo e o comedimento de uma formação cristã-presbiteriana e a necessidade de libertar-se de todos os preconceitos e amarras morais quando se trata de enfrentar em literatura os chamados temas mundanos, entendidos como tal os relacionados ao sexo e à prostituição, de que *A noite sem homem* é a expressão máxima na obra lessiana. Tal tensão se verifica tanto na atitude e na linguagem dos personagens como na do narrador em quase toda a obra adulta. É assim no conto-título do seu livro de estreia, *O escritor proibido* (1929), em que certo autor licencioso e amoral tem sua presumível permissividade posta à prova quando moças desinibidas chegam à pensão onde ele mora e uma delas, deslumbrada de conhecê-lo, quer seduzi-lo a todo custo e se decepciona com o rapaz tímido e recatado. Chega a ser cômica a cena de namoro de Campos Lara e Maria Rosa em *O feijão e o sonho*, os noivos levam uma eternidade para ousarem um primeiro toque das mãos e o primeiro beijo.

Em meio à constância dos temas de circunstância, essencialmente líricos e "puros", em contos como "As cores", "A aranha" e "Pensão Alegria", ou cômicos e grotescos, como em "Milhar seco", "Sete-garfos" e "O morto", aos poucos Orígenes se reaproxima dos temas sensuais e mundanos em outras obras antológicas da narrativa curta, como "Dona Beralda procura a filha", "Triângulo" e "O homem nas mãos", entre outras. Nessas últimas ainda é possível identificar aquele sentido de tensão entre o obsceno e o permitido, entre a liberdade e a conveniência, que caracteriza sua prosa e que a torna, em certo sentido, comedida na linguagem. É isso – esse comedimento – que vai se romper de forma quase radical neste romance. E se essa ruptura não chega a ser completa é porque Orígenes avança apenas até aquele ponto extremo e sensível aonde o tema e a linguagem lhe permitem chegar sem quebrar a unidade fundamental que caracteriza o conjunto de seus romances e contos. Talvez exatamente por isso o diálogo – ponto forte da estilística do autor – tenha sido adotado aqui, mais do que em qualquer outro romance, como a forma estruturante do enredo. É pela conversação dos personagens que se conta e se sustenta a história, com o mínimo de intervenções de uma voz narrativa exterior teoricamente mais sujeita à autocensura.

Mesmo assim, para dar vida ao Quilômetro Seis e a suas personagens desbocadas – um mundo até então ausente do seu horizonte temático costumeiro –, Orígenes Lessa recorre a um virtuosismo no manejo da língua que resulta em verdadeiros achados. A fim de não quebrar a elegância de sua prosa num ambiente em que o tabuísmo é a regra absoluta, surgem pérolas de eufemismo do tipo – "Me cantou pra me botar no brioso" – "Ora, minha filha, vai tomar no útero" – ou ainda – "Vai tomar no redondinho, tá bem?", e assim por diante. Mesmo no falar das prostitutas – para não fugir à regra – o narrador destaca algumas que evitam o palavrão "como ponto de honra". Ainda assim, o tratamento que se dá ao tema é próximo do documental. Sabe-se que Orígenes Lessa fez o que hoje se chama "laboratório", convivendo no local com as mulheres que seriam suas personagens ou mesmo levando algumas para entrevistá-las em casa. Sem o saber resultante de tal experiência teria sido impossível, por exemplo, para o autor, tecer as considerações íntimas de uma prostituta sobre o que as mulheres da zona consideram um "acidente de trabalho" dos mais traumáticos e dolorosos na vida das profissionais do sexo: a gravidez e sua consequência, o aborto.

A própria escolha desse microcosmo e a maneira de retratá-lo – sem o picaresco galante de *Memórias de um gigolô*, de Marcos Rey, outro romance do período a abordar a prostituição, e sem a atmosfera de opulência cacaueira e festiva dos cabarés de Jorge Amado – refletem o espírito da época em que o livro foi publicado, aquele 1968 transgressor e rebelde, e explica também a ousadia de Orígenes Lessa até do ponto de visto político, pois se distribuem pela narrativa certas alfinetadas nada sutis ao regime militar no seu momento mais violento. Em certa altura, dizendo-se enojada de homens, uma prostituta confessa à colega que se tivesse a grana não daria o corpo nem para o presidente da República. Ao que a outra responde: – "O sem-pescoço? Esse não me comia nem que me desse todo o dinheiro do mundo!", em alusão a Castelo Branco. Portanto, não deve ter sido apenas por razões morais que *A noite sem homem*, adaptado para o cinema em 1976 num filme estrelado por Ítala Nandi, com direção de Renato Neumann, tenha ficado retido pela censura até a liberação, em 1980, com cortes. É, pois, em razão desse tom crítico e realista e da magistralidade dos diálogos que *A noite sem homem* é uma excepcionalidade na obra de Orígenes Lessa – um romance que, embora sem contar com a quantidade de reedições de *O feijão e o sonho*, a nosso ver não deve nada à qualidade inquestionável da obra mais popular do autor.

Eliezer Moreira

A noite sem
homem

Primeira parte

A freguesia, embora relutante, concorda. A fila se forma, interminável, prolongada no escuro. Nem por isso, calma. Tumultuosos, tumultuários, os homens raivam, rugem, tomados de febre. Palavras altas, grossos palavrões, confusos gestos. Voz engrolada, quase todos. Muitos cambaleiam, num meio-balé grotesco, na mão a garrafa de cerveja ou o cuba-libre, gelo cantando nas bordas do copo.

– Helena! Helena!

– He... lená!

– He... lená! He... lená!

No escuro distante dois desconhecidos disputam lugar, o bofetão mal esboçado, o movimento mole, o olhar parado, a voz pastosa. Um terceiro tenta apaziguá-los. O primeiro reage:

– Não te mete a besta!

O segundo confraterniza com o adversário eventual:

– Não te mete a besta, que amanhã é sexta...

– É quinta! – corrige uma voz.

Toda a fila se dobra de riso. Oscilante colubreia, cantando de novo:

– He... lená! He... lená!

Ela vê a pilha de fichas. Quantas? Seis... Oito... Dez... Vai receber muito mais. A fila é grande. ("Tem mulher se danando de raiva...")

– Pode entrar mais um?

– Deixa eu me vestir.

Sobre o corpo nu o vestido vai descendo. Elizete aconselha:

– Não precisa abotoar, Leninha. Senão, não dá tempo. É gente pra chuchu.

– Manda brasa!

O freguês entra, olhar afogueado, ficha na mão.

– Tira a roupa, meu filho.

– Tire só você.

Helena, feliz, ergue os braços, o vestido sobe. O freguês devora-lhe a beleza das coxas bem-feitas. O rosto escondido no vestido que sobe, Helena recolhe um uivo de deslumbramento. Os seios devem ter surgido, de caber, durinhos, numa concha de sopa. Ou de mão. É noite grande. Deus olhou lá de cima, pensou bem e disse: "Hoje é a noite de Helena". Os fregueses só querem olhar. Um após outro, apenas olhar. Dois haviam tocado. Um tentou sugar-lhe a pontinha do seio, excitada por desejos alheios. Mas era tal a beleza de Helena aquela noite que ele recuou o carão de olhos desvairados, para ver melhor. Depois, contemplou o vestido jogado na cama, vê caída no chão a calcinha negra, de renda cheirando a mulher.

– Posso levar?

– E eu fico sem? A fábrica é nos Estados Unidos, meu filho.

– Tá...

– Você não vem?

– De outra vez. Hoje eu quero só olhar. Deus te ajude!

No corredor a fila continua ondulante, cantochão monótono se quebrando no escuro:

– He... lená!

– He... lená!

("Tem mulher se danando de raiva...")

A porta se abre. Roldão de povo. Helena grita, assustada. As fichas caem, tilintando, beijando-lhe os pés.

– Me visto primeiro? pergunta a Elizete, que tenta controlar a multidão.

– Fica nua – sugere Elizete.

– Continua! – grita uma voz.

– Fica nua! Continua! Fica nua! Continua! – outras vozes cantam.

– Helena, quem brilha é você!

Eles se despiram? Não. Camisa esporte, macacão, blusão de couro. Tem um de *simoque*.

– Te deita, Helena.

– Mas...

– É só pra olhar...

– Basta ver...

("E tem gente que não acredita em Deus Nosso Senhor!")

Está começando outro rolo, na treva ruidosa. Ouve-se a palavra de Bacurau e de Elizete, acalmando os espíritos.

– Mais um cuba-libre!

– Chuta esses caras!

Os fregueses, no quarto, se assustam.

– A gente volta outra noite, Helena... A gente volta...

E, como por milagre, se desfazem no espaço. Helena olha o chão, apreensiva. Apanha as fichas, de barulhinho ao tocar-se, aumenta a pilha no pechiché desarrumado.

– Pode entrar mais cinco?

– Suruba, não.

Uma voz, mais cachaça que gente, faz-se ouvir:

– Hoje basta você dançar, Helena! Basta dançar!

Ela contempla o miniquarto em confusão. Dançar onde? A porta se abre, tímida. Elizete, de novo.

– Se não entra cinco de cada vez, ninguém dorme nesta casa. E te despacha, mora?

Entra o primeiro, respeitoso, estendendo-lhe a mão:

– Sua ficha, querida!

– E a minha, morena do cabelo cacheado!

– Mais uma, Condessa de Brancaflor!

– Eu comprei duas, só pra te ajudar, Princesa de Alexandria!

– Posso pôr a minha em cima daquela pilha?

Helena sorri, complacente. Entrega-lhe as fichas.

– Bota lá estas cinco.

O freguês obedece, orgulhoso e humilde, lisonjeado pela espontânea prova de confiança:

– Às ordens – diz Helena.

– Ri pra nós – pede o primeiro.

Helena obedece, um ponto de ouro num dos incisivos.

– Ê dentadura bonita! É natural?

Com o polegar de apoio, atrás dos dentes, o indicador fazendo pressão, Helena demonstra, com eloquência, a firmeza dos dentes.

– Quer ver?

– Eu acredito. Dentadura igual, só talhada no céu. Benza-te Deus.

– Amém.

A pilha subiu, os homens se dissolvem.

Helena abre a porta, rapidamente vestida. Pergunta modesta:

– Mais algum, Elizete?

E os homens vão chegando, a ficha na mão, já se ergueu quase um palmo de fichas. Um deles entra nu. Helena se choca.

– Ué!

– Desculpa, meu anjo. Foi afobação.

E se enfia, muito ágil, no *blue jeans* rustido, cueca e camisa no braço, como garção atarefado, entregando-lhe a ficha.

– Aos teus pés, mulher divina!

– Bondade sua...

– Justiça, Rainha da Primavera de Porto Novo!

– Justiça, não – protesta Helena. – Tenho horror dessa palavra.

– Isso não é palavra, é palavrão. No Brasil é palavrão – diz outro freguês, servil, procurando agradar.

– He... lená! He... lená! – cantam muitos, e o canto se prolonga na fila sem fim, já ganhando gosto de samba no bater cadenciado das fichas por depor-lhe nas mãos.

Já deve ser dia. Está calor. O quartinho fechado é forno escaldante, de cheiros impróprios. Helena se cansou. Já recebe deitada. Os fregueses vão entrando, as rodelinhas plásticas, de várias cores, com o símbolo da casa – KM 6 – que Salô fez questão de mandar gravar em São Paulo, para evitar roubalheira. A primeira pilha está longe, no pechiché de mau gosto. As novas estão agora na cama, ao seu lado, subindo sempre, já quase da altura de um travesseiro. Helena se encolhendo, que não caiam no chão. Mal lhe resta espaço para se estender passiva e intocada, sob os olhos ávidos e castos da grande noite milagrosa.

– Ei, boneca, eu também quero dormir! O que que há? Te afasta!

Revoltada com tamanho desrespeito, Helena encara, com fúria, o incrível freguês. Que não vê. A voz insiste:

– Chega pra lá, bicha louca! Eu também pago cama, minha filha. Tenho direito, né?

Não lhe dá na cara, que ele não tem rosto. É o único freguês sem rosto aquela noite. Só tem voz. E voz insultante, a sacudi-la com força.

Helena, temerosa de que as fichas caiam, se encolhe ainda mais, acariciando a montanha sagrada, de todas as cores, dinheiro de sobra para comprar aquele castelo, no caminho de quem vai para Porto Novo, vindo de Belo Horizonte.

– Ei! ei!

O animal a sacode outra vez, primeiro a tratá-la com brutalidade de homem naquela noite de libertação.

Helena protege com o corpo o tesouro ajuntado com a graça de Deus. Só podia ser ladrão. Tem de haver sempre um filho da mãe para estragar a festa na hora melhor. Com certeza quer arrebatar-lhe as fichas. Vai receber seu dinheiro ("Tomara que Salô não pague") ganho com tanto sacrifício ("Pensa que olhar de freguês também não cansa?").

O freguês invisível fala agora mais alto. Deve estar gritando. Toda gente deve estar ouvindo. ("Tomara que venha socorro!")

– Ei, pistoleira de uma figa! Nunca vi porre maior! Chega pra lá, que essa cama é também da mamãe!

Recolhendo as fichas contra os seios nus – e muitas estão caídas no chão, seu grande medo –, começa a tomar conhecimento de outras vozes, os homens se esfumam. As vozes são agora de mulher. Vozes, gargalhadas. Havia cerrado os olhos, com pavor. Vai abrindo aos poucos. Vai entendendo. É Divina, que lhe cedeu a metade da cama, para uma economia de 500 pratas na diária, pesada em tempo de michê vasqueiro.

Vai arrumando as ideias. Sim, é Divina, rindo grosso, os olhos vermelhos, a testa vincada. Mas ainda procura refúgio no sonho.

– E as minhas fichas? – diz, não querendo aceitar a realidade. Há um sabor de gargalhada na voz:

– Ué! Tu fez algum freguês?

Helena já não tem ilusões. Agora tudo é clareza e aflição de espírito.

– Nem eu – acrescenta Divina. – A cana tá dura, minha filha!

II

– Que horas são?

– Dez e meia.

– Ai a minha xoxota! Eu nem vi quando me deitei! Foi um sono só. Você acordou faz tempo?

– E você acha que eu dormi?

– Não são dez e meia?

– Bolinha, mora?

– Tu é maluca!

– E sem bolinha eu vou aguentar a noite sem cair de sono na cara do freguês? Eu ando na última lona!

– Então deita aí, tira uma pestana.

– Eu agora tô ligada até segunda-feira, minha filha. Nem coruja fica de olho mais arregalado...

Apanha, distraída, um sutiã, examina-o, pensamento longe.

– Quanto custou?

– Duzentos.

– Duzentos mil?

– Tu é louca! Duzentos cruzeiros.

– Só?

– De entrada. Depois eu me mandei pra cá. O cara vai ficar puto da vida!

– Isso é sujeira. E não é bom. Eles rogam uma praga filha da mãe.

– Deixa pra lá. Deita...

Divina está desanimada.

– Adianta não. Tô ligada, minha filha. Que nem coruja.

Sorri.

– Quem será que deu bolinha à coruja, hein? Bicho mais sacana...

– Esse é que dá peso.

– Dá nada. Quem caiu nesta vida já tem peso bastante. Pode zombar até da mãe da coruja.

– Facilita...

Divina olha, com uma vaga concupiscência, o corpo da amiga nova, recém-chegada de Barra do Piraí.

– Quando algum freguês pedir uma suruba eu te chamo, tá?

– Tá. Mas eu não vou só pela ficha. Pra me pegar numa suruba, o cara tem de entrar com a nota...

– Claro. Eu tenho dois ou três fregueses que, em começo de mês, me chamam. Tem um coroa de Juiz de Fora que é fogo! Quando ele recebe a grana do laticínio se manda pra cá feito um tarado, eu vou te contar...

– Me avisa. Nunca andei tão tesa.

– Você? O mulherio todo! Ou tudo quanto é homem tá ficando brocha...

– ...E como tá!

– ...ou tem uma miséria de dinheiro por aí que nem Cristo arruma!

Passa a mão na coxa de Helena.

– Nossa! Que macieza de pele! Uma seda!

– Mas vai tirando a mão, minha filha.

Vê uma nuvem de desapontamento no olhar da colega.

– Não tou querendo ofender, garota, mas mulher, não. Meu negócio é homem.

– Eu também. Só topo mulher quando eles pagam. Mas fingindo, o que que há?

Helena fecha o olho esquerdo, afasta a cabeça, com um brilho malandro:

– Eu, hein?

– Palavra! Olha: hoje nem homem eu aguento muito. Tenho nojo de homem. Eu acho que, se tivesse a grana, não dava nem pro presidente da República...

– O sem-pescoço? Esse não me comia nem que me desse todo o dinheiro do mundo!

– Ele te botava em cana.

– Vida filha da mãe esta nossa, Virgem Maria!

– Deus que me perdoe.

– A gente tem de topar cada entulho! Lá em Barra do Piraí – você já esteve lá?

– Dizem que é uma merda...

– Poça! É flórida! Lá tem um cara barrigudo – uns 200 quilos! – que nunca tomou um banho, tá bem?

– E aqui? Tu pensa que é diferente?

– Mas algum deles já encarnou em você?

Três quartos além rebenta o barulho. Gritos. Insultos. Correria.

– Olha o rififi começando! – diz uma voz fresca, divertida, no corredor. Há gargalhadas.

– Arranca a peruca dela!

– Cadela é a vovozinha!

Ressoam tapas. Salô intervém, ofegante, a voz meio rouca, exigindo respeito.

Tem freguês dormindo no 12. Tem freguês no 18. O juiz de menores disse em casa que ia pra Belo Horizonte, queria sossego.

– Vocês querem que ele feche a casa? Querem morrer de fome? Tão de barriga cheia, estão?

Baixam as vozes, começo de paz:

– Tão brigando por quê?

– Tu já viu mulher brigar a não ser por causa de macho? – pergunta Divina.

– Eu não brigo. Por causa de macho, não. Não desço da minha dignidade. Por freguês, pode ser. É outra coisa. Mas só se o freguês é bom, é meu mesmo, e a mulher vai cantar o cara sem ele chamar. Se ele escolher por vontade própria, eu nem te ligo! Freguês não falta...

– Bem que falta, minha filha...

– Bom... mas o homem tá pagando, tem o direito de escolher. E depois, homem é assim mesmo. Não tem fidelidade. Gosta é de variar. Vida de pensão ensina muito a gente...

– Foi aqui que eu perdi a minha inocência...

– Aqui?

– Não tô falando de cabaço, tô falando de ilusão. Eu perdi aqui tudo quanto é ilusão que eu trazia. Homem não vale nada...

Pousa os olhos demorados nos seios da amiga. Começa a despir-se.

– Vou ver se tiro uma pestana. Bolinha é fogo!

Olha, surpresa, a rapidez daquele mergulho no sono. Bolinha? Talvez nem dinheiro tivesse para a compra. Miserê geral, no duro. Bolinha era papo. O corpo era uma coisa largada, de ar infeliz. Uma voz, no corredor, cantava:

Quero que você me aqueça neste inverno
e que tudo mais vá para o inferno!

Helena continua a canção mentalmente, contemplando o moreno sem vida do rosto cansado, o ligeiro buço orlado de gotas minúsculas de suor, o cabelo escorrendo espetado, testa abaixo. Aquela expressão de inocência das mulheres dormindo, conhecia de muito. Ergue-se, veste a calça, justa nas curvas, passa o pente no cabelo seco.

– Ainda vou acabar careca... Bonito... A puta careca... – pensa com tristeza, percorrendo com os dedos os fios duros, de cor fugidia, que as manobras dos cabeleireiros vinham, pouco a pouco, massacrando.

Acende a lâmpada, num estalido, para ver melhor a colega.

– No dia em que eu ficar com os seios assim, bebo lisol.

Muda de ideia.

– Burrada. A gente pode não morrer e fica sofrendo pra cachorro. Eu, hein?

Está cansada de tentativa de suicídio. Pra valer ou de puro cartaz. Só mulher rampeira, que não pensa, estraga o corpo sem ter certeza de morrer. Depois, como é que vai fazer a vida? Queria cretina maior que a Sueli, de Barra Mansa? Jogar fluido de isqueiro na roupa – vê se pode? – e tocar fogo! É muita estupidez! E tudo por causa de homem, já pensou? Nem morreu, nem o cara voltou. Inda saiu se gabando. Tremendão! E aquelas vacas se esfregando nele, se oferecendo... A Vanda prometia até dinheiro. Tinha cisma com chofer de praça.

– Eu te garanto 50 mil por mês, tá? Mas tu não me faz sujeira, senão eu te corto o saco!

Enquanto isso, a infeliz ficava dois meses no hospital, tinha de passar pela humilhação de voltar para casa, em São João de Meriti, até melhorar, comendo o feijão azedo do pai, incapaz de compreender a desgraça de uma filha. A mãe compreendia. Mãe compreende sempre. Mas pai é homem. Todo homem é filho da puta. É rara a mulher que cai na zona por fazer gosto nisso. É destino. Do destino não teve esse um que escapasse. Não tem. Deus traçou. "Minha filha, tu vai ser puta, tá bem?" E é sair de cabeça baixa e aguentar a mão, que não tem outro jeito.

Enfia de novo os dedos nos cabelos, puxa-os como ancinho de volta, deixando-os arrepelados e duros. Vai buscar o espelho, se mirando nele. Nem fantasma. Nem que tivesse visto um fantasma. Parecia cabelo de negra, em ventarola. Corre a mão, rápida, amansando e baixando os fios sem vida.

– Macho que me visse assim, o pissirico nunca mais levantava. Pelo menos pra mim. Nossa!

Contempla o busto nu, reconfortada.

– Nunca mais pinto o cabelo, juro por Deus!

Põe reparo em Divina. Os mesmos cabelos ressequidos.

– É... antes de pensar naquela casinha pra mãe, perto de Porto Novo, tenho de batalhar muito. Sem uma boa peruca ninguém faz a vida sossegada. Tendo uma, o cabelo que se dane! A gente gasta uma nota, mas depois economiza...

Da salinha de estar o vozerio se eleva outra vez. Fragor de louça quebrada. Vaso, pelo jeito. Gritos. Corrida. Abre a porta. Agarrada pelos braços, debatendo-se contra Salô que a ameaçava de expulsão, vem Marlene. Deblatera, quimono aberto, pancada ou chupão na coxa esquerda.

– Não admito! Eu quebro a cara dessa desgraçada!

Volta-se para a saleta.

– Vaca! Vagabunda! Escrota!

Num repelão, safa-se das mãos que a sujeitam, Salô se afasta, beicinho ofendido:

– Estúpida! Bruta!

Marlene avança para Salô, o indicador apontado para o rosto que recorda uma varíola quase mortal, anos antes, no sertão do Crato.

– Eu pago o vaso, tá me entendendo? Eu pago! Pode descontar do meu michê, do único michê que eu fiz ontem. Tou me lixando. Pode até cobrar multa.

Cobre uma dúzia de vasos, se quiser. Nem-te-ligo! Mas o aviso fica: mulher que ofender minha mãe, eu dou na cara! Me chame de tudo, me xingue à vontade, me chame de puta – eu sou! – mas não me chame de filha da puta! Minha mãe, não – tá me entendendo? – Minha mãe, não!

Num dengue desmunhecado, Salô procura explicar:

– Mas filha da puta é maneira de dizer, não ofende ninguém...

– Pra quem não tem moral, ouviu? Pra quem não tem! Eu, graças a Deus, tenho – remata Marlene.

IV

A porta do 12, de pinho barato, pintada de azul, tem um gemido de ferragem nova. Uma coisa gorda, em forma de homem, o ventre redondo, surge de peito nu e barriga estourando, numa calça de pijama listrado.

– Bom dia, bonecas!

– Oi!

Detém-se, risonho, no meio do corredor.

– Vocês são fogo na roupa! Depois das nove ninguém pode dormir nesta casa.

– Ué! – diz Kátia Loura, os olhos vermelhos, à porta do 11. – Vai me dizer que o velhinho veio aqui pra *dormir*...

Ele faz um ar modesto.

– Tô na idade, não é?

– Morde aqui! Quer me pagar dez abobrinhas cada pingolada? Olha: eu deixo até por cinco...

Salô faz um ar sério:

– Kátia, o doutor é freguês da Vera Lúcia...

– Ué. Então eu não sei? Eu tô falando de pingolada é nela mesmo. E de piada, ora essa! A gente não pode brincar? Coisa que eu respeito é freguês de uma colega...

Volta-se para as companheiras:

– É ou não é? Alguma vez eu tentei tirar freguês de alguém? Podem falar! Eu não sou como algumas...

– Nem eu...

A alteração vai recomeçar. A coisa gorda, as maminhas quase femininas balançando, está no seu elemento:

– Calma, bonecas! Eu não sou de ninguém, eu sou de todas! Quem me quiser, aproveite enquanto é tempo... Onde é o chuveiro?

Kátia continua:

– Não sabe, não é? Quer que eu ensine o caminho, meu filho?

– Deixa. Não quero saber de agravos nem de embargos. Eu quero é sossego.

Sai arrastando as banhas. Dá com Helena.

– Cara nova, hein?

Helena fica séria. Ele enfia os olhos pela blusa aberta.

– Seio novo, hein?

Ri grosso.

– Posso tirar uma carona?

E faz gesto de beijo. Helena se afasta.

– Sai pra lá.

Acorre Salomé.

– O que que há, Helena? Você não conhece o doutor? É o juiz de menores.

– Eu sou maior.

– Não vai criar caso, vai, minha filha?

Volta-se para o juiz, numa cortesia da casa:

– Beija, doutor. Ela faz gosto...

A coisa gorda limpa os lábios com um correr de braço na boca melosa. Aproxima-se. É o *gentleman*. Curva-se, respeitoso.

– Com licença...

Descerra a blusinha, os seios perfeitos.

– Oba!

Alguém, no 22, liga o transistor.

Uma voz empostada informa: "Chove torrencialmente no Rio".

– "... proporções de apavorante, avassaladora catástrofe! Mais de vinte acidentes fatais..."

– Abaixa essa porcaria! – grita uma voz, logo atendida.

Kátia e Berê correm para o 22. A cena do juiz não interessa.

– Desgraça é comigo! – diz Berê.

O juiz, num riso gordo, os olhos acesos, acaricia, com as mãos espalmadas, o ventre redondo.

– Dá licença, minha filha. É só provar... Não tiro pedaço...

Deposita um beijo casto, volta-se para as mulheres:

– De fufa!

Se atraca de novo, Helena impassível.

– Ih! Que coisa mais feia, Nossa Senhora! – diz Lídia que chega, tapando os olhos. Ela é menor, doutor!

O homem se sente realizado:

– Está sob a proteção do papai. É a especialidade da casa...

Soam gargalhadas.

– Querendo mais uma caroninha... – diz Lídia.

– Ei, suas piranhas! O que que há? Que frescura é essa?

É Vera Lúcia, bem-humorada, deixando o 12.

– Vai pro chuveiro, seu tarado. Chifre na mamãe, de jeito nenhum!

Rebolando, as banhas se vão.

– Bonecas, eu volto!

Salô sorri, complacente.

– Dr. Lima é de morte!

Vira-se para Helena:

– Coração de ouro! Um dos melhores amigos da casa! Tem me ajudado muito! Problema de menor, ele resolve sempre! Eu já tive três casas: poucas vezes conheci um freguês tão respeitador, tão generoso...

– Freguês da mamãezinha – afirma Vera Lúcia, palmadinha no peito, olhando Helena em desafio.

– Por mim, pode enfiar no rabo...

V

– Me dá um cigarro, Tatuzinho?

– É a mãe!

– Mas me dá um cigarro!

– Pede pra tua mãe.

– Eu não tenho. Você sabe que ela já morreu, com a graça do bom Deus – afirma Avelina.

Sueli Morena, procurando expulsar do ventre, com massagens circulares, a acidez que a sufocava (não havia uma desgraçada que lhe cedesse um Sonrisal, gente mais morrinha...), encara a colega, escândalo nos olhos:

– Você tem coragem de dizer que, graças a Deus, sua mãe já morreu? Você, hein?

Acariciando a barriga em ponta, numa doçura distraída, Tatuzinho fala:

– E você queria ela viva, pra acabar descobrindo que a filha dela trabalha num puteiro?

– Ué! Trabalha porque quer...

– Ah! Sim? Só se é você...

Há um silêncio, Ivonete pede:

– Bacurau, me arranja uma Brahma!

Volta-se para as companheiras:

– Alguém quer rachar?

– Eu topo – diz Kátia Loura, chegando do 22, cheia de notícias negras. – Estou até de estômago virado. Tá desabando casa no Rio que é uma perdição. Numa, desenterraram três crianças – Deus que me perdoe! Tudo morto, de cabeça esmagada. Nossa Senhora! Nunca vi!

– Sai pra lá – diz Avelina. – A sorte é morrer.

– Você acha?

– É sim. Viver pra quê? Me conta... Inda mais no morro...

Dirige-se a Kátia:

– Menino ou menina?

– O quê?

– A criançada que se estrumbicou...

– Parece que um garoto e duas garotas.

– Taí... O menino podia ser bicha. As garotas acabavam na vida. Não é melhor morrer enquanto é tempo?

– Essa não! – interrompe Sueli Morena. – Eu tenho três filhos. Se Deus me ajudar – e Deus comigo nunca deu um fora – eles vão crescer muito na distinção e não vão me envergonhar, isso eu garanto. O Arturzinho tá com seis anos e não vai acabar veado, de jeito nenhum! Outro dia eu tava sentada lá em casa, de perna cruzada, como a gente faz aqui pra arretar freguês, e o sacaninha de pau duro, me olhando nas coxas...

Ivonete, com um palito quebrado vadiando nos dentes bonitos, a saia à altura de freguês na sala, tem um riso incrédulo:

– Essa não! Ele tem quantos anos?

– Seis.

– Tesão de mijo, minha filha, o que que há?

Sueli reage ofendida:

– Você quer me ensinar o que é tesão? Quem sabe se eu sou algum cabaço?

Kátia Preta chegara um pouco antes. Ouviu o final da conversa. Tem o seu depoimento.

– Criança é fogo. Hoje em dia é fogo! O meu também. Brincadeira dele é pegar em xoxota de garota. Escreveu, não leu, manda a mão. É garoto filho da mãe! Vai ser do diabo, se Deus quiser, machão pra chuchu! E olha que o pai dele não era essas coisas...

Sueli já se desinteressava pela discussão, pensamento nos filhos. Presente de aniversário não vai comprar na ocasião. Pode estar dura, não quer filho seu de olho comprido, chorando no escuro, pensando em brinquedo que os outros ganharam. Já está comprado. O ano passado não fez assim, se deu mal. Na hora não pôde comprar a boneca prometida para Virgininha (chamou de Virgínia pensando em Nossa Senhora, pra ela não se perder antes do tempo, o bonito é levar os três até à noite do casamento, ali, na ficha, pro noivo tirar). Não pôde comprar, quase morreu de vexame. Felizmente Deus é grande. Mandou um freguês de Taubaté, que passou na cidade e até falou em amigação. Não houve. Destino não quis. Mas, embora com atraso, na semana seguinte ela deu uma boneca ainda maior, anunciada na televisão. ("Tava ajuntando, sabe, querida? Tava esperando o ordenado da quinzena pra completar. Eu queria te dar uma boneca pra valer, como ninguém ainda teve nesta rua, nem filha de doutor, tá bem?" "Ih!, mamãe, você é uma santa, faz até milagre!") Santa, hein? Franze a testa, volta-se para Avelina:

– E minha filha não vai acabar na vida, tás me entendendo? Eu rezo toda noite. Fé em Deus eu tenho! Michê que eu faço, antes de pagar qualquer conta, uma parte eu separo. É sagrada... Pra filha minha nunca ter precisão... Pra nunca ter de vender o corpo.

– Ué! Se não vende, dá... Isso é batata – diz Tatuzinho.

– Dá tua mãe, sua escrota!

Olha-a com desprezo, certa de que nada a ofende mais que o apelido grotesco, seu retrato fiel. E quase sem transição:

– Ta... tu... zi... nhô!

Paciente, a ofendida nem sequer ergue a voz:

– É a mãe.

E acaricia distraída o ventre estufado. Mais cinco meses será mãe também.

VI

À porta, de fora, alguém espia. Sandra, até então alheia a tudo, cruza as pernas, liberando paisagens, acende um cigarro. O estranho hesita alguns segundos, prolonga o pescoço, ensaia dois ou três passos, olha, sai.

– Descruza as pernas, Sandra. Não perde tempo. Esse cara é manjado. Não é de nada – esclarece Olho de Cobra.

Kátia o conhece também. Estende o lábio desdenhoso:

– Pra mim, ele vem dar uma olhada, ver se a irmã tá por aí...

– Ou a mãe – sugere Tatuzinho.

Há um silêncio. Helena contempla a colega:

– Quantos meses?

– Um caralhão. Ando puta da minha vida.

– Você vai deixar?

– E eu vou tirar? Tu é maluca! Vê lá se eu vou arriscar a minha vida, só para não nascer mais um filho da puta...

Avelina intervém:

– Ô cara mais folgada, essa Tatuzinho (já sei que é a mãe...) Ter coragem de xingar o filho dela, antes de nascer...

– Ué! Ele vai ser filho de quê? Me diz... Será que eu tenho pinta de freira?

– Em Três Corações – diz Sandra – teve uma freira que deu um azar filho da mãe... Teve trigêmeos...

– Poça! Que padre que ela foi arranjar – diz Kátia Preta.

– Padre nada! Motorista de caminhão.

– Ele violentou a sacana?

– Violentou porra nenhuma: Essas garotas são gozadas... Tu pensa que freira é diferente da gente? Xoxota de freira é que nem a nossa, o que que há? Tá pedindo ferro!

Avelina confirma, grave:

– Roçadinho eu sei que elas fazem...

– Quando não têm coisa melhor – diz Sandra. – Roçadinho é recurso. Deixa aparecer um macho bem enxuto pra ver se qualquer freira não vai se abrindo toda.

– Irmã de caridade é sopa, eu já ouvi dizer – garante Avelina. – Dá até pra doente. Quem disse foi um freguês que eu tive em Lafaiete.

– Vamos mudar de assunto? – protesta Sueli. – Isso é até falta de respeito, minha Nossa Senhora! Nunca vi gente mais sacana! Não respeita nem religião!

Kátia leva aos lábios a garrafa de cerveja, ergue-a, a fio de prumo, a cabeça para trás, a ver se escorre uma última gota.

– Secou a teta – diz Tatuzinho.

Kátia põe-se a titilar, com a língua, o bocal da garrafa.

– Nem com a língua sai... Fim!

Volta-se para as colegas:

– Bonecas, religião quem conhece é aqui a mamãezinha... O primeiro cara que me bolinou foi um padre.

– Tá claro que você não deixou! – diz Tatuzinho, irônica.

– Juro por Deus! Eu nem maldei... Eu nem sabia o que era aquilo. Ele começou a me passar a mão no seio...

– Quer dizer que, com dois anos, você já tinha seio? – insiste, risonha, Tatuzinho.

– Ora, minha filha, vai tomar no útero, tá? Doze anos, minha boa sacana, doze anos! Foi no mês que eu fiquei moça...

– Você ficou moça e foi correndo contar pro vigário... perguntar o que era...

– Não lota. Foi na confissão. Ele perguntou se eu já era moça...

– Ô padre sacana! Todo padre é safado, Deus que me perdoe! Lá em Itabaiana...

Ia falar Ivonete, sempre com histórias do Norte, terminadas em ponta de faca ou 38 calando o sertão. Kátia não cede a palavra.

– Deixa eu contar. Depois você vende o seu peixe...

– Ou a sua peixeira – diz Tatuzinho.

– Quer não encher, Tatuzinho?

– É a...

– Já sei, já sei. Não precisa dizer. É só xingar a mãe da gente. Tá ficando chato...

– E você também não tá me lotando?

– Eu tou brincando, o que que há?

Avelina resolve interferir:

– Vocês são de morte! Qualquer besteira, estão brigando... Isto nem parece uma casa de respeito... É por isso que Salô já falou até em fechar o puteiro...

– Boate, minha filha, bo-a-te... – diz Tatuzinho.

– Ou isso... A gente não pode nem ter uma conversa mais séria...

Volta-se para Kátia:

– Como é? Conta... O padre te comeu ou não?

– Comeu os tomates! Não é isso que eu estava dizendo. Eu falei em bolinar. Eu tava me confessando, muito da cabaçuda, não entendia nada daqueles troços...

– Ai que amor!

– ... e aí ele me perguntou se eu já era moça. Eu disse que tinha ficado, então o cara começou a bufar que parecia um trem de ferro...

– ... E te mandou ferro!

– Quer não encher? Ele me perguntou uma porção de besteira, que eu não entendi, e começou a perdoar tudo. Eu tinha é que rezar um caralhão de padre-nossos... Eu só fazia prometer. Quando ia saindo...

– ... Foi aquela esporrada na tela!

Rola uma gargalhada geral.

Tatuzinho, séria, insiste:

– Não... Não ri, não... Isso aconteceu comigo... Eu, uma vez...

– Deixa Kátia contar – fala Ivonete. – Continua, Kátia... Quando você ia saindo...

– ... Eu vi que ele estava atrás de mim. Não tinha mais ninguém na igreja. Aí ele chegou do meu lado, fez uma cara bem de santinho do pau oco e disse: "Quer dizer que você já é moça, tão menina!" Eu falei que sim... Ele olhou no meu busto. "Deixa eu ver se o seinho está nascendo..." E foi mandando brasa...

– Na igreja?

– Com a mão. No seio. Pra ver se estava nascendo...

– Sacana! – diz Avelina. – Por isso que eu não entro em igreja. Em Deus eu acredito. Em padre, não...

– Crente eu respeito – diz Sueli. – Pessoal muito mais sincero. Tem aquela chateação de Bíblia, mas é um pessoal sincero pra burro. A religião pode estar errada, mas a turma é outra coisa... Mais durona... Mais linha...

– Espírita também...

– É, mas tem muito espírita que não vale um pirulito.

– Isso é com toda religião. Toda religião tem os seus safados – diz Raimunda. – Até papa!

– Papa, não – protesta Avelina.

– Papa, sim senhora! Já houve até papa que era bicha!

Vote. Credo. Sinal da cruz. Escândalo. Protestos.

– Onde é que já se viu uma coisa dessas, Raimunda? Tu virou doida da cabeça!

– Ué! Tá em tudo quanto é dicionário, mora?

– E como é que tu sabe, se tu nem sabe ler?

– É... mas alguma de vocês já foi amigada com advogado? Me diz...

– Eu fui – informa Olho de Cobra.

– Ele nunca te falou?

– Tá claro que não! Nem eu consentia!

– Pois o meu sempre falava! Ele me ensinava esses troços todos. Lia que era um filho da mãe. Papa é que nem padre, é que nem freira, é que nem nós...

– Papa, não!

Mas a revolta inicial vai se diluindo, terreno aberto à galhofa.

– Quer dizer que já teve um cara que papou um papa? Essa é boa – diz Tatuzinho. – Puxa! Precisava ter estômago...

– Ué! Por quê?

– Todo papa que eu já vi o retrato dele é velho paca, tem mais de cem anos... Quem papou tinha de ser machão, hein?

– Eu queria encontrar esse cara – diz Sandra.

– Eu também – diz Kátia. – Tava no papo! Pra esse eu dava de graça...

Sandra tem ética própria. Considerou melhor o caso. Já não está interessada.

– Bem pensado eu não topava esse cara nem por muito dinheiro.

E esclarecendo o seu ponto de vista:

– Esse ia querer botar atrás na certa...

Um cansaço inesperado toma conta de Tatuzinho. Vai falar, recua. Odeia mulher mascarada, metida a virtude.

VII

Dentes de fazer inveja, mas todo um colchão, pelo menos de solteiro, na região glútea, estourando as costuras da calça, Olho de Cobra vai até a porta, faz alô, num gesto, para os fregueses em potencial de um ônibus a 120 por hora.

– Quem? – pergunta Sandra.

– Sei lá. Homem.

Tatuzinho tem um movimento de ombros.

– Cada vez tem menos.

Kátia Branca toma a sua vingança:

– Vai me dizer que essa barriga é obra do Divino Espírito Santo...

– Sua escrota – fala Ivonete. – Com religião não se brinca, tá? Por isso que eu não gosto de viver no meio de puta...

– E você o que é?

– Destino...

– E nós, não, não é? Vai dizer que foi a gente que escolheu por gosto... – aparteia Sueli.

– Eu escolhi – diz Olho de Cobra. – Sou sincera.

Todas a olham, quase revoltadas.

– Ué! Será que alguém me amarrou, me botou no puteiro contra a minha vontade? Ou vocês?

Há um silêncio. Sueli toma a carteira do colo de Helena, puxa um cigarro, acende.

Olho de Cobra sorri.

– Me diz uma coisa: qual é o destino que uma crioula como eu pode ter? Lavadeira? Cozinheira? Minha irmã é. Tá lá em Teófilo Ottoni. Doze horas por dia. Cinco filhos. Marido cachaceiro. Eu mando dinheiro todo mês. É pra meu filho? É pra família toda comer, tá bem? Se ela bota uma roupa no corpo, é roupa velha que a mamãe mandou. Mês passado eu mandei sessenta contos só pro médico e remédio. Pro meu filho? Pros dela... Cozinha não dá camisa a ninguém...

– E por que ela não vem pra cá?

É de Avelina a pergunta.

– Depois de cinco filhos? Depois de vinte anos "pra-todo-serviço"? Tu é besta! Se eu já tou ruim, no bem-bom, calcula a infeliz naquele batente filho da mãe! A vida é uma flórida... Eu é que sei...

Toma o cigarro de Avelina, tira uma baforada.

– Olha: se arrependimento matasse, Benedita tava enterrada há muito tempo.

Está agora sentada, apanhou a sandália esquerda, que examina com olhar descontente.

– Falta de conselho não foi. "Tu já te perdeu, sua burra, cai na vida! Não te casa com esse desgraçado... Casamento é besteira... Tu vai te dar mal... Tu vai ter de trabalhar a vida inteira..."

– Ah! E a gente não trabalha, não é? Essa não! – protesta Sueli, pisando o cigarro com raiva.

VIII

Tatuzinho, Sandra, Lídia se aproximam da mesinha, ao canto, onde Raimunda maneja, distraída, um baralho seboso.

– Vocês vão jogar? – pergunta Olho de Cobra.

– Era uma ideia – diz Lídia.

– Eu vou é pegar uma chuveirada. Daqui a pouco tão os carros chegando...

– Carro ou caminhão? Teu forte é motorista de caminhão.

– Graças a Deus. Será que eu tou aqui pra escolher freguês?

– Eu tento – diz Kátia.

– Bom, eu não tou a fim de discutir. Vou pro banheiro.

Olho de Cobra sai. Kátia corre, também.

– Calor mais filho da mãe!

– Vamos fazer uma parceria? – sugere Tatuzinho.

– Senta – diz Raimunda.

Sandra começa a ordenar as cartas.

– Nunca vi muquirana maior! Salô precisava arranjar um baralho menos escroto. De matéria plástica...

Salomé vai passando. Saber se já chegou chofer com as compras do dia. Senão, a boia não sai. "Nunca vi um atraso tão grande, minha Nossa Senhora! Eu vou tratar outro chofer" – vinha monologando. Ouve o comentário, para.

– Ah! Sim? Pra vocês ficarem jogando o tempo todo? Uma ova! Eu uma vez já precisei até proibir o jogo aqui dentro. Eu quero mulher pra batalhar, não a fim de jogo...

– Pra encher o tempo, Salô...

– Pra me encher o saco.

– Você tem? – graceja Eliana.

– Com a graça de Deus! – diz Salomé, ferimento na alma. – Quer prova?

– Pode guardar.

– Eu sou homem como qualquer um...

– Eu sei...

– Você me respeita, menina!

– Não desmunheca, Salô!

O dono da casa tem um acesso de fúria.

Ninguém mais joga aqui dentro, pronto! Acabou a jogatina! Cassino acabou!

Sandrinha intervém, Salomé não tem razão. Nem tinha começado o jogo. E não iam jogar a dinheiro. Jogar a dinheiro é besteira. Burrada. Mas jogo inocente não tem nada de mais. É só passatempo. Ainda não está na hora dos homens chegarem. Nem o almoço saiu. Carne tinha chegado? Nem isso. E a Eliana não estava falando por mal. Salomé leva as mãos aos quadris.

– Você acha? É que você não conhece essa mulher, minha querida! Tá sempre me debochando, me soltando indireta... Não admito! Eu não trato mal a ninguém! Que direito ela tem? Por quê? Me explica!

Volta-se, firme, para Eliana:

– Me diz, qual é a diferença que você tem comigo?

– Eu não posso brincar com você, Salô?

– Brincar, pode. Debochar, não. Você vive me provocando. Eu sei, de longe, quando é brincadeira, quando é sacanagem. Eu alguma vez tratei você mal?

– Claro que não, Salô. Nem eu consentia.

A mão direita em asa de xícara, na ilharga, acariciando, com a esquerda, a camisa estampada, de flores vibrantes, Salomé sacode a cabeça, em movimentos de confirmação:

– Tá vendo? "Nem eu consentia"! Isso é maneira de falar?

– Ué! Não consentia mesmo. Eu não tou a briga. Mas ninguém me trata mal. Meu pai nunca me tratou, meu pai que é meu pai. Meu marido me tratou mal uma vez só. No mesmo dia eu enchi ele de chifre...

– Você queria o pretexto – diz Tatuzinho.

– E mulher precisa de pretexto pra cornear marido? – pergunta Raimunda. – Só se é moda nova...

Salomé não está interessado na discussão acadêmica. Sempre se orgulhou de tratar bem as suas mulheres. Sempre teve o maior respeito. Sempre ajudou. Aconselha. Arranja fregueses. "Quem foi que arranjou aquela amigação para a Carolina? Me conta? Quem foi? Todas são testemunhas!"

– É ou não é?

– Claro, Salô!

– Eu sou legal. Sempre fui. Não posso admitir queixa de ninguém.

Encara Eliana.

– Eu te fiz alguma sujeira alguma vez? Fala!

– Eu já disse que não.

– Alguma vez eu tentei tomar homem seu?

– Ora essa!

Vira-se para as outras:

– Tomei de vocês?

As mulheres estão sem entender o repente de pura histeria.

– Falem! Podem falar!

O indicador para Sandra:

– Tomei homem seu?

– Você tem cada ideia!

– Seu?

– Que bobagem, Salô! – diz Olho de Cobra, que voltava à sala.

– Eu já tratei mal alguma mulher aqui na casa?

– Nãããão!

– Quando eu multo, quando eu mando alguém embora, eu não estou sempre com a razão?

– Mas é claro, Salô...

Dirige-se a Helena:

– Você já me viu fazer alguma injustiça?

– Eu cheguei ontem – diz Helena. – Sempre ouvi falar bem... Até em Barra do Piraí...

Salomé avança novamente para Eliana:

– Pois olhe... Fique sabendo... Você não me desrespeita mais, entendeu? Eu só não botei você, ainda, no olho da rua, porque sei que você é arrimo de família... Estamos entendidos?

– Mas eu não fiz nada de mais...

– Tá bem. Fica o aviso, mora? Da próxima vez, você vai acabar na Maria Navalha... Quero ver você se virar lá, pra sustentar três filhos, mãe e pai entrevado... Quero só ver...

Precipita-se para a mesa, dá com a mão nas cartas, que se espalham no chão, sai gingando nervoso.

Em silêncio as mulheres vão regressando às cadeiras, Eliana e Olho de Cobra recolhem as cartas.

– Vou me trocar – diz Helena saindo, rumo ao quarto.

O rapaz de há pouco entrou na sala de novo, de olho arregalado.

Tatuzinho senta-se, puxa um Continental, acende-o com vagares. Depois, com ar pensativo, para as colegas:

– Menopausa... Menopausa no duro! Eu vou te contar!

IX

Há uma inflação de coxas, delibadas de olho mole pelo rapaz encostado à parede.

– Senta – diz Sandra, cedendo a cadeira.

– Não, obrigado. Estou bem.

– Não paga nada. É cortesia da casa – sorri Tatuzinho.

Sandra volta com um tamborete, senta-se, com o melhor da brancura rebrilhando ao sol que entra pela porta, poeira bailando na faixa de luz.

– Agora não precisa fazer cerimônia. Já estou acomodada. Senta, meu filho...
Ele obedece, desajeitado, puxa a carteira.
– Me dá um cigarro, moço... – pede Sueli.
Ele bate a carteira no dorso da mão esquerda, para facilitar a saída, destaca um cigarro, estende o braço.
– Traz aqui, meu filho.
O rapaz se ergue, tímido, aproxima-se, carteira em punho. Sueli teve a boa ideia de não pôr sutiã, percebe que ele lhe mergulha os olhos colo abaixo, serve-se, fica na mesma posição de seios devassados, sorriso nos lábios.
– Fogo?
– Ah! sim...
Procura os fósforos por todos os bolsos. Para cortar-lhe o encantamento (a barra anda pesada) Tatuzinho agita a caixa de fósforos.
– Tem aqui, Sueli.
E atira-lhe a caixa que a colega, contrafeita, apanha no lance (o rapaz ainda está procurando).
– Me dá um também – diz Lídia.
– Fósforo? – pergunta o rapaz, já de caixa na mão.
Lídia sorri:
– Cigarro, não é, meu chapa?
Ele se aproxima, atordoado. O movimento de Lídia, para pedir cigarro, abre-lhe horizontes novos de coxas e seios. Estende-lhe a carteira, que Lídia não recebe. Com a mão esquerda envolve-lhe a mão, com firme carícia. Prolonga a operação por segundos desnecessários, ergue os olhos.
– Manda brasa.
– O quê?
– Acende.
– Ah! sim...
Constrangido, puxa um fósforo, risca.
– Obrigada, meu bem.
– De nada.
Fica interdito no meio da sala.
– Alguém mais?
Sueli aceita.
– É de boa vontade?
– Hein?
– Faz gosto?
– Claro.

– Tô roxinha pra chupar um cigarro.

Ele oferece-lhe o cigarro, com um sorriso que julga ser de inteligência. Dá com o olhar em Helena, que acabou de voltar, já trocada.

– Servida?

– Ainda tem?

– Ué! Evidente!

Não tinha visto, antes, Helena. Seu olhar repousa nos joelhos redondos, no começo de coxa. Volta à cadeira, cruza as pernas, chupita o cigarro, que está apagado. Com um estalo de dedos, atira longe a bagana, porta afora, apanha outro, acende-o, os faróis fuzilando nas pernas morenas. Helena deve ter ganho a partida, as colegas respeitam, já desinteressadas pelo macho eventual. É quando se ouve, do interior, uma voz conhecida:

La donna è mobile
Qual piuma al vento
Muta d'accento
E di pensiero...

Sempre un'amabile
Leggiadro viso
In pianto o...

– Ih! vai chover! – sorri Eliana.

– Isso é um disco que eu tinha lá em Colatina – afirma Lídia.

– Hoje ele tá inspirado – comenta Raimunda.

Passos vêm chegando com a voz. Dr. Lima vai sair. Aparece, abraçado a Vera Lúcia.

– Bonecas, *me voy...*

Está de alma descarregada.

Fué en la vereda tropical...

Dá com o rapaz, perde o rebolado.

– Já voltou de Belo Horizonte? – graceja Tatuzinho.

O juiz de menores não acha a menor graça.

– Me diga uma coisa, doutor. Posso fazer uma pergunta?

É Sueli quem fala.

– Pois não – diz o juiz, muito sério.

– Escuta, doutor, é só pra tirar uma diferença...

– Diga...

– O doutor é católico?

– Ué! Será que tenho cara de comunista?

Parece ofendido.

– Não, não é isso, doutor. É que a Raimunda saiu com um troço, aqui, que me deixou com a pulga atrás da orelha.

– Esquece – diz Raimunda.

– Não... Você falou, agora aguenta a mão. Escuta, doutor. Papa é acima de tudo quanto é padre, é ou não é?

– Claro.

– De bispo, de vigário, de sacristão, de tudo, é ou não é?

– Certo.

– E é tudo o que há de mais sagrado, é ou não é?

– O papa é infalível!

– Infa, o quê?

– ... lível! Infalível! O papa não erra!

Sueli volta-se para Raimunda:

– Tá vendo? O que é que eu disse?

Depois, para o juiz:

– Agora eu só quero que o senhor me diga uma coisinha mais...

Hesita, sem coragem de formular a pergunta. O juiz olha o relógio, constrangido com a presença do jovem.

– Diga logo. Eu tenho de ir.

– Desculpe eu fazer esta pergunta, mas é preciso: pode ter Papa veado?

O juiz recua, surpreso:

– O quê? Você está maluca, menina?

E olha indignado o rapaz, como se tivesse vindo dele a pergunta irreverente. Raimunda explica:

– Não são todos. É alguns...

O juiz quer achar graça, mas a ideia é por demais chocante. Fecha o rosto:

– Onde é que você está com a cabeça, criatura? Desculpe... Sífilis cerebral, minha filha... Vocês têm feito exame médico?

– Toda semana – informa Lídia. – Três mil cruzeiros a consulta! Uma sacanagem...

O juiz não lhe ouve as palavras. Se Raimunda fosse menor, já estaria em cana.

– Onde é que você leu um disparate desses?

– Ela não sabe nem ler – diz Eliana.

– E você sabe? – pergunta Raimunda.

– Mal e mal, mas sei. Você nem assina...

– Mas quem dizia é um cara que eu fui amigada com ele em Vassouras. Sabe troço pra chuchu. Até dizia o número do papa. Tudo quanto é papa tem número, é ou não é?

Dr. Lima senta-se, mentalmente, na sua cadeira de julgador, contrafeito porque uma das partes lhe descobriu mancha suspeita na braguilha.

– Nunca mais repita uma blasfêmia dessas, sua analfabeta! Quem era esse indivíduo? Só podia ser comunista! Só comunista!

Raimunda já está apavorada.

– Não, seu doutor. É advogado mesmo!

– Você está doida! Advogado coisa nenhuma!

– Advogado eu sei que ele é. Era ele que defendia a dona da pensão que eu trabalhei na casa dela, antes de amigar com ele...

Dr. Lima sorri com desprezo.

– Ah! então está explicado! Advogado de pensão de mulheres, só comunista! Vai ver que a mãe dele trabalhava lá...

De súbito, gentil:

– Desculpem, meninas, eu não quis ofender. Mas comunista me faz perder a cabeça...

Raimunda não está convencida:

– Comunista não é esse troço de greve?

– Em termos, sim.

– Então não era. Ele tinha horror de greve! Ficava louco da vida!

O juiz tem o faro apurado:

– Escute: ele não é desses que vivem falando em miséria, falando mal do governo, dizendo que brasileiro está morrendo de fome?

– Às vezes...

– Tá na cara! Comunista!

E fulminando o rapaz, em quem via esboçado um vago sorriso, como se ele compendiasse a própria subversão, deixou a sala:

– Cadeia não vai resolver... Tem de ser fuzilamento! Tem de ser! Só fuzilamento resolve!

À porta, ofegante, baixa o rosto, áspero de barba nascendo, para o beijo de despedida.

– Vai com Deus – diz-lhe Vera Lúcia, palmadinha no toutiço gordo.

X

– Tem um banheiro desocupado. Vou me mandar.

É Tatuzinho. Se manda.

– Banho, nada. Ela vai é dormir.

– Faz é muito bem – diz Sueli. – Feliz quem tem sono.

O rapaz já foi esquecido. Não tira o olho de Helena, que recruzou as pernas num movimento generoso. Boa ideia tivera em ir lá dentro colocar a minissaia. Sempre dera sorte. Sueli se queixa. Bolinha pra quê? Graças a Deus, não precisava. Precisava de bolinha, mas de fazer dormir. E nem assim. Tava pregando olho, chegava problema, o sono fugia.

– E você tem problema? Eu queria ver você três meses atrasada na pensão das filhas, devendo 30 mil na farmácia, só de uma gripe nas crianças. Olha: tem carro chegando.

Bater de porta de automóvel. Passos na areia. Passos no cimento do pátio.

– Ei, vigarista!

– Oi, tarado! Por onde é que vocês andaram, seus sacanas? Mais de um mês! Deu brochura?

Um dos recém-chegados descobre Helena.

– Cara nova? Oi!

Ela sorri. O rapaz de paletó e gravata se inquieta, faz-lhe sinal.

– Cê quer? – pergunta Helena, discreta menção de se levantar.

O outro se ergue, os dois se dão as mãos, vão entrando.

– Ih! Divina tá dormindo lá no quarto!

Grita por Elizete.

– O que que há – diz Elizete, saindo de um quarto onde comandava a faxina.

("Não sei quem foi a desgraçada que botou percevejo nesta casa! Gente mais porca.")

Helena explica a situação. Está com um freguês. Divina ainda está dormindo. Que jeito se dá?

– Pede a chave a Sueli. O quarto dela já está arrumado.

– E se ela precisar? Está chegando gente.

– Eu dou um jeito. Pede a chave. Diz que fui eu.

Helena vai, volta desanimada.

– Já tem um pilantra no colo dela.

– No colo? Sei quem é. Esse não é de nada. Pede a chave.

– Eu não tenho intimidade com ela...

– E é preciso ter? Isto aqui não é embaixada, minha filha.

Vai resmungando até a saleta, volta, atira-lhe a chave, fazendo-lhe sinal para se despachar.

– Capina.

– Ok.

O rapaz está lá adiante, esperando. Já desfez a gravata. Helena é gentil.

– Desculpa, meu bem. Eu precisei dar recado a uma colega.

Procura o número da chapinha, se orienta no corredor. Vai ao 17. Nítida, uma voz está cantando em seu cérebro:

> *Eu te dei vinte mil réis*
> *Pra pagar três e trezentos,*
> *Você tem que me voltar*
> *Dezesseis e setecentos!*
> *Dezessete e setecentos!*
> *Dezesseis e setecentos!*
> *Dezesseis e setecentos!*
>
> *Mas eu lhe dei vinte mil réis...*

Não há jeito de a chave penetrar na fechadura.

– Ué!

Reexamina a plaquinha, afasta-se, olha mais atenta o número da porta, no alto. O quarto é 27.

– Burrice minha, meu amor. Eu me enganei na porta. Nosso quarto é no outro corredor. O 17...

Encosta-se a ele, vê que o seu braço esquerdo lhe envolve o corpo fino e dedos inquietos lhe tocam o seio. Vai cantarolando, quase alegre, já a meia-voz:

– Dezessete e setecentos... dezessete e setecentos...

XI

Helena desconhece o quarto. É pequeno, como todos os outros. Na Maria Navalha os quartos eram maiores, garantia Lídia. Cama de estrado baixo. Colcha barata.

Batem à porta. Helena vai atender.

– Quem é?

– Sueli pediu pra você cobrir o santo.

Procura com quê. Toalhinha é falta de respeito.

– Você tem lenço limpo, querido?

– Claro!

– Me empresta.

Faz a obrigação, tira a colcha, dobra.

– Fica à vontade, meu filho.

Ele tem um acesso de ternura, chama-lhe o corpo. Suas mãos descem-lhe pelo dorso, numa carícia demorada. Seu beijo procura-lhe os lábios, que Helena afasta, entregando o pescoço.

– Tarado...

Ele sorri, satisfeito.

– Você é linda!

– Acha? Obrigada...

(Homem gosta sempre de mulher educada, costumava dizer Eufrásia, em Barra do Piraí.)

– Não... Você é linda, mesmo!

– Será?

– No duro!

– Que bom! Tira a roupa...

Ele retira a gravata, o laço desfeito no corredor, Helena se despe, apanha uma toalha, envolve o corpo.

– Vou tomar uma chuveirada. É aqui do lado. Posso?

– Vai, querida.

Sorri.

– É em atenção a você.

– Vai.

Helena corre a chave.

– Quero te encontrar nuzinho, ouviu? Garotão enxuto...

Calçada na chinelinha da colega, Helena deixa o quarto, vem minutos depois.

– Ué! Não tirou a roupa ainda?

– Estou tirando...

Helena espera na cama, vendo o desajeitamento do macho.

– Tem uma pia ali.

– Já sei.

Ele para, no meio do quarto, olha a companheira.

– Sabe por que eu estava sem jeito de vir com você?

– Me achou feia.

– Ora! Eu já disse... Sabe por quê?

– Não sou adivinha...

– Porque você é o retrato de uma irmã que eu perdi...

– Fugiu?

– Morreu há dois anos. Automóvel.

Um vago constrangimento os separa. Helena o transpõe.

– Gozado... Esse mundo tem cada uma... Sabe que eu tive um freguês em Juiz de Fora que só vinha comigo porque eu era o retrato escritinho da mulher dele?

– Viúvo?

– Não. Eu conheci a mulher, vi no cinema com ele.

– E era parecida mesmo?

– Podia ser irmã gêmea...

– Não diga.

– A mãe dela – ou a minha – deve ter feito alguma burrada. Acho que foi a dela. Meu pai era fogo!

– Mas se você era igual à mulher dele, por que é que ele vinha com você?

– Sabe que eu nunca entendi? Deixa um "pastéis" pra comer outro igual, é ou não é?

Ele já estava a seu lado.

– Vai ver que ele gostava era dela mesmo.

– Então pra que vinha comigo?

Um clarão malicioso brilha nos olhos do rapaz, cujas mãos percorrem-lhe o ventre.

– Decerto porque você fazia o que ela não sabia ou não queria fazer... Tá na cara!

Helena reconstitui o passado.

– Valeu. Eu nunca tinha pensado nisso.

Ele agora está excitado.

– E você fazia mesmo? Conta...

– Sei não...

Os dois corpos comungam. Há uma pergunta no ar.

– Você...

As mãos dele acariciam.

– Fale...

– Você não se zanga se eu perguntar uma coisa?

– Apague a luz primeiro.

– Luz apagada é chato.

– Senão, eu não deixo perguntar.

A luz se apaga.

– Você...

– Não pergunte. Eu já sei o que você quer, seu tarado. Mas só com você, tá?

– Tá.

XII

Voltam à saleta meia hora depois. Quase vazia. O rapaz já ia saindo, volta-se:

– Como é mesmo o teu nome?

– Helena. Vê se não esquece.

– Esqueço não. Eu volto.

– Vê lá! Vai com Deus. Bai-bai.

Liberta do cliente, vira-se risonha para as companheiras:

– Mulheres, perdi meu cabaço! Graças a Deus! Pensei que ia ficar virgem outra vez, por falta de uso. Nossa Senhora, que vida!

Vê que há poucas garotas.

– Aquele carro deu alguma coisa?

– Deu nada – diz Lídia, ajeitando o sutiã. – Essa turma é manjada pra cacete! Eles vêm aí, passam a mão na gente, tiram carona pelo corpo todo, falam sacanagem (é até falta de respeito), quando muito pedem uma Brahma. Quando pedem! Uns morrinhas!

– A barra anda pesada.

– Pesada? Tá uma merda, minha filha! De segunda até ontem eu só trabalhei duas vezes. Não fiz pra pagar as diárias, mora? O chato é as dívidas. Isso é que aporrinha. O pilantra das joias me tirou da cama hoje cedo. Me chamou pelo telefone. Levantei assustada, com medo de interurbano. Meu filho teve desidratação. Anda muito fraco. Venho correndo, coração na boca. É o sacana das joias. Pagar com quê? Me diz...

– Eu fiz um freguês na terça-feira. Foi só – informa Eliana.

– Dá graças a Deus – diz Lídia. – Tem muita mulher que não faz nenhum, a semana inteira...

Entra Peito de Pombo. Senta-se, apoia o cotovelo direito no braço da poltrona, cerra os olhos ligeiramente, coça o couro cabeludo, liberta a mão, começa a limpar, com a unha longa do mindinho esquerdo, as unhas de coçar cabeça. Parece muito concentrada na tarefa.

– Tenho de lavar a cabeça.

– Tu não vai lavar no cabeleireiro, vai? – pergunta Lídia.

– Tu é doida! Com que roupa?

E decidida:

– A gente tem é de se mandar. Barra Mansa, Três Rios, Barra do Piraí, Lafaiete. Se a gente não circula, tá perdida. A Verinha do Jaime foi pra Pádua, se arrumou. Arranjou um fazendeiro que ajuda... Vai até montar casa.

– Tá boa a praça lá?

– Tá nada. Ela deu sorte. Você não viu quem voltou de lá ainda agora?

Lídia se alarma.

– Não vai me dizer que a Stela voltou.

– Voltou. Durinha! E olha que Stela batalha bem. Sempre foi linha de frente, é ou não é? Pois fracassou, minha filha! Eu, se arranjasse um cara que me desse pra viver e sustentar as crianças, nem escolhia... Amigava correndo. Não exigia nada. Até cozinhava...

– Isso não – diz Peito de Pombo.

– Miséria por miséria, eu prefiro aqui – diz Lídia. – Pelo menos, a gente se diverte. Família é chato... Eu tenho família, sei como é.

– E a gente não tem, não é? Essa é boazinha! Só ela que tem família – diz Eliana.

– Quem é que não tem? Mas me diz: você era capaz de viver outra vez na sua casa? Responda... Já não digo por dinheiro. Grana, a gente só faz aqui...

– Às "bezes"...

– Sim. Mas só aqui: tou certa ou tou errada? Agora me diga: qual é de vocês, qual é de nós, que conseguia viver em casa outra vez?

– Eu vou lá toda quinzena. Fico dois, três dias, muito feliz da minha vida...

– Dois, três, até eu que sou mais boba... Eu perguntei viver, *ficar*... Teu pessoal não vive no bem-bom, vive?

– Miserê, minha irmã... Fora da graça de Deus, lá não tem nada...

– Eu sei. O miserê eu ainda acho que a gente aguentava...

– Eu não – diz Peito de Pombo.

– Mas faz de conta... Pior que o miserê é a chateação... Mãe chorando, pai implicando, dando palpite, querendo mandar na gente outra vez... Olha: meu velho sabe onde é que eu trabalho...

– Descobriu?

– Descobriu nada. Eu mesma contei. Eu conto tudo. Odeio mentira. Sou muita da franqueza. Duro foi eu contar quando perdi o cabaço. De lá pra cá ficou fácil... Pois você sabe que, quando eu estou lá, ele me controla, me vigia, marca até hora de eu voltar pra casa? Enche, tá bem? Família é flórida!

– É – diz Helena. – Desgraça por desgraça, antes o puteiro...

– Mas não com um veado sacaneando a vida da gente – arrisca Eliana, resumindo a angústia coletiva.

XIII

Eliana vai até a porta que dá para o corredor, ver se o campo está livre. Volta-se, misteriosa, para as companheiras. É preciso cuidado. Não há como pensão de mulheres pra lugar de fofoca.

– Pior que mulher da vida, só velha carola, beata de igreja...

Aquelas garotas, aves migratórias de constante ir e vir, de cidade em cidade, de pensão em pensão, dez ou doze de vida mais permanente, três ou quatro anos de casa, o restante flutuando sempre, pela boca se perdiam. Ou tentavam perder as colegas. Solidárias, só na hora da doença. ("Um dia a gente fica doente também!") Divina pagara-lhe os remédios um mês inteiro (bom tempo aquele, com Divina ainda nova na casa, linha de frente a fazer cinco, seis michês toda noite). Fora disso, intriga, rivalidade, inveja, leva e traz de amargar. Principalmente insinuando coisas a Salomé, "fácil de emprenhar pelo ouvido".

– Mas está direito esse negócio? Me digam!

Todas a olham, sem entender.

– Vocês viram como Salô me bronqueou, por nada, por uma brincadeira inocente?

– Salô quer é onda – garante Lídia.

– Menopausa – reafirma Tatuzinho.

– Encheram a cabeça do infeliz... Alguém foi contar aquilo que eu falei outro dia: que ele era o primeiro veado burro que eu tinha conhecido. Sim, porque em geral veado é fogo, é inteligente pra cacete, é ou não é?

– Mas Salomé não tem nada de burro – diz Raimunda. – Há cinco anos era um pronto, hoje tá milionário.

– Minha filha: se me derem uma casa de mulheres, até eu fico rica, que que há? Ele comprou o Quilô a preço de banana... Puteiro é mina de ouro, pra quem explora. Não é preciso ter inteligência nenhuma. Isso é que me deixa puta da minha vida! A gente batalhando feito louca...

Tatuzinho estava distraída, sorriso nos lábios, as duas mãos sobre o ventre, procurando as vibrações da vida nascente. Ouve as últimas palavras, ergue os olhos.

– Ué! Viração é isso mesmo. O homem trepa, a mulher se estrepa, quem goza é a dona da casa...

– ... ou o dono – diz Eliana.

– A dona! – insiste Tatuzinho.

Todas riem.

– Essa Tatuzinho é de morte! – diz Lídia.

– De morte você sabe quem é, não sabe?

– Sei, sei. Está enterrada há muito tempo...

– Não, eu não tou falando da vovozinha... Estou falando da própria...

– Eu sei. Também está enterrada. Não custava nada você ter um pouco mais de respeito pela mãe da gente...

Tatuzinho ri grosso:

– Ué! Então respeita a mãe de meu filho. Eu tenho nome, tenho ou não tenho? Quem quiser me chamar pelo apelido – o apelido mais besta do mundo – pode chamar. A boca é livre. Mas tem de aguentar com o tatuzinho no rabo da mãe. Se ela estiver morta, o problema é dela. Comigo não tem bandeira!

Eliana sonda a vizinhança outra vez.

– Vamos pro salão? Aqui toda hora entra fofoqueira.

Lídia está receosa. Melhor não.

– Salô não gosta do pessoal na boate durante o dia. Só se o freguês quer levar mulher pra lá, pra tomar um drinque, pra se arretar. Só pra acompanhar freguês...

– Frescuras... O que me enche é esta escravidão. Tudo é proibido. Tudo paga multa. Teve um mês que eu mal ganhei pra pagar as multas.

– É fogo! – diz Tatuzinho.

– Foi só isso que eu falei. Pois teve uma pistoleira muito da puxa-saca, que foi contar a Salô, mas sem explicar, tá me entendendo? Pode ser? Se a gente estivesse ganhando no mole, tá certo! Mas a cana tá dura mesmo, dura paca!

– Fogo foi Salô aumentar o preço do michê. Assim não vai!

Todas estão de acordo. Salomé não deixava aquela mania de grandeza. Queria ter casa de categoria. Frescuras! Era a casa mais cara, num raio de 100 quilômetros. Nem em Petrópolis, nem em Juiz de Fora, nem em Três Rios, nem em Barra Mansa o michê era tão alto. Só pra selecionar a freguesia...

– Ora que bom filho da mãe! E as mulheres que se danem!

A frequência caíra em 30% pelo menos. Quem dizia era o próprio Sofia Loren, que recebia os pagamentos e distribuía as fichas.

– Tá na cara! – diz Eliana. – Sobe o preço, cai o pau. Todo mundo sabe disso!

– Mas Salô diz que o pessoal sempre dá dinheiro por fora. Se o pessoal tem dinheiro pra isso, tem pra pagar um pouco mais na hora de comprar ficha.

Eliana vai outra vez ao corredor.

– O que eu tenho mais ódio é olho grande!

Salomé não se conformava com a gratificação. No começo, chegou a insinuar que a mulher tinha obrigação de dar parte do que recebia por fora, que a despesa da casa era muito grande.

– Essa, não!

– Felizmente, acabou concordando. Nenhuma caftina no mundo faria uma sujeira dessas.

– Faz-se um preço justo, a casa cobra, tira a sua parte (3 mil em 8 mil cruzeiros, tá bem?), desconta o que a mulher está devendo, quase sempre a mulher continua "no livro"...

– Mas botar olho grande no que o homem dá no quarto, porque agradou da mulher...

– Quando dá! – diz Lídia. – Já passou esse tempo!

– ... é muita sacanagem! – continua Eliana. – Ele percebeu que era impossível. Mulher nenhuma era besta de contar. E é uma filha da putice, é ou não é?

As mulheres formam agora um grupo mais compacto. Falam baixo, o olhar cabreiro. Ouvem-se passos no corredor. Há um silêncio. É Salomé, que estende o pescoço.

– Aposto que estão falando mal de mim. Minha orelha tá pegando fogo.

– Estamos, sim – diz Tatuzinho.

As companheiras estremecem. Tatuzinho não regula muito, é capaz de falar mesmo.

– De mim, podem falar à vontade. Quem anda metido com mulher tá sujeito... Só não quero que falem da minha mãezinha... Ela tá muito inocente, lá no Crato, rezando por mim. Por vocês também... Reza dela tem muita força...

Tatuzinho se aliena, por um momento. Sondando o ventre, a mão espalmada, procurando aqui, ali, ternura no olhar. As outras sentem-se inibidas. Salomé se inquieta.

– Ué! O que é que houve? Qual é o pó?

Encara Eliana, vincos na testa.

– Bobagem – diz Eliana. – Não tem pó nenhum.

– Eu sei que tem – insiste Salomé.

– Tá claro que tem – diz Tatuzinho. – É que a turma toda tá pensando em sair do Quilômetro Seis.

Há um movimento de protesto, as mulheres apavoradas.

– Você está ficando biruta! – diz Lídia.

– É doida da ideia – diz Vera Lúcia.

Tatuzinho (acaba de localizar um movimento no ventre, os olhos se iluminam) está de bom humor:

– Sabe por quê, meu filho?

– Fale!

– Porque você está tirando tudo quanto é homem da gente!

Salomé sente-se atingido no seu ponto de honra. É uma infâmia! A maior injustiça do mundo!

– Não tem uma, aí, que possa provar uma calúnia dessas! Eu sei que tem muito freguês de vocês que se agrada comigo. Eu sei. E já teve muito freguês que eu gostei, não vou negar. Mas freguês que frequenta casa de mulher que eu dirijo é sagrado! Pra mim é sagrado! É como irmão! Trato todos igual. Muito delicadeza, muita educação, muito respeito. Intimidade, não! Eu não vou me aproveitar da situação pra prejudicar vocês, que estão batalhando, que não estão aqui pra sacanagem. É trabalho, é meio de vida!

– Foi meio de vida. Hoje é meio de morte... – diz Tatuzinho.

– Porque você está com essa barriga. Bota esse filho pra fora, pra ver como a coisa melhora.

– Por isso, não – diz Tatuzinho. – Gravidez nunca atrapalhou mulher que sabe trabalhar.

– Então como é que você diz que virou meio de morte?

– Porque você está tirando os homens da gente – repete Tatuzinho, entre protestos gerais.

– Ah! Sim?

Todos os ademanes femininos desaparecem. Trêmulo de indignação, Salô é um parlamentar ofendido em plenário. O punho fechado vibra no ar. Palidez toma-lhe o rosto. O olhar fulmina. Graças a Deus nunca precisou tomar homem de ninguém! Muito menos de mulher! Ele sabe como é duro viver na viração. Se precisasse de homem, ia buscar no Rio, em Juiz de Fora. O dele estava no Rio, todas sabiam...

Eliana sorri, maldosa. Salomé percebe.

– Está no Rio. Volta amanhã ou domingo. Telefonou ainda agora. Ninguém me deixa na mão. Homem meu, quem deixa sou eu.

A tormenta continua. Salomé sempre respeitou aquele princípio. Nunca pegava homem que frequentasse casa sua. E bem que podia. Era só querer. Quem não se lembrava do sargento Elias? Estava gamado por ele. Doidinho. Chegou a armar rolo, criar dificuldades, dar alteração. ("E eu não desagradava do sargento...") Mas o sargento era freguês da Virgininha ("aquela que depois foi pra Belo Horizonte") e não houve jeito.

– Eu tive de ser franco. Falei com ele. "Você vai me desculpar, meu filho, mas é uma questão de moral... Eu não tomo homem de mulher que trabalha comigo. Posso até ficar sofrendo, mas mulher que trabalha comigo eu não faço sujeira com ela..." Ele bronqueou, a casa perdeu um bom freguês, mas a Virgínia não teve nem isto (e mostrava o minguinho) pra falar contra mim, é ou não é?

Contempla ofegante o plenário silencioso, como se precisasse, um dia, daqueles votos. (Prometera à sua mãezinha, no Crato: pelo menos vereador ainda seria numa cidade do Sul.)

– Comigo vocês podem contar. A barra pode estar pesada. Homem pode estar difícil. Eu sei que está. Dinheiro anda curto. Este governo é uma desgraça. Mas não será nunca por minha causa que vocês vão ficar sem homem.

Tem um clarão demagógico, abre os braços:

– Nem deixo homem nenhum, na minha casa, tomar homem de vocês!

E recorda, orgulhoso, o episódio de Miss Brasil. Fazia um sucesso bárbaro nos shows de fim de semana. A casa nunca tivera travesti mais perfeito. Boneca linda! Desfilava, bailava, cantava (até ópera!), representava que era um amor. Vinha gente de Petrópolis, do Rio, pra ver Miss Brasil. Era quem dava mais renda nas mesas, porque o pessoal, mesmo depois de ter estado com as mulheres, ficava bebendo, à espera do show da madrugada. Miss Brasil trazia o seu amor – direito seu, ora essa! Depois de a casa fechar, o negócio era lá entre os dois. A cama é dele, o corpo é dele, o amor é dele. Ninguém tinha nada com isso. Mas um dia, Miss Brasil subiu só. Dor de cotovelo, ciumeira besta.

Salomé faz uma pausa de efeito.

– Quem trabalhava aqui naquela época, pode contar. Miss Brasil se engraçou com um enxutão que estava na mesa da Divina...

– Da Soninha – corrige Sueli.

– Isso. Está aí a Sueli, que não me deixa mentir. Pois é... Miss Brasil gamou pelo camarada. Com a maior cara de pau, começou a flertar, a fazer charme. Arranjou um pretexto, saiu passeando pelo meio das mesas, acabou sentando na mesa dos dois. Uma hora, eu fiz sinal, chamei ele à parte, avisei. O gostosão era freguês da Divina...

– Da Soninha...

– Da Soninha. Ele precisava respeitar. Respeitou? Que nada! Olha: eu não suporto gente sem moral. Quando vi o bofe, no dia seguinte, saindo do quarto de Miss Brasil... foi um escândalo bárbaro, foi ou não foi?

– Puta merda!

– Expulsei Miss Brasil na hora! Eu mesmo arrumei as malas dele. É verdade que eu perdi muito dinheiro. A frequência de mesa caiu. As outras meninas não tinham gabarito para sustentar o show, Laís ainda não tinha aparecido, estava trabalhando no Bolero, lá no Rio. Mas pouca-vergonha na minha casa eu não tolero, não tolero, não tolero!

Já estava senhor da situação.

– E tem mais! Obriguei Miss Brasil a indenizar a Soninha. Descontei no pagamento. Miss Brasil não queria, disse que não tinha tomado dinheiro, tinha sido por amor. Azar dele! Cobrei no duro!

É quando Tatuzinho, calma, insiste:

– Tudo isso é muito bonito, mas você continua tirando homem da gente...

– Eeeu?

– Sim-senhor! Há mais de um mês!

Há um suspense. Tatuzinho se explica para geral descontração:

– Há mais de um mês, meu chapa. Desde que você subiu o michê pra oito mil...

Salomé se recupera:

– Ah! bom... Você devia ter dito... Isso é outra coisa. Mas foi para o bem de vocês, suas mal-agradecidas. É preciso valorizar a casa, dar gabarito... E vocês ganham mais.

– Por michê. Quando tem. A gente trabalha muito menos...

– E não é bom?

– Ganhando menos?

– Ora! Aumento de preço, em tudo – pão, carne, tomate, mulher – é sempre assim. No começo, a venda cai. Depois tudo volta ao normal.

Lembra-se, de repente, de que ainda há coisas a providenciar para o almoço, quase na hora.

– Licença, bonecas!

Vai-se retirando. Volta-se da porta:

– Eu estava ofendido, sabem? Dizer que eu tomo homem de vocês é a maior das injustiças! Mulher que trabalha comigo pode ficar descansada...

Sai. Tatuzinho espera que ele se afaste, confirmado pela voz distante, bronqueando com Elizete pela demora do almoço. E ferina:

– Nunca vi cara mais mascarado! Olha se a gente vai ter medo da concorrência de um veado velho muito do mixuruca, bexigoso, bunda seca...

– Mas tem bom coração – diz Lídia.

– Lá isso tem – concorda Tatuzinho.

 XIV

As damas se dispersaram. Umas para o chuveiro, outras para aguardar, deitadas, o almoço que não chega. Na sala, sonolentas, apenas Helena e Sueli.

– Pegaste um michê extra, hein?

– É... – diz Helena, o olhar vago. – Se eu soubesse que a casa estava ruim assim, não tinha vindo.

Vê uma carteira de cigarros na mesinha do canto. Apanha-a, resta um cigarro.

– É sua?

– Não. Deve ser da Avelina.

– Estou quase filando.

– Fuma. Ela é boa-praça. Vai ver que nem sabe...

Helena procura fósforos. Bacurau vai passando, com uma bandeja de copos vazios.

– Pede a Bacurau – diz Sueli.

– Tem fogo? – pergunta Helena.

Gentil, o garçom puxa o isqueiro.

Helena tira uma baforada, tem um acesso de tosse.

– Preciso comprar um xarope.

– Tosse, tá o meu garoto. Não tem remédio que dê jeito. Já levei ao médico, não adiantou nada.

Estende a mão para o cigarro da amiga:

– Me dá uma tragada.

Devolve-o, numa careta.

– Detesto cigarro sem filtro. Diz que dá câncer, não é?

– Pra mim, dá só tosse.

Sueli está séria.

Não posso ver ninguém tossir, lembro logo do garoto.

– Ele fuma? – diz Helena, por falar.

– Seis anos, minha filha.

– Ah!

Silêncio. Helena está soprando a fumaça, acompanha-a com os olhos.

– Chato, hein?

– Chato o quê?

– Tudo.

– Puta que o pariu! Nem me fale...

Vozes. Passos. Vem um casal do corredor. Soninha, de rosto fechado, sem maquilagem. O companheiro, ajeitando os óculos com a mão esquerda, bem-humorado, o braço contornando a mulher, a mão sobre o seio, num último gesto de posse. Chegam à porta.

– Então... – diz o rapaz.

– Até... – diz Soninha.

O homem se afasta, lento, depois de uma tentativa de beijo que Soninha recusa.

– Ele não chamou carro?

– Vai esperar o ônibus.

Aproxima-se de Helena.

– Dá licença?

Toma-lhe o cigarro, para uma chupitada rápida, olha para a porta:

– Bom filho da puta...

Sueli tem um riso curto.

– Não precisa dizer. Te passou na cara, não é?

Calada, cansada. Soninha senta-se no tamborete deixado por Lídia, estende novamente a mão para Helena.

– Só mais uma fumacinha, tá?

– Fica com ele. Tá me dando tosse.

Está meio apagado. A testa contraída, os olhos na ponta do cigarro, Soninha dá-lhe vida outra vez. E seguindo a fumaça, grave:

– Tem três pragas que nunca falharam... Praga de mãe, praga de mulher grávida, praga de puta...

– Você tá grávida? – pergunta Helena.

– Ou muito me engano...

– Então esse cara não chega na cidade. O ônibus vai bater em algum caminhão, na certa... – diz Sueli, risonha.

– Não. Isso não quero. Ônibus pode ter passageiro inocente. Mas esse cara vai pagar... Ah! vai! Só se não existe justiça no céu...

– Ele não te deu nada?

– Isso também não... Eu não sou tão burra assim. Eu arrancava o saco dele... Mas o filho da mãe me toma a noite toda, não me deixa fazer nenhum outro freguês – você viu – me paga só duas cervejas – e olhe lá! – fica até esta hora tomando o meu tempo...

– Brochou?

– Não! Me usou a manhã inteira, o sacana!

Sueli recupera o bom humor:

– São os ossos do ofício, minha chapa... Pior é passar o dia inteiro na fiação, como eu já passei... anos e anos!

– Eu não me queixo de ferro. Tou aqui é pra isso. Destino é destino, a gente não vai discutir, não adianta. Eu também trabalhei em fábrica, não é só você. Cansei de botar besteirinha em barriga de aparelho de rádio na Standard Elétrica, lá em Vicente de Carvalho. Dava pra sustentar os meus bacoris? Dava pra ajudar minha mãe? Os tomates!

– Ela "sabe"? – pergunta Sueli.

Sônia se abaixa, procura a bagana, tenta em vão uma nova baforada, joga-a porta afora, olha para a amiga. E humilde:

– Sabe.

Silêncio desce de novo.

Soninha está com o olhar parado na faixa de sol, mordendo o lábio superior.

– Tem três pragas que não falham. Dizem que a de padre também é boa... Eu só queria ser padre também...

Helena graceja:

– Com xoxota e seio, não dá pé...

– Ou freira. Deve ser a mesma coisa. Pra cercar o sacana do primeiro ao quinto: ônibus, caminhão, bicicleta, dor de barriga e aflição do peito...

– Mas fala – diz Sueli. – Conta logo. Mania de fazer *estripetise*... Ele pagou ou não pagou?

– A ficha...

– Só?

– O resto ia ser pra mim, depois, não é? A gente tratou tudo na mesa...

– Quanto?

– Cinquentão...

– Estás ficando cara, hein?

– Eu tou numa merda filha da mãe! Tenho de apelar... Ele chorou miséria, eu falei que tinha de pagar hoje 35 mil só de costureira – e tenho mesmo...

(– ... essa entrou pelo cano!

– ... e eu vou ter de ouvir caladinha, tá bem?)

Continua a narrar.

– Falei na costureira... Falei que estava atrasada com Salô (o dinheiro da ficha eu não ia nem ver o cheiro dele...). Contei que tenho de mandar dinheiro pra Barbacena (vocês sabem que é verdade). Contei tudo, fui franca... Aí ele topou... E eu fui na conversa... Na hora de sair, com muito gaguejo, o filho da mãe me diz que de outra vez dava o resto, tinha só dez mil... Se eu não ficava zangada...

Sueli põe a mão no quadril:

– Quanto? Ah! que filho de uma égua! Escuta, sua cabaçuda: você não aprendeu ainda? Não te passou pelo cabelo que é preciso "receber" antes? Comigo não tem colher de chá! Primeiro o dinheirinho na mão da mamãe, e muito bem contado, nota por nota, morou?

Sueli retira a fita de veludo preto que lhe prende os cabelos, agita a cabeça para soltá-las, como procurando respirar.

– É... eu sei... Algumas vezes, faço... Mas a gente fica sem jeito... É desagradável... Dá um ar de puta...

– Ué! E a gente não é?

– A gente é... Mas tira aquela coisa, aquela poesia...

– Eu também sou assim – diz Helena. – Se eu vou com um cara, a não ser que seja um tipo sujo, um barrigudo suado, nojento, um fedido, eu procuro esquecer que ele tá me pagando...

Sueli ri curtinho, outra vez:

– Homem não quer outra coisa... É de mulher burra que eles andam atrás...

Novo acesso de furor se apodera de Sônia. Ergue-se, com ódio.

– Filho de uma égua!

– Filho – de uma – égua!

Todo o seu corpo treme, os dentes fechados, os lábios cerrados.

– Mas a coisa não é assim tão séria – diz Sueli. – O mundo não vai acabar por causa disso... Não fica te envenenando por uma besteira. Podia ser pior... Você ainda salvou dez mil pratas. Tem muita garota aí que ficava feliz com a metade... Deixa pra lá... Esquece...

Tatuzinho acabava de entrar. Indaga o que houve. Sueli resume a história. A certa altura, Sônia corta-lhe a palavra.

– E você sabe a melhor, o que me deixa com mais ódio? Sabe que o miserável, depois de tudo, ainda me cantou pra me botar no brioso?

– Ah! filho de uma grandessíssima... – diz Sueli.

Tatuzinho leva as mãos ao colo já alto, superpostas, olhos de padre em sacristia:

– Espero que a minha cara colega não tenha envergonhado a casa...

Soninha não tem senso de humor:

– Quase envergonhei, tá bem? Quase dei. Foi Deus que não deixou. Na hora me bateu aquela desconfiança. Há certas coisas que eu não faço. Mas eu tava tão no miserê, tão dura, que, pensando no cinquentão, quase...

Mete a mão no sutiã, retira uma nota de dez mil:

– Olha: se não fosse eu tá dura paca, eu ia lá no ponto do ônibus – ainda não passou o desgraçado – e enfiava esta porcaria no fiofó daquele filho da mãe!

– Faz isso não – diz Tatuzinho. – Tá com vontade, enfia no meu, que eu não tou faturando porra nenhuma!

XV

Rumor de carro.

– Oba! Tem puto chegando.

Freada brusca. Buzina festiva.

– Ai a minha caçamba! – diz Tatuzinho. – Foge, pessoal. O delegado taí!

– Batida? – assusta-se Helena, seguindo-lhe os passos.

– Batida coisa nenhuma! Vem comer a gente no beiço, mora? Não paga nem cigarro. Duas horas perdidas pra todo mundo, no mínimo. E porta fechada! Tomara que não esteja muito no porre...

Trancam-se no quarto. Já vozes soam, passos ruidosos.

– Ô de casa!

Portas se fecham pelos corredores. Luzes se apagam nos quartos. Um transistor se cala.

– Ei! Não tem ninguém vivo nesta casa? Morreu todo mundo?

Salomé e Bacurau acorrem solícitos.

– Oi! Dr. Benvindo... Seja confirmado seu nome – diz Salomé, o ar servil. – A gente esperava o doutor só amanhã... Seu dia não é sexta-feira?

– E polícia não tem direito a dar uma incerta, minha filha?

– É evidente, doutor!

Está visto que ele vem de bom humor. Deve ter dormido bem, Deus seja louvado.

– Senta, doutor. Ou prefere o salão?

O delegado engrossa, rápido. Faz um gesto a Bacurau:

– Fecha aquela porra. Até três horas não entra ninguém. Certo?

– Certo, doutor.

Bacurau fecha a porta.

– Ou não está de acordo? – pergunta a Salomé.

– A lei é a lei – diz Salô. – Quer um *scotch*? O seu está sempre esperando.

– Contrabando?

– Não, doutor. Tenho a nota fiscal.

– Então manda. Olha: dá pra você me arrumar umas duas garrafas?

– Até três.

– Duas bastam. Vou receber uns amigos do Rio. Tá? Depois, você me manda a nota.

– Deixa disso, doutor. Eu faço gosto.

– Então tá. E as meninas?

– Ainda estão dormindo. Deitaram tarde, ontem.

– Como é? O movimento anda bom?

– Um fim de mundo, doutor. Eu já pensei em fechar a casa, até as coisas melhorarem...

– Deixa de bobagem... Você está chorando de barriga cheia.

Bacurau entra, com uma garrafa de JB e três copos. O escrivão e o comissário têm direito...

– Você não vai beber com a gente? – pergunta Benvindo.

– Se o doutor não leva a mal, eu fico numa Salutaris... Ando mal do fígado...

– Vê lá! Esse JB não é fabricado em Caxias?

Salomé acha dr. Benvindo o homem mais espirituoso do Vale do Paraíba. Ele também.

– Como é... Vamos acordar as bonecas?

– Bacurau, vai chamar...

– Não. Eu faço questão. Autoridade é autoridade, é ou não é? Eu sou delegado, não delego!

– Claro, doutor.

Bate à primeira porta.

– Em nome da lei! Abra!

Rumor. Passos. Chave.

– Oi, doutor!

– Ué! Você não estava dormindo?

– Estava.

– E como é que está vestida?

– Eu ouvi a sua voz, me arrumei.

O delegado estende o copo a Bacurau.

– Bota mais uma pedra de gelo.

– Pois não, doutor. Mais uísque também?

– Precisa perguntar?

Bacurau serve, apressado. Kátia organiza um sorriso, do lado da cicatriz, navalhada modesta no começo da viração em Nova Iguaçu.

– Vamos chegando, doutor...

– Eu quero que a senhora se explique: se vestiu por quê?

– Ué! respeito...

– E é vestida que mulher me respeita? Essa não! Será que eu sou brocha?

Volta-se para Salomé.

– Tem algum freguês nos quartos?

– Não. O último saiu há mais de meia hora.

– Ótimo!

Bate palmas, ergue a voz.

– Todo mundo nu! Quero todo mundo nu!

Dirige-se para Bacurau:

– Avisa... São ordens!

Salomé parece encantado. Diz para o escrivão:

– Esse dr. Benvindo é um gozador, minha Nossa Senhora...

– É de morte – afirma o escrivão, costeletas, terno de linho branco, relógio e pulseira de ouro, examinando com ternura as unhas polidas.

Dr. Benvindo ouve-lhe a voz, volta-se para os dois auxiliares:

– O que é que vocês estão fazendo aqui? Pro salão, já! Me esperem lá fora.

Os dois desaparecem. O delegado, para Salomé:

– Viu só a intimidade desses putos? Não é um desaforo? Não é uma pouca-vergonha? É por isso que o Brasil não vai adiante... Ninguém mais respeita ninguém!

Alonga o olhar, a ver se os homens sumiram.

– Moleques!

Estende o copo a Bacurau, que o segue de garrafa na mão.

– Gelo?

– Uísque. De frescura estou cheio.

Volta-se para Salomé, aplica-lhe um tapa na barriga:

– Não é, meu puto?

Salomé é puro dengue, desmunhecando-se todo.

– Esse dr. Benvindo... O senhor tem cada ideia...

Ele tem. Bate no quarto em frente.

– Ô de casa!

– Já vai, doutor!

É a voz de Sueli Morena.

– Está vestida, minha filha?

– É... Eu...

– Tira!

– Tá bem...

Em segundos, a porta se abre.

– Ah! bom... agora sim...

Entra, passa-lhe a mão pelo corpo.

– Estás precisando de regime, querida. É preciso diminuir esse rabo, tás me entendendo?

Sueli gagueja qualquer coisa, olhos redondos de espanto. Ele põe a cabeça fora da porta, ordena outra vez:

– Todo mundo nu! Todo mundo nu! Vão abrindo as portas! Portas e pernas! Visita médica.

E ri, feliz com a piada imprevista. Bate palmas de novo.

– Tão me entendendo?

Vai a outro quarto, impaciente.

– Abre, abre, abre!

A porta cede.

– Oba!

É Lídia. Dr. Benvindo a reconhece.

– Bom material... Essa eu já papei...

Tem um cambaleio rápido. Ergue a voz:

– Como é? Ninguém mais se habilita?

Faz sinal a Salomé:

– Bota o gado pra fora. Tudo nu! Toca! Não vim aqui pra fazer chamada. Isso não é colégio. Ou será?

Tem um momento de bom humor, com a nova pilhéria. Silêncio continua nos quartos de portas fechadas.

– Será que elas estão com vergonha? Não vai me dizer...

– É que... o doutor compreende...

– Escuta, meu filho... não começa a me encher... O que que elas são? É tudo puta, é ou não é? Então por que é que não vem tudo nu, como eu mandei?

Há uma tímida hesitação.

– Não ouviu, bicha louca? Ou tenho de apelar pro berrante?

Faz menção de puxar o revólver. Salomé se aflige, vai aos quartos:

– Meninas... meninas, pra fora! Pelo amor de Deus! Vamos... vamos... todas no corredor! Depressa, queridas!

Pálidas, apavoradas, as mulheres vão surgindo. Algumas cobrem os seios. Ele ri:

– Olha o chiquê das vagabundas! Vamos, pistoleiras! Quero um desfile... Desfile na passarela do Quilômetro Seis... Bota no jornal... Eleição de Miss Puta!

Vê Elisa Peito de Pombo.

– Por que é que está parada? Esperando o quê? Filho? Passarela, minha vigarista!

Peito de Pombo vacila, caminha, não sabe se para ou continua.

– Circula... Circula! E você?

Sueli desfila, as ancas gingando, aplica-lhe um tapa.

– Capricha no remelexo, pistoleira!

Descobre Kátia Preta:

– O que é que essa escurinha tá fazendo aqui com esse bundaço indecente? Cai fora!

Chama Salomé:

– Mandei desfilar puta. Cozinheira não.

– Mas ela é, doutor! – diz Salomé, quase ofendido.

– Cozinheira?

– Pu... prostituta.

– Pros negros dela. Pra mim, não. Tá registrada na polícia?

– Todas as meninas, aqui, estão regularizadas, doutor. Tudo legal.

– Vou mandar cassar o registro por dez anos...

Passeia o olhar imperial.

– Ninguém mais?

Salomé procura apressar a humilhação. Quanto mais cedo acabar, melhor. As mãos trêmulas se agitam, mandando marchar. Maria Quibe, corpo de ourivesaria nas curvas morenas, apenas os seinhos sem vida (não conseguira amamentar) empanando o conjunto. Sônia, alta, fina, as mãos de unhas por fazer aquela tarde, tentando atenuar o balanço dos seios.

– Vende num açougue, minha filha. Cada seio desses deve dar dois quilos. O filé tá caro.

Avelina, sem jeito. Preferia a penumbra do miniquarto, a luz vermelha. Tinha feito loucura em Campos, três anos antes, notícia com retrato em três colunas, primeira página de jornal da Guanabara. Ainda guardava o recorte da *Luta Democrática*: "Sob a ação da maconha, a bela mundana ateia fogo às vestes". Helena, mordendo os lábios, a garganta seca, o passo leve, de boleio manso. Luzia Grande (Luzia Pequena estava agora no Salvaterra) passeia, lenta, as coxas de piscina do Copacabana.

Benvindo sorri para Salomé:

– Mulher é um troço bem bolado, hein, meu puto? Vocês devem ter uma inveja filha da mãe, é ou não é? Essa garota é bárbara!

– O senhor acha, doutor?

– Ué! Você não está de acordo, bicha louca?

– Tem gosto pra tudo!

O delegado defende um ponto de vista:

– O que me admira é haver quem goste de uma bosta como vocês!

– Isso é uma opinião pessoal, não é, doutor? – atreve-se Salô a responder.

– A Inglaterra não pensa assim. Já nos reconhece...

– A Inglaterra é outra bosta!

Faz sinal a Luzia Grande para que volte, dê um giro de corpo.

– Olha que espetáculo! Você não dava o rabo pra ter um assim? Confessa...

Ódio, vergonha, revolta, as mulheres se concentram em dois grupos opostos. As que desfilaram, as por desfilar. Faltam muitas.

– Duas de cada vez! Vamos... Quem é essa pau de arara? Isso só pode ser do Piauí... És um bofe, hein, minha vaca? Desguia...

Bacurau está reabastecendo o copo, a um gesto do delegado. As mulheres desfilam de novo.

Salomé se aflige, nervosismo crescendo, apressando a humilhação da passarela. Quanto mais rápido, melhor. Tatuzinho é a primeira. Reluta. As companheiras a impelem.

– Não empurra!

O homenzarrão emborca meio copo. Cospe uma pedra de gelo.

– O que é que há, sua vigarista? Fazendo chiquê? É preciso mandar?

Tatuzinho vem. O passo lento, o corpo grosso, morte nos olhos. O delegado vê-lhe o ventre enorme, quatro meses que parecem seis:

– Oba! Esperando?

Tatuzinho se detém, séria.

– Não tem vergonha, vagabunda? Fazendo a vida com um filho na barriga? É uma esculhambação! O que é que você pretende?

Silêncio.

– Vamos! Diz alguma coisa! Você vai botar esse filho no mundo? Por que é que não faz um aborto?

A voz pausada, o olhar duro, Tatuzinho fala:

– Será que eu não tenho direito? Será que não tem lugar no mundo pra mais um filho da puta?

E voltando-se para as amigas:

– Eu nunca vi classe mais desunida!

XVI

O delegado mal teve tempo de entender. Foi tão contagioso, correu tão rápido o pavor – gritos, choro, atropelo, seios balançando, mãos na garganta, braços para o alto, pernas, coxas, nádegas, desmaios – que ele se viu perdido na confusão das mulheres.

– O que foi? O que que há?

Fim de mundo parecia.

– Calma! Calma, suas vacas!

Não caíra por falta de espaço. O copo de uísque voou-lhe das mãos, quebrado no chão, várias mulheres cortadas, sangue aumentando a histeria geral. Portas se fechavam, três, quatro corpos nus se embolando nas camas. Sem largar a garrafa, Bacurau arrastava Salomé para o quarto de Kátia, presença de espírito bastante para empurrar até o rodapé os cacos de vidro mais visíveis.

Benvindo se viu só, por um momento. Fora pisado, socado, amassado, arranhado, pelas fêmeas em pânico.

Ainda estava sem compreender bem, quando lhe surgem pela frente o escrivão e o comissário, escrivão no gaguejo, comissário de revólver em punho. Sente-se autoridade outra vez:

– Quem chamou vocês aqui, seus cafajestes?

O escrivão se encolheu:

– A gente ouvimos uma gritaria danada...

O comissário tem revólver:

– A gente pensamos que o doutor tava sendo atacado...

– Atacado os tomates, seus merdas! Rua!

Estende o braço:

– Rua, seus moleques.

A voz dele é rugido:

– Bacurau!

O garçom aparece à porta onde Salomé se recuperava.

– Bota esses palhaços lá fora!

Para os dois:

– Me esperem no carro. E não me apareçam mais aqui! Senão, vai ter!

– Sim, seu doutor.

– Rua!

E para Bacurau:

– Fecha a porta por dentro. Passa a chave.

– Po... pois não, seu doutor.

Os dois vão saindo, Bacurau atrás.

O delegado ainda tem tempo de urrar para o comissário:

– E bota esse revólver no coldre, seu idiota!

O rapaz obedece. Rápidos, se afastam. Volta Bacurau.

– Passou a chave?

– Pa... passei.

– Chama as donzelas. Se alguma estiver desmaiada, joga água na cara. Quedê Salomé?

Bacurau responde apontando o quarto. Ele vai até lá.

– E, seu baitolo vagabundo! Acaba com esse chilique, senão te mijo na fuça!

Salomé, pálido, se levanta.

– Bota pra jambrar! Chama as onze mil virgens!

Bacurau e Salomé se apressam, as mulheres vão aparecendo, pávidas. ("Hoje o mundo se acaba!")

– Traz outro copo.

Toma de Bacurau a garrafa, onde se reabastece direto para ganhar tempo.

– Vamos chegando, cafonas!

Está quase paternal.

– O que que houve, por que esse atropelo todo? – pergunta a Divina, que está mais à mão.

– A gente assustou...

– Com o quê?

– Bobagem... Deu nervoso...

Ele procura Tatuzinho, lá no fundo.

– Por causa daquela vagabunda? Mas vocês são umas vacas! Será que um homem da minha posição vai se ofender com uma puta escrachada como essa? Ora vão tomar no redondinho, tá bem?

Divina tem o olhar fixo no coldre que ele ostenta à cintura.

– Com certeza acharam que eu ia ficar ofendido, ia dar tiro, ia matar vocês... Foi ou não foi?

Divina calada.

– Ora vão tomar no útero! Um homem como eu – uma autoridade! – não entra em puteiro pra matar meretriz, tão me entendendo? Se fosse pra matar uma senhora decente, numa casa de família, tá certo... Mas num puteiro assim, só entra pra mandar brasa! Entenderam, suas pistoleiras? Eu estou aqui pra isso: mandar brasa!

Sacode a negativa no ar, o indicador em riste:

– E vão perdendo a esperança de explorar o papai. Tomar o meu dinheiro? Negativo! Eu não ganho dinheiro deitado! Tão me compreendendo ou é preciso explicar outra vez?

– É claro, doutor! – diz Salomé. – O senhor se agradou de alguma?

– Aqui? Tá difícil, meu filho... Você só tem bomba!

Seu olhar cai de novo sobre o corpo moreno, de linhas amáveis.

– Espera... você não é a Divina?

– É... – informa Salomé, pressuroso.

– Você não é a tal que gosta de sacanagem com mulher?

– Eu não, doutor. De jeito nenhum!

Salomé intervém:

– Modéstia dela, doutor.

O delegado se aproxima, passa-lhe a mão nas ancas.

– Boa carroceria... Quantos anos?

– Vinte e cinco.

– Fora os que mamou...

Divina sorri. O doutor é gozado.

– Você já amamentou?

Ela acena com a cabeça.

– Ainda te deixaram em forma, hein? Dá graça a Deus. Quantos filhos?

– Uma garota.

Sorri.

– Mais uma pra cair na vida.

Examina-lhe as costas.

– Não é pra falar mal, mas você ainda está bem comível... Escuta: escolhe uma aí pra gente levar pra cama.

As mulheres de olho baixo.

– Escolhe uma do teu gosto. Quero a sacanagem pra valer...

Todas de olho baixo, Divina também.

– Escolhe – diz Salomé.

Helena está se escondendo atrás das companheiras, Divina o percebe, morde os lábios.

– Como é? Não tem nenhuma do seu agrado? Eu não quero forçar, quero sinceridade.

Os olhos da mulher suplicam.

– Inventam essas coisas, doutor... Pra desmoralizar a gente...

– Não sacaneia, piranha! Desmoralizar quem? Puta? Você tá me gozando... Olha: se você não escolher, quem escolhe sou eu. Vai ser pior pra você... Porque eu quero o serviço bem-feito. Show eu não permito... Quero espontaneidade!

Novo silêncio. Salomé cada vez mais inquieto.

– Convida a Helena – diz, com a sua intuição de homossexual.

– Não, ela não – diz Divina. – Você topa, Katinha?

– Ok...

XVII

O delegado concede. Concorda em que a cena entre as duas não seja vivida na presença de todas. Ele não queria sinceridade? Com todo mundo olhando, não dava pé, argumento gaguejado e justo de Salomé, para quem Divina apelara. Aliás, não haveria espaço. É miniquarto.

– Mas Bacurau tem de entrar. Eu vou precisar dessa muamba...

(– ... tenho a nota fiscal, doutor...)

Constrangido, Bacurau suplica:

– Doutor, eu fico de fora. O senhor querendo, chama. Eu não me afasto...

– Não entra por quê? São ordens!

O garçom é voz incolor:

– É que... é que eu fico nervoso, assistindo...

– Você também é veado, já vi tudo!

– Essa não! – atesta Eliana, mais senhora de si. – Bacurau tem cinco filhos...

– Não vejo vantagem – diz Salomé, logo se encolhendo ante o olhar do dr. Benvindo.

– Você não tem vergonha?

Salomé é dona de casa. Precisa resolver a situação. Aproxima-se carinhoso, o braço irmão nas costas morenas:

– Entra, Divina.

Ela ainda hesita, constrangimento mortal.

– Vai, minha querida.

E baixando a voz:

– Não há outro jeito...

Divina obedece.

O delegado olha para Kátia Branca.

– E você?

Dá-lhe uma palmada quase amiga.

– Vais ganhar uma boa linguada, sua cadela!

Encara Divina, o indicador apontado:

– Vê lá! Pra valer! A mim ninguém me tapeia!

Sinal para as duas:

– Cama!

Tira o paletó, entrega a Salomé.

– Não me sai de perto. Toma cuidado. Tem dinheiro e documento no bolso.

– Pois não, doutor. Eu cuido.

Há um movimento de mulheres se afastando.

– Fica tudo aí! Se precisar de mais alguma, eu chamo.

Entra no quarto, desatando a gravata.

– Pois é, bonecas! Vamos trabalhar como manda o figurino! Olha, Divina, você vai me levantar essa vagabunda na ponta da língua, tá bem?

Desabotoa a camisa.

– Podem mandar brasa! A que trabalhar melhor ganha a sorte grande: leva um suplemento masculino... E do bom, do melhor do mundo... Produto nacional legítimo!

Salomé, gentil, sorri para as mulheres:

– Nisso ele tem razão... Brasileiro é fogo!

 XVIII

As mulheres ainda estão alvoroçadas junto ao quarto onde Dr. Benvindo, a espaços, ruge, uiva, rosna, palavreia.

– Tem horas que eu chego a pensar que Deus não existe, palavra de honra.

É Avelina quem fala, protegendo os seios com o braço.

– Deus que te perdoe, minha filha! Não repete nunca um desrespeito desses – fala Ivonete.

– Mas como é que Ele deixa um canalha desses fazer tanta miséria... e ainda não pagar?

– Deixa pra lá... Deus sabe o que faz...

– Sei não... – diz Avelina esticando o lábio inferior, uma bolha de acidez apontando na mucosa. – Sei não... A gente perde a crença... Tem muita mulher que perdeu...

Salomé, ansioso, acompanha o que se passa no 15, temeroso de novos problemas.

– Eu vou pro meu quarto – diz Sueli.

– É melhor esperar, minha filha. Hoje ele tá de fogo. Nunca vi ele assim.

– É mesmo... o que é que deu no bandido? Ele bebe paca, mas sempre foi legal – diz Raimunda, até então silenciosa.

Sueli se resolve.

– Espero não. Vou me mandar.

Retira-se, Raimunda logo após.

– Meninas... – implora Salomé.

Avelina se afasta.

– O delegado que se dane! Bom filho da puta!

As outras ficam resmungando. Não haverá um raio do céu para ensinar um miserável?

– Deixa por minha conta – diz Kátia Preta. – Segunda-feira eu desço. Vou no meu pai de santo, lá em Nova Iguaçu, dou um jeito nesse chifrudo, vocês vão ver! Vou encomendar um trabalho legal nem que me custe um mês de michê, mas desta vez o corno não me escapa. Em Três Rios, uma vez, eu acabei com a raça de um motorista que me sacaneou. O meu Exu fez um servicinho de cemitério, três dias depois o puto tinha virado manta de carne em geladeira de necrotério...

– Fala baixo, mulher.

– Deixa comigo – continua a crioula entrando no quarto. – Esse é carta fora do baralho... Vai se arrebentar!

Ergue-se a voz imperiosa:

– Bacurau!

Fuga de algumas.

– Doutor?

– Traz a garrafa.

Bacurau entra no quarto, volta a seguir, transtornado.

– Conta... – diz uma delas.

– Deus que me perdoe!

– E as duas?

– Mandando brasa... Ele tá marcando compasso com o berrante...

– Minha Nossa!

Novas garotas se mandam, em ponta de pé. Salomé não sabe o que dizer. Helena vestiu o penhoar. Sueli aparece de short.

Sentadas à beira da cama, Lídia procurando o coração, Vera Lúcia fumando, Lídia pergunta:

– Será que elas estão "pra valer"?

Vera Lúcia sopra a fumaça, pensativa.

– Não duvido nada. Você sabe que Divina castiga mesmo. É papo firme! Algum freguês já te pegou pra fazer suruba com ela?

– Felizmente, não... Eu odeio suruba.

– Olha: com ela não tem colher de chá... A gente sai de perna bamba...

Salomé vem à porta, recomenda silêncio. Tenham paciência, deve estar no fim. "Daqui a pouco ele acaba o gás..." Todas já estão vestidas ou quase.

– Minha filha, eu acho que não vou continuar no Quilômetro Seis – diz Sueli, noutro quarto. – Com esse porra-louca fornicando a paciência da gente, não dá pé...

– Eu também – diz Eliana. – Pagando o que devo, me mando...

Lídia vai até o 15, a cuja porta Bacurau, rígido, gotas de suor testa abaixo, aguarda a voz da autoridade. Ausculta, com sorriso malicioso, pisca para as companheiras, agita a cabeça, a testa franzida.

– Tá sopa, não.

– Sai daí... De repente o safado é capaz de dar um tiro – diz Raimunda, no quarto ao lado.

Lídia entra, contempla-lhe os seios fartos.

– Tens umas tetas, hein? Faça-me o favor! Pra homem nenhum botar defeito!

Raimunda sorri:

– Às ordens...

XIX

Vinte quartos, par a par, se enfrentam no estreito corredor, que Salomé batizou de galeria sob um patrocínio imperatrício: Messalina. O corredor à esquerda de quem vem da boate, dando para um quase pátio espanhol, tem apenas uma fila de quartos. É assinalado por um toque de brasilidade: Galeria Marquesa de Santos. Suas locatárias escaparam, capricho do acaso, ao vendaval. Quartos fechados. Luz apagada. Assanhamento de saber as coisas. Hora do almoço apertando barriga. No momento, relativo silêncio.

– Vai ver a fofoca, Marlene.

Ela vai, pé ante pé.

– Ei?

– Oi!

Como é?

– Tá quase no fim!

Marlene tem uma reivindicação.

– A gente tamos morrendo de fome!

– Te guenta!

Rumor brusco no 15.

– Te manda! – ordena Salomé.

Foge Marlene. Baratas assustadas, as da Galeria Messalina se agitam, coração batucando. Impassível, à porta do 15, Bacurau, suando frio, reza agora, invocando seu santo. Foi leão de chácara em Olinda, Caxias, Nova Iguaçu, Nilópolis. Chegou a ter convite pra Copacabana! É homem cansado, quebrador de galho, bom garçom. Tem cinco filhos, um afetado da espinha, a mulher esperando. De violência nunca teve precisão, seu santo evitou. Nunca teve cana. A garrafa está quase vazia. Doutor delegado já foi cabra legal. Veio piorando, ninguém sabe o porquê. "Semana passada, quando saiu do quarto, me atirou na cara o resto do copo..."

A lembrança vem, com sabor de bofetada. Há sinais de festa acabada no interior do miniquarto. De puro instinto, passa a mão para o gargalo da garrafa.

– Ah! meu São Judas Tadeu! Uísque na cara, outra vez, é capaz de não dar jeito...

Nisso, um rugido rouco, um trovão soturno, retumba na casa.

Bacurau tem um suspiro de alívio. Pisca para Salomé, mais tranquilo também. O uísque? O amor? Não importa... Já de outra vez tragédia quase igual teve fim semelhante. Trabalho apenas de limpar o chão, depois, mas o bicho sem moral, falando baixo, sem criar novos casos. Não há como um delegado vomitando para abalar todo o princípio da autoridade.

Ao deixar o quarto, os olhos vermelhos, enxugando as lágrimas do esforço tão grande, o delegado vinha quase humilde.

Sorri para Bacurau:

– Ué!

– Mais uma dose, doutor?

– Não, não, chega!

Não pergunta pelas mulheres.

– Quedê Salomé?

– Pronto, doutor! Fui buscar um copo-d'água.

Ele se recupera, rápido:

– Água, não! Tá querendo me gozar?

Consulta o relógio:

– Duas e vinte... É preciso rodar. Onde é que estão aqueles dois vagabundos?

– Lá fora.

– Fazendo o quê?

– Esperando o doutor. Foi ordem sua.

– Minha? – pergunta espantado.

Retira o relógio do pulso, pensativo, começa a dar corda.

– É... tá na hora...

– Gostou das meninas, doutor?

Ele tem uma reação íntima, vontade de cuspir-lhe na cara. Domina-se:

– Não são más... Essa Divina é do diabo!

– Não é mesmo, doutor?

Termina a gravata, empurra levemente a porta do quarto:

– Bai-bai, garota. Desculpa o mau jeito...

– Ora, doutor...

– Bem... Tenho de andar.

Vai saindo, Salomé a reboque. Já no fim do corredor, volta-se a tempo de surpreender o gesto sonoro que Divina, da humilhação de sua nudez, lhe dirige.

Não se perturba, a voz agora calma:

– Dobra e enfia, cafona!

Kátia Preta assiste ao episódio, afunda o riso na mão.

– Essa valeu! Gostei!

As mulheres saindo das tocas. Os homens caminhando. Bacurau, na frente, já correu a chave, a porta se abriu.

– Obrigado, Bacurau.

– Apareça, doutor.

O motorista ligou a partida.

– Joga fora o cigarro!

O escrivão e o comissário desceram do carro para o doutor se acomodar. Já sentado, fala:

– Ah! ia me esquecendo, Salomé. E as minhas garrafas?

– Tem razão, doutor. É um segundinho. Vai buscar, Bacurau!

– Espera... Vamos fazer uma coisa: você tem só duas?

– Tenho um pouco mais...

– Você vai quebrar um galho. Dá pra me ceder uma caixa?

– Po... pois não! Eu comprei foi para o doutor mesmo, não se lembra? Vai depressa, Bacurau!

– Vamos fazer o seguinte: você tem carro fácil?

– O Mazinho deve estar chegando.

– Então manda ele entregar na minha casa, tá? E manda a nota...

– O que é isso, doutor? Deixa pra lá!

– Tá bem. Desculpe qualquer coisa...

– Ora essa!

O escrivão já tomou lugar no assento traseiro. De passagem, o comissário fala, baixinho, a Salomé:

– Não manda, não. Já não é preciso. Ele foi removido.

– O quê?

– Às três horas toma posse o novo delegado.

– Não diga!

– Fala baixo.

– Você jura?

– Por Deus! Foi removido pra Itaperuna. Guarda o teu uísque...

Os olhos de Salomé se iluminam.

– Vou mandar duas caixas. Uma pra tua casa, tá?

– Oba!

O comissário entra, o carro parte. Salomé, de mãos postas, olha o céu:

– Meu santo padroeiro São José: nem São Judas Tadeu já fez um milagre tão na hora!

Ivonete e Avelina, felizes (já acharam tempo e jeito de encher a cabeça de bobes de várias cores) ouvem-lhe a frase:

– Qual é o babado, Salomé?

– Estamos livres, queridas! Livres desse miserável... Livres! Sabe o que é isso?

– Mas livres como?

– Inteiramente! Foi removido, tá bem? Re-mo-vi-do! Por isso ele estava daquele jeito... Agora eu entendo... Removido!

– Mas é possível? Pra onde?

– Sei lá! Pra deus me livre! Pro fim do mundo!

Junta as mãos em prece outra vez. Um clarão de vitória brilha nos olhos castanhos de Ivonete, que se volta para a companheira:

– O que foi que eu te disse? Tem Deus ou não tem?

E convicta:

– É batata! Não falha... Nunca falhou, minha filha! Nunca!

Salomé manda correr cerveja por conta da casa. É justo. A notícia merece. As mulheres também. Quase um ano de humilhação e terror nas mãos de um canalha.

– Mas não vão se empilecar! Não quero ninguém de fogo. Chega o que vocês são obrigadas a beber de noite. Desgraça de brasileiro é o fígado...

– Que nada, meu chapa! – diz Marlene. – Cerveja é até diurético...

– Pra mim, nem se fala! – diz Vera Lúcia. – Eu mijo feito um chafariz. É bom, lava a bexiga...

Elizete pergunta a Benedito, que atravessa o refeitório, de vassourão e pano molhado:

– Vocês ainda não limparam o 15?

– Tem dó, Elizete! – protesta Berê. – A gente comendo, você vem lembrar uma porcaria dessas! Vira até o estômago...

Divina está de pé, prato fundo, concha grande pescando carne-seca na terrina de feijão-mulatinho.

– Puxa! Você nem perdeu o apetite! – observa Sueli.

Os olhos são negros, o olhar sereno:

– Minha filha, eu me perdi com doze anos. Tou há dez anos na vida. Não tem mais nada que me vire o estômago nem me tire a fome...

– Aliás, deves ter passado muita – diz Raimunda. – Eu passei pra chuchu...

– Mesmo no tempo do comuna?

– O advogado? Não era comuna, eu já disse! Mas taí... Com ele, até que foi pior... Cismou que eu, garota enxuta, precisava emagrecer...

Divina retira da terrina, no centro da mesa, um naco espetacular de carne-seca.

– Castiga um pedaço pra mim – diz Eliana.

– Pra mim também – diz Marlene.

A carne é fraternalmente dividida.

– Hoje o grude até que está bom – diz Sueli. – Parece que a Marcelina adivinhou...

– Me passa a batatinha frita – pede Tatuzinho.

Kátia Preta, emborcando o copo, rápido, apanha a travessa a meio caminho.

– Deixa eu defender o meu. Tatuzinho anda comendo por dois...

– Por três, minha filha. Pela tua também...

Diálogos cruzados, frases soltas, gritos agudos, torre de Babel de prosódias e termos regionais, confusão cotidiana tornada maior, que o dia é de festa.

– Não era na minha terra que esse cabra da peste abusava do jeito que abusou aqui. Tinha sido inzemplado há muito tempo... Povo aqui né macho não...

E de ódio concentrado:

– Félha da póta!

É uma voz de Itabaiana, com memórias de Belém, São Luís, Fortaleza e sertão. Conheceu a terra de Salomé, andou por Juazeiro do Norte, foi mulher-dama entre mais de mil, passando fome, esperando romeiro, conversando milagre "de meu padim pade Ciço".

– Ainda tem cerveja?

A caixa oferecida pela casa já se foi.

– Elizete, bota uma Brahma na minha conta!

É Avelina.

– Teu crédito tá muito por baixo, querida. Tu não fatura há três dias.

– Então debita na Divina – ri Eliana. – Hoje foi dia dela. Fez suruba. Todo mundo sabe: suruba dá mais...

Gargalhadas festejam.

Tatuzinho toma partido.

– Acho bom vocês não gozarem Divina. Se o Benvindo tivesse escolhido qualquer de vocês, me digam... quem é que não fazia a mesma coisa?

– Eu não fazia! – dizem várias.

– Uma porra! Agora é fácil dizer, o sacana rodou. Eu queria ver ele voltar aí, delegado outra vez...

– Credo!

– Se ele me obrigasse, eu ia. Mas tapeando... Fazia a figuração, empulhava o cara – diz Lídia.

– E você sabe se ela também não fingiu?

Eliana é feroz:

– Fala você, Kátia... Foi só fingimento?

– Divina é de morte! – diz outra. – Espia só as olheiras de Kátia.

– Acho muita graça – ataca Divina. – Vocês são é mascaradas... Pra começar: qual é a diferença entre mulher e homem?

– Poça! Você não sabe ainda? Já dava tempo...

– Não te mete a besta! Aqui ninguém pode falar de ninguém... É tudo puta...

– Puta é a tua... – vai dizer Avelina. Pensa melhor, baixa a cabeça.

Palmas soam, na ponta da mesa. É Salomé de pé.

– Bonecas... Pelo amor de Deus! Não vamos estragar um dia como este...
o dia mais maravilhoso na vida do Quilômetro Seis!

– É mesmo! – apóia Berê.

– Vocês não parecem mulheres adultas...

– ... adúlteras! – aparteia Diva, da Galeria Marquesa de Santos, orgulhosa de ter sido casada (tinha os documentos).

Salomé, sempre mordido pela tentação da tribuna (ainda seria vereador
numa cidade do Sul, promessa no Crato...), adora falar. Na semana anterior
interrompera o show, na viração da madrugada, para o necrológio de uma co-
leguinha finada em Lafaiete, que abrilhantara em tempos idos as noites da
casa com o seu charme e a sua beleza. ("Muitos dos nossos *habitués* se lembram
dela, uma verdadeira sacerdotisa do amor.") E apesar do "oba" irreverente de
Tatuzinho, com seis cuba-libres e duas cervejas, cruzou as mãos no peito magro (orador de respeito era Padre Venâncio, lá no Crato) e pediu às queridas
colaboradoras e aos distintos companheiros de vida noturna "um minuto de
silêncio em memória daquela que dera tudo para aumentar a poesia das noites
do nosso Brasil..."

No refeitório informal, sempre tumultuado, nunca perdia vaza. Escreveu-
-não-leu, o futuro vereador ("tenho fé no meu São José, meu protetor") ensaia-
va as armas. Ocasião era esta das mais memoráveis.

– Pois é, minhas queridas! Vamos esquecer as fofocas! Vamos nos unir!
Minha santa mãezinha costuma dizer: a união faz a força! Vocês não imagi-
nam como fico triste, num dia de tanto júbilo, num dia jubileu como este, em
que nos libertamos de um delegado tirano, vendo que vocês se degaldiam...
digo, delgadiam... isto é... se de... dega...

– ... Delegadiam – tenta ajudar Raimunda.

A gargalhada irrompe, contagiosa, cortando-lhe a inspiração, justamente quando a palavra chegava, sonora:

– ... de-gla-diam!

Não consegue continuar. Todas falam ao mesmo tempo, tomba uma
garrafa de água. Sueli se ergue furiosa, no meio dos risos, a saia molhada.

– Porra! Assim também não vai! Você fez de sacanagem!

– Eu? Você tá maluca!

É Ivonete, ofendida com a inesperada acusação.

– Calma, bonecas! Nós estamos parecendo um internato de meninas...

A confusão toma corpo. Palmas, de novo.

– Silêncio! – pede Salomé.

– Silêncio! – repete em coro toda a confraria.

Salomé gesticula agitado. Calma... calma...

A paz vai descendo.

– Ê! Não tem sobremesa? – pergunta a voz profana de Tatuzinho.

– Essa Tatuzinho é fogo! – diz Adriana risonha.

A sobremesa está chegando. Benedito vem da cozinha com uma cesta pesada.

Marlene toca fogo no risco de tuia.

– Banana?

– Outra vez?

– Num dia como hoje?

– Só se for pra enterrar no rabo do dr. Benvindo!

– Boa pedida! Eu cedo a minha!

– Vai ser um bocado difícil – diz um sotaque nordestino. – A esta hora ele já deve estar no fiofó do juda!

– Será que ele foi hoje mesmo?

– Sei não... Vai pra onde?

– Ita... Ita...

– *Peguei um ita no Norte...* – cantarola uma voz.

– Itaperuna – informa Salomé.

– É longe?

– Deus permita!

Salomé faz-se, outra vez, dona de casa. "Não joguem as cascas no chão." "Tomem cuidado." "Cooperem com Benedito e Marcelina..."

Depositando cuidadosamente as cascas numa travessa vazia, Raimunda pergunta:

– Será que tem pensão nessa tal de Itaperuna?

– Onde é que não tem? – perguntam as duas Kátias.

– Deve de haver – garante Berê. – É cidade boa, já ouvi falar. Tem uma fábrica de leite em pó.

– Fábrica de americano?

– Só pode ser. Tudo é deles.

– Americano é bom. Tem o tutu pra gastar.

– Dizem que é tudo brocha...

– E eu quero homem pra me mandar pau? Quero pra me dar a grana, ora essa! Se não trepar, acho muito melhor!

(Opinião de Avelina.)

– Mas mesmo que lá tivesse tudo quanto é americano do mundo, em Itaperuna, eu não ia fazer a vida, de jeito nenhum!

– Por quê?

– Vocês não sabem quem é o novo delegado?

– É mesmo... Já tinha esquecido! Esse filho da mãe é o tipo do empata!

Avelina está pondo café na xícara.

– Eu estava pensando nas coitadas de lá... Vão comer fogo!

– É verdade... Muito sofre uma prostituta!

(Marilu tem um ponto de honra: está há seis anos na vida, nunca disse um palavrão!)

Sueli está de cabeça baixa: quem será o novo delegado? Como será? Não será ainda mais desgraçado, mais tirano?

XXI

Alegria de barriga farta, cerveja de graça, coração mais leve. A cerveja deve ter sido muito mais pelo telefonema do Rio que pela remoção do delegado. Salomé é boa-praça, mas vive muito ao sabor da incerteza dos machos, que lhe tomam fortunas.

– Você já pensou que ele dá pros fanchos dele, de cada vez, muito mais do que o que a gente ganha com quatro, cinco fregueses?

É Tatuzinho arrastando o corpo redondo, pesado, rumo à paineira que limita o platô onde vem sendo construído, aos poucos, acompanhando o próprio progresso, o Quilômetro Seis.

– Castigo de Deus – completa Avelina, que a segue, veterana da casa. – É a minha vingança. Trabalho mais pra ele do que pra mim – é ou não é? –, mas homem, pra dormir comigo, tem de entrar com a nota. Não pagou, não tem sopa. Esse filho de uma vaca, se quer homem, quem paga é ele, tá bem?

Mastigando o palito, acariciando o ventre empinado, Tatuzinho se detém, contemplando uma cana índica, de vermelho insolente.

– Sabe que eu até tenho dó da mãe dele? Pra uma mãe deve ser duro ver o filho dando o rabo... É chato paca, você não acha?

– Puxa! É pior que ter filha na vida. Graças a Deus, todos os meus irmãos são normais. Um não é muito, você sabe do caso. Tá na detenção em

Niterói. artigo 157, combinado com 281. Mas tudo macho pra burro. Já é um consolo.

– Puta merda! Se é! O sujeito matar em legítima defesa, roubar por necessidade, cair na vida pra não morrer de fome, eu entendo. Cair na vida, a mulher, é claro... Mas filho bicha é vexame!

– E você pensa que ele não sofre também? Salomé tem penado muito. Foi até expulso da terra dele por causa disso...

– Verdade?

– No duro! A toque de caixa! Ele era ainda garoto...

– Tá aí uma coisa que me dá raiva: a ignorância do povo. Mas quer dizer que a mãe dele sabe mesmo de tudo? A pobre...

Há um banco de pedra embaixo da paineira. Tatuzinho senta-se. Apanhou uma zínia. Procura cheirá-la.

– Florzinha mais idiota... Não tem cheiro de nada...

– Flor é rosa. O resto é besteira.

Avelina procura lugar.

– Chega pra lá. Você tá ficando grávida de tudo quanto é lado, puxa vida! Nunca vi! Vá ser grávida assim na casa da Mãe-Joana!

Tatuzinho sorri.

– Eu sempre fui exagerada...

Longe, muito agitado, Salomé dá ordens. Benedito precisa juntar na lata os restos do almoço pra jogar no chiqueiro.

– É gozado – diz Avelina. – Você já viu boate com criação de porcos? Só no Quilômetro Seis!

– Também... uma porcaria destas... Deus me livre! Casa dirigida por bicha dá nisso! Ele devia criar era veado!

– Sabe que ele detesta?

– Não quer concorrência?

– Coitado! Salomé é um sofredor, palavra! Ele adora a mãe dele. Um puto velho desses, quando recebe carta do Crato, chora que nem bezerro desmamado... Diz que ainda há de trazer a mãe dele pra cá...

– Você não vai me dizer que ele vai botar a velha pra fazer a vida... Tinha graça – diz Tatuzinho.

– Eu acho que ele quer ela de gerente. Tem mais confiança...

– Quer dizer que a mãe dele?

– Claro! Você não sabia?

Tatuzinho atira longe a zínia.

– Flor que não tem perfume, não era eu que plantava...

– Flor é rosa...

Tatuzinho está palpando o ventre.

– Olha... Põe a mão aqui...

Avelina obedece.

– Sentiu? Gozado, não? Cada pontapé! Se for homem, na certa que vai ser jogador de futebol...

– Deus te dê um Pelé...

– Assim ele me tirava da vida. Já pensou?

– Não conta muito com isso. Todo filho é filho da puta... Mama, come, explora, depois de grande dá um pé no pai, outro na mãe. Meus irmãos foram assim...

– Os meus também. Mas não é todo filho que não presta... Você não vê, Salomé? Pode ter tudo quanto é defeito, mas que é bom filho, ninguém pode negar...

– Bom filho da puta, tá bem? Vocês estão muito iludidas com ele. Salomé roubou até a irmã.

E Avelina recorda a origem da fortuna de Salô. Ele havia aparecido cinco anos antes no Quilômetro Seis. Na mais perfeita miséria. Tinha sido expulso do Crato, em garoto. Um pouco mais velho, expulsão do Exército, com vergonha... Com o tempo, expulsão de vários empregos. ("Veado, antigamente, padecia pra chuchu; hoje é que eles estão mandando, mas a cana já foi dura".) Naquela ocasião, ele estava saindo do hospital. Os jornais falavam. Tinha tentado suicídio por causa de um fuzileiro naval. ("Homem é sujo com mulher e com homem. Aproveita e depois nem-te-ligo...") Apareceu justamente na ocasião em que a Carminha estava querendo vender a casa.

– Carminha era irmã dele?

– Claro! Carminha andou na viração muito tempo em São Paulo, no Rio, em Porto Alegre. Ela só trabalhava em capital. Falava inglês e italiano, a filha da mãe. Aprendeu na cama, ela me disse. Mas era uma cara de sorte. Arranjou um coronel que montou pra ela uma boate em Barra Mansa. Deu um azar por causa de negócio de maconha, ela vendeu a casa, fugiu, foi bater em Juiz de Fora. Depois soube que estavam montando isto aqui. Veio, comprou nos alicerces. Ganhou muita grana. A casa ganha sempre. Mas ela tinha arranjado um deputado cheio da erva, que não queria mais ela na ilegalidade. Ela tava pra vender, quando apareceu Salomé. Ora, se ia vender pra um desconhecido, era melhor vender a um irmão, é ou não é? Aí é que ela fez a burrada.

– Deu-se mal?

– Ele comprou sem entrada, pagou a primeira prestação seis meses depois. O resto você pagou? Nem ele!

Um bacorinho foge do chiqueiro, Benedito corre atrás. As duas mulheres se apavoram. O leitão corre feito doido, grita como se tivesse faca no pescoço. É, afinal, agarrado. Passando pelas mulheres, com o bicho a gritar desesperado, Benedito informa:

– Seu Salomé está danado procurando vocês.

– Diz pra ele me procurar na puta que o pariu! – diz Tatuzinho, com súbita raiva. – Cativeiro acabou. E viva a princesa Isabel!

XXII

No 29 dona Genoveva experimenta em Marilu um vestido novo, estampado de algodão copiado da *Joia*. Só um pouco mais livre. De arretar os caras. Vera Lúcia, Ivonete, Avelina encomendam reformas. É tempo de austeridade. Berê(nice) folheia *Cláudia* procurando um modelo.

– Mas a senhora não divide os pagamentos? A maré tá brava...

Dona Genoveva tem de tomar precauções... ("Vocês compreendem, meninas...") Fiado só pra quem tem pelo menos seis meses de casa. Mulher nova tem de conquistar o seu crédito. Está cansada de levar beiço daquelas doidivanas, prontas sempre a levantar voo.

– Qualquer dia eu vou dar uma incerta em Barra Mansa. No Novacap há cinco ou seis raparigas (Dona Genoveva é do Porto, cidade heroica em Portugal) que me devem muito bom dinheirinho...

– Não vá, dona Genoveva. A senhora ainda acaba deixando algum – diz Ivonete. – A barra lá não tem nada de mansa, tá pesada... Que nem aqui. E olhe que elas têm a siderúrgica. Volta Redonda ajuda muito... Vera Lúcia pode contar. Esteve há pouco no Novacap, tratou de voltar correndo pra garantir, pelo menos, o juiz de menores.

– Bolha desgraçada! – diz Vera Lúcia.

– O chato nele é tirar onda de Frank Sinatra. É de morte! Mas ele recompensa bem, é ou não é?

– E eu aguentava de outro jeito?

Avelina precisa aumentar um decote. Seio pesa muito no faturamento. Ivonete quer abrir uma saia dos lados.

– Meu ganha-pão tá nas coxas.

Benedito surge à porta.

– Avelina?

– Dona, pode ser? Eu não dormi com você...

Benedito não se abala.

– Freguês. Procurando a senhora...

– Oba! Pode me chamar de você, meu filho. Quem é?

– O velho de Três Rios.

– Dona Avelina, tá bem?

E saindo:

– Quem tem razão é Marilu. Muito sofre uma prostituta...

– É doida! – diz a costureira, rindo.

Ivonete volta-se para a velha:

– A senhora sempre foi costureira, dona Genoveva?

– Sempre, por quê?

– Mesmo quando moça? Nunca precisou ser... outra coisa?

– A costura sempre me deu um relativo conforto, Deus louvado.

– Pois olhe: então a senhora não pode ter ideia do que é ser... prostituta.

– Então eu não sei? Toda a vida não foi pra meninas de vida airada que eu trabalhei?

– Uma coisa é ver, outra é ser. E pior do que ser é ter de receber, na cama, um filho da mãe como esse velho! Ele já foi michê meu, eu posso dizer. Mais de seis meses. O dia mais feliz da minha vida foi quando ele descobriu a Avelina.

– Ele já foi teu? – pergunta Vera Lúcia. – E como é que Avelina, tão legal...

Ivonete toma-lhe a defesa. Avelina tinha sido bacana. Quis tirar o corpo. Uma coisa é freguês da casa, outra coisa é freguês de mulher. Avelina sabia do caso com Ivonete, freguês de toda sexta-feira (inclusive a Sexta-feira Santa, foi preciso Ivonete brigar). Não queria prejudicar a colega. ("O teu velho tá querendo encarnar em mim, dá um jeito nele...") Ela era besta de dar? Uma ova! Sorte ficar livre dele, que já evitava sempre que possível. (Salomé multava mulher que recusasse freguês. Bastava o homem reclamar...)

– Ela sempre foi muito bacana comigo. Por isso é que eu tenho pena... Sim, reconheço que devia ter avisado. Podia ter dito antes que era melhor evitar. Fingir que não via. Fingir que estava sendo chamada de outra mesa. Não fez. Avelina podia interpretar mal. "Ela diz isso pra eu não avançar no macho dela..." Comum aquela política na casa, a garota dizer mal do freguês pra não provocar olho grande. Estava martirizando o corpo, o cara não tomava banho ("o velho é assim"), o cara custava a se resolver ("o velho custavíssimo!"), o cara só queria novidade ("o velho é fogo"), o cara tinha um bafo de onça ("o velho é podre"), o cara era um unha de fome ("o velho não, vamos ser honestas...").

– O pior é que ele encarna. Gama! E quer beijar na boca – pode ser?

É quando aparece Avelina, só de calça, toalha e sabonete na mão. Procura um banheiro livre. Há um enguiço no seu. Cantarola baixo, o cenho carregado:

Oh, seu Oscar,
Tá fazendo meia hora
que sua mulher foi embora
e um bilhete lhe deixou...

Entra no 17.

– Licença?

Higiene profissional rápida. Logo a seguir, de novo, chinelinha chiando no chão. E o samba recomeça, logo incorporado por todas:

... E o bilhete assim dizia:
"Não posso mais,
eu quero é viver na orgia..."

XXIII

– Mulheres, cheguei!

Alvoroço de alegria geral. Chegou Pelé, rei da bolinha.

– Tu andou em cana, seu sacana?

A pergunta soa, alguém comenta:

– Até rimou, Vera Lúcia!

– Isso dá samba – garante Ivonete.

Pelé é a própria euforia. Anastácio de nome, mecânico de profissão na caderneta ("macacão não dá camisa a ninguém"), auxiliar de banqueiro de bicho especializado em pegar jogo nos bordéis, freguesia grande no Quilômetro Seis, na Maria Navalha ("injustiça aquele nome") e em quatro ou cinco menores, na beira do rio. Para Kátia Branca é "pra lá de moreno". Para Kátia Preta, "pra cá". Para o ódio impotente de Salomé, "um mulato muito do safado que eu só não boto em cana porque essas mulheres não têm vergonha na cara". Impossível combater Pelé. Credor de todas. Semideus de muito poder. Corretor de bicho para legalizar a sua situação de vendedor de bolinha.

– Não me vais botar maconha aqui dentro – diz Salomé, vendo-lhe os olhos congestionados.

– Ei, distinto, tás me estranhando? Meu negócio é legal. Que que há? Eu sou barra limpa! Trabalho na base da receita médica, médico não vai descer da sua dignidade pra receitar a erva, tás me entendendo ou preciso explicar?

E faz gesto de mandar a mão, que leva Salomé a recuar, precavido.

– E esse olho vermelho, o que é? Conjuntivite?

Pelé se aproxima:

– Escuta, meu chapa: e em matéria de mãe, como é que estamos?

Salomé se encolhe.

– E se eu cismar de vender, dar, aqui na casa, uns caprichados? Qual é o pó? O distinto é homem pra me caguetar? Vais fazer o dedo-duro comigo? Te habilita...

– Eu nunca fiz isso! Mas você quer perder a freguesia?

– Ah! você vai proibir a minha entrada?

– Não. Mas as meninas sabem... Maconha, eu expulso a mulher na hora! Isso ninguém me proíbe!

– E se ela estiver te devendo?

– A roupa fica!

Kátia Branca intervém:

– Discussão mais besta! Pelé nunca botou erva aqui dentro...

– É ou não é? – diz o mulato, bem-humorado.

As mulheres confirmam em coro. Kátia continua:

– Ele pode até usar, sei lá! Ninguém tem nada com isso. Mas não vamos caluniar um cidadão...

Pelé sorri:

– ...do universo!

E para Kátia, que localizou um fiapo de carne entre os dentes e procura retirá-lo com a língua, chupitando com rumor:

– De advogado eu não preciso. De testemunha a favor, também não. Tudo meu é na legalidade. Mas você vai ganhar uma boazinha de bonificação, tá?

– Legal!

– Pra dormir ou pra jambrar?

– E eu tou aqui pra dormir, a não ser acordada, com homem?

Estão na saleta. Avelina reaparece com o velho, vai até a porta despachá-lo, expressão incontida de nojo, limpando os lábios. Volta, depois, risonha, para Pelé:

– Ei, brotão! Como é que vai a barra?

– Mansa...

– Manso é o marido da vaca! – diz Marlene.

– Quer dizer que até bezerro é filho da puta? – diz Berê.

– Não engrossa – diz Avelina.

E para Pelé:

– Passa depois no apartamento da mamãe, tá? Eu vou desinfetar o corpo todo...

– Positivo!

– Olha: agora eu tou no 7.

– Tá ok, piranhuda.

#

Má, a primeira notícia. De amargar. Bolinha subiu. Único desconto possível: 10% pra quem comprar o tubo todo, à vista. Por unidade, compra isolada de duas, três, o preço novo, sem qualquer concessão.

– Como é que pode, Pelé? Esse preço ninguém aguenta!

– O de vocês também não subiu?

– Não por vontade nossa!

– A crise, eu sei.

– Não. Olho grande de Salomé.

– Mas foi melhor pra vocês.

– Uma porra! Caiu o michê pra todas!

– Eu não pego michê há três dias.

– Sinal fechado?

– Cê acha? Impedimento nunca prejudicou meu trabalho. É miserê geral. Deu caruncho no milho. Os caras vêm, bebem uma cerveja, alguns nem sentam, ficam olhando feito bestas, a gente vai tentar, eles passam a mão na bunda da mulher e depois vai tudo pra casa bater bronha, pensando na gente...

– Se é que pensam! – diz Berê.

– Foi isso o que Salomé arranjou passando pra oito mil o neném – diz Sueli.

– Mas oito mil não é lá essas coisas – diz Pelé. – No Rio, crioula de praia, em Copacabana, pede vinte mil com a maior cara de pau.

– E pagam?

– É o jeito...

– É... mas no Rio tem muito turista! Turista prefere mesmo é escurinha. De branca eles estão cheios.

Tatuzinho, voz sincera, para Olho de Cobra.

– Por que que você não desce?

– Eu desci uma vez, entrei pelo cano. Deu azar. Passou uma camioneta da polícia, me pegou. Já tava cheia. Levaram a gente pro distrito, tiraram a roupa, deram uma puta surra de cano de borracha e ainda comeram as mulheres. Minha sorte foi não ter turista na delegacia, senão me comiam também. Sem pagar.

Pelé tem tempo. Gosta de papo. Deixa as mulheres falarem. Não tem pressa em vender. E adora curvas.

– Estás com um rabo imperial, hein?

Distingue Ivonete com uma longa carícia.

– Tira a mão, tarado.

Pelé é galante.

– Vais me dizer que não vale oito mil...

– Tá claro que vale, meu chapa. Vale muito mais! Já ganhei muito bom tutu, o que que há? Até de senador!

– Eu também já papei um senador – diz Raimunda – eu vou te contar!

– Conta não – diz Tatuzinho. – Todo mundo sabe de cor e salteado. É que nem a história do cabaço da Marlene...

Pelé tem uma risada feliz.

– Essa eu não conheço. Conta, Marlene!

Protestos gerais.

– Nunca vi um cabaço render tanto! Teve um dia que ela contou três vezes, só na minha presença.

Raimunda intervém:

– E ela não perdeu há pouco tempo, não... Faz tempo pra chuchu. Num sei como ela ainda se lembra...

– Acho que eu nem tinha nascido – diz Ivonete.

Marlene resolve pôr um ponto final:

– Mas tua mãe, com certeza, já tava na zona, vai me dizer que não...

Ivonete avança para Marlene, Pelé a retém.

– Calma, beleza! Você ainda nem comprou a bichinha, já tá cheia de gás.

Ivonete agita no ar, com um movimento de cabeça, os longos cabelos negros:

– É a tal história... Eu sou suja com esse negócio de botar a mãe da gente em conversa de puta... Um dia vai ter... Já avisei muito... Mãe é sagrada...

Berê, pequenina, a voz infantil, a boca de velha, tem um mas-porém:

– Vocês são gozadas... "Mãe só há uma...!" – "Mãe é sagrada...!" – "Minha Santa Mãezinha", como diz Salomé. Toda mãe que eu conheço, pelo menos aqui, é mãe de puta...

Começo de reação que não toma corpo.

– Mãe de vocês, mãe minha, o que é? Diga! A gente pode não ser filha da... mas a nossa é mãe de quê? Quando não é de puta é de puto. Salomé, Benedito, Zé da Bateria, Sarita do Pistom, Manolete do café, até eles têm mãe...

E num gesto de desânimo:

– É tudo uma esculhambação, essa é que é a verdade!

Da amarga conclusão todas partilham sem palavras. Pelé puxa a carteira de cigarros, há uma sede coletiva, brusca, de fumar.

– Me dá um!

– Eu também quero!

No pedregulho do pátio os pneus de um carro mandam brasa. Expectativa. Passos. Pernas que se cruzam. Joelhos que sobem. Saias que se encurtam. Alguém surge à porta. Um cumprimento de cabeça. Mulheres sorriem. Luzia Grande, a natureza ajudou. Um amplo descruzar de pernas, recruzar de novo, imanta, num relâmpago, os olhos do desconhecido. Berê(nice) não tem muito de qualidade ou de quantidade a apresentar. Mas é como se uma orquestra interior estivesse tocando. Ensaia alguns passos. Canta, com a voz infantil.

Tire o sorriso do caminho
que eu quero passar com a minha dor.

Luzia Grande tem um rosto de doze anos, cabelos ondulados descendo pelos ombros nus. Os olhos brilham. As coxas batalham. Os olhares se encontram. Parada perdida para as outras. O desconhecido faz um gesto amigo.

– Oi!

Luzia Grande (Luzia Pequena, menor que Berê, em Lafaiete) se aproxima, risonha.

– Como é... passeando?

– Pois é...

O desconhecido pega-lhe o braço moreno, macio, a mão vai descendo. Luzia Grande tem lampejos de humor, clichês de efeito:

– Passeando ou *passando*?

O desconhecido usa o sorriso de inteligência. A mão continua. Confirma:

– Vê lá... Tem gente olhando... Mamãe acha ruim.

Já de corpos unidos.

– Você veio com fome, hein, seu tarado?

Ele olha orgulhoso para as outras, já indiferentes. Os dois se estreitam.

– Você, hein?

Há um silêncio. Berê tira uma fumaça. Ivonete limpa o vestido: cinza do cigarro anterior. Tatuzinho tem um soluço. Lídia tosse. "Compra um xarope", aconselha Marlene.

Pelé tem os olhos irônicos.

Mais alguns segundos, os dois se retiram.

– Essa Luzia não é de se jogar no lixo – diz Pelé. – Muito da boazuda... Vá ter coxa assim na casa do Bonifácio... Eu daqui tava manjando...

E pensando na muamba a vender:

– Quem foi que falou que não aparece michê?

Marlene salta:

– Deu sorte. É o terceiro, hoje. Sabe quantas mulheres tem na casa?

– Umas trinta! – diz Helena.

– Trinta e cinco – diz Avelina.

– Você contou a Soraia?

– É verdade... Trinta e seis!

O rei se alegra.

– Desse jeito, o que eu trouxe não dá nem pra saída...

– Você vai voltar com a muamba – afirma Tatuzinho. – Aqui é tudo papo-furado! Teu preço agora é quase o dobro, Nossa Senhora!

Culpa dele? Não. Pelé bem que gostaria de cobrar mais barato. Não é um simples vendedor. Muito menos um explorador. É um amigo, é ou não é? Não deu crédito, já, a tanta mulher? Não facilitou pra tantas? Não cooperou sempre? Alguma vez pôs a corda no pescoço de alguma? Todas sabem que não. Quando a Vandinha fugiu, devendo os tubos (pra casa e pra ele), Salomé apreendeu parte da roupa, dois vestidos até muito bons, uma colônia francesa por abrir. Vendeu tudo pras outras meninas, quis dar a Pelé o dinheiro da colônia.

O que é que Pelé fez? Pegou a grana e deu a Sandrinha, que estava com aquele troço nas trompas, foi ou não foi? Já quebrou galho pra muita garota. Conseguiu tratamento de graça para Capitu, que precisou extrair "tudo" ("coitada, freguês que soubesse não iria mais com ela, teve de se mandar para Campos"). Salomé tinha até razão de queixa, mas quem foi que fez o cartaz da Lurdinha com aquele fazendeiro de Matias Barbosa? ("Está de casa montada em Juiz de Fora, não ficou orgulhosa, reconhece as amigas, ajuda quando ficam doentes, coração de ouro como poucas.") E a Solange? ("Claro que foi burrada se meter em negócio de tóxico, no Rio, ninguém vai negar...") Mas advogado quem arrumou? Pelé. Quem foi que maneirou os documentos que ela precisou quando esteve a perigo? Pelé! Quem é que leva cigarro toda semana ("às vezes, cigarro americano") lá na penitenciária de Bangu? Pelé.

– Tudo muito bonito – diz Tatuzinho. – Mas passar de 400 pra 600 cada pilulinha é muita vontade de botar no rabo da gente!

– Já vi tudo! As madames pensam que eu também trabalho deitado...

Viu uma vez no jornal, gostou da palavra, quando pode, aplica:

– Eu não sou uma *horizontal*, tão me entendendo? Dou um duro do diabo! Gastando sola! Suando paca! Pra servir vocês, me viro como frango no espeto.

A barra anda pesada nos laboratórios. Os palhaços que cooperavam, a cana pegou, outros o medo afastou. Difícil conseguir um boneco que arranje dois, três tubos. Farmácia que venda sem receita, é raro, só em deus me livre. Tem de viajar. Arranjar uma "apreensão" da polícia, pra revender, só dando muita sorte. Poucas vezes dá. E é sujeira com os colegas... Fiscalização criando galho como nunca. Tem de agir, mesmo, é na base da receita médica. ("Já usei muito o nome de vocês.")

– Usando o meu nome eu quero comissão – diz Sueli.

É obrigado a pagar a consulta. ("É verdade que dão sempre quatro, cinco receitas por consulta, tem médico que compreende...") Mas tudo encarece o produto. E os sustos? E tem a chateação! Vive sempre a perigo. E tem os sacanas que dão o beiço. E a gente também tem direito a um justo lucro, é ou não é? Ninguém trabalha de graça ("ou vocês trabalham?"). Trabalho por amor ao ofício não existe mais, já passou esse tempo.

– De graça eu não trabalho – diz Marlene. – Mas juro que é por amor ao ofício. Desculpem... Mandar brasa é bom pra cacete!

Algumas apoiam, rindo. A maioria protesta.

– Ah! quer dizer que vocês não gostam? Essa eu não conhecia!

– De meter, sim. De fazer freguês, não.

– E o que é que você faz com o freguês?

– Não é a mesma coisa – diz Sueli. – Quando eu era moça, ia ao cinema com meu namorado. Mal ele começava a me bolinar, eu já tava toda molhada... Hoje...

– Era bom paca! – diz outra. – Depois a gente perde a ilusão... Quando eu saía na rua, só de olhar a "mala" de certos sujeitos eu ficava de fogo. Hoje os desgraçados ficam nus, de pau duro, na minha frente, eu nem te ligo...

– Você tá com defeito – diz Marlene. – Vai no médico.

– Tou não. Qualquer mulher é a mesma coisa. A gente precisa simpatizar. Precisa sentir aquele troço. Fora disso, os tomates! O resto é fingir, pra eles acabarem mais depressa! Então não é?

Marlene protesta, exaltada. ("Pau é pau, minha filha!") Uma boa manjuba sempre tem seu valor, é ou não é? Foi o troço melhor que já se pôs neste mundo. ("Pergunta pra Salomé, que não me deixa mentir...") O governo devia arranjar um caralhório público. ("Assim como tem mictório".) A mulher chegava, entrava, usava, saía, já lavada.

Tatuzinho, serena, faz um gesto para Pelé, recebe um cigarro, espera que ele acione o duro Ronson, tira uma baforada lenta.

– Tudo isso por culpa de Salomé...

Curiosidade e riso nos olhares.

– É claro...

A baforada vai em direção de Marlene.

– Me diz: há quantos dias você não faz freguês?

Marlene calcula mentalmente.

– Qua... cinco.

– Tá na cara! Com cinco dias, até o velho de Três Rios... Pergunta pra Avelina...

Pelé intervém e a gargalhada reboa, geral:

– Se ela me corneou com aquele porco, eu dou na cara!

Feliz com a piada, retoma a palavra. Tem jeito não. A maré tá brava. O preço tem de ser aquele mesmo.

– E vamos tratar de resolver, que eu ainda tenho de passar na Maria Navalha.

Sueli se aproxima de Marlene:

– Você não fez um michê, ontem?

– Era brocha.

Gingando o corpo, caprichando no embalo (boas vendas, 10% a mais em quase todas, quase tudo no beiço, pessoal de confiança), Pelé dá um pulo até o 7. Porta encostada, pancadinha leve.

– Cença?

– Ô meu! Entra...

O carão resplandece:

– Assim não, minha filha... É desigual... O que que há?

Avelina tinha visto aquela pose numa revista de gringo. Pra completar o ambiente, solta a língua:

– Ah! *Yes!* Ok! *Sanquiu! I love you!*

Pelé não é menos letrado.

– *LM, Pall Mall, Camel, Lucky Strike, Marlboro.*

(Vendia às vezes.)

– Ai a minha caceta! – diz Pelé, risonho, os olhos deliciados na beleza do corpo. Eu tou aqui a negócio.

– E *I* não estou?

I quer dizer "eu" (que língua mais besta!). Avelina sabia.

Pelé se inclina, passa-lhe a mão no macio da coxa.

– Que audácia é essa, meu bofe? Ai! Ai! Ai!

É "ai" em português.

– Você não respeita uma dama? O cavalheiro não pode ver uma dama em trajes menores sem pensar em coisa imprópria?

– Ai o meu bigode! Quem é que disse que eu tou pensando em sacanagem?

Avelina toma um ar solene.

– Bem, eu digo isso porque, ou muito me engano, ou sua majestade está de pau duro...

– Desculpe, mademoisela... É engano vosso. A senhora está contemplando um tubo de Dexamil.

– Crescendo paca! – diz Avelina, gargalhando alegre.

– Vai querer?

– Bolinha ou tubo?

– Bolinha.

– Vinte...

– Cinco!

– Quinze...

– Cinco!

– Dez...

– Cinco!

– Tás ficando muquirana, meu rei!

– Tás ficando interesseira, princesa!

Pelé acaricia-lhe um dos seios, o dedo maior, de leve, no biquinho excitado. Faz que vai sair.

– Acho que não dá pra fechar negócio.

Avelina tranca-lhe o corpo entre as pernas.

– O que que há, meu preto?

Ele se deixa ficar, feliz, sua mão percorre-lhe o corpo:

– Você é a verdadeira Imperatriz da Seda! Mas não vai me explorar, vai?

– Ah! meu filho! mulher como eu, quando se agrada de um macho, é como santo. Não se vende, troca.

– Por quanto?

– Dinheiro não!

– Quantas?

– Um tubo, ok?

– Meio!

Avelina está vencida.

– Dá o que tu quiser, meu preto. Tira a roupa.

Pelé se ergue, vitorioso, tira o paletó, dá-lhe um pontapé, para jogá-la no alto do armário que atravanca o miniquarto. Chuta mal. O paletó cai, um vidro salta, se quebrando no chão, os comprimidos rolam.

– Caiu no chão é meu, tá?

– Tá, minha nega.

XXVI

Tarde rolando quente, ônibus, caminhões, passeios, bufando na estrada. Mulher preguiçando nos quartos, papo mole, de pouco cigarro, na saleta em meia sombra, Raimunda jogando paciência, Salomé nervoso, esperando ligação nova para o Rio, garotas de roupa caseira, quimono barato, calça comprida, desânimo grande passeando entre as árvores. Sueli conseguiu se ocupar. Um freguês de Ivonete apareceu (dois meses sem vir!). Tatuzinho se espalhou na poltrona de vime. Vida cachorra! Raimunda acha que Salomé devia dar comissão nas bebidas. Quase todas as pensões dão interesse. Estímulo para a mulher, compensação se o homem não topa o michê. A mulher bebe porque é bom. A mulher bebe pra aguentar a dureza da noite. Mas bebida faz mal. E quem é que paga o remédio, quando o fígado grita? Soninha tem quase certeza. Atraso de quase oito dias.

– Vai ser chato...

Aborto tá custando uma nota. Deixar é um atraso de vida. O homem, é melhor não saber... Tem muitos que não gostam. E quando a barriga começa a crescer? A mulher perde a linha, o corpo se desgraça todo. E se ela pega nojo de homem? E se não aguenta o cheiro, nem o jeito? A Betty, em São João de Meriti, desde o segundo mês ficou sem poder batalhar. Via homem, estômago virava. Uma vez, quis forçar, foi aquele vexame! E quando a pele rebenta e as varizes estouram? E se vem o azar de uma cesariana estragando a barriga? O freguês pode ser educado, não diz nada, mas não volta. Vai fazer uma plástica pra saber quanto custa! E como é que a mulher se arruma, com barriga de seis, oito meses, pra pagar a casa? E médico? E remédio? Salomé tinha aquela vantagem. Compreendia. Gravidez é acidente do trabalho. Nos dois últimos meses não abandonava. "Depois você paga." Em geral esquecia. Está certo. Mas as outras despesas? Quando a mulher tinha michê que ajudava – ainda tem gente boa neste mundo – a coisa ia bem. E quando não tem, como é que pode? Quem não pode se... Tem rima. Soninha é que nem Marilu. Podendo, evita o palavrão. Só na hora da raiva! Na cama, nunca usou. Detesta freguês desbocado. Não é por uma infeliz ter caído na vida que o bandido tem direito de abusar. Falta de consideração! Por que é que ele não ia dizer aquilo à mãe dele, mal comparando? Soninha só queria saber... O sujeito iria gostar, se a irmã dele tivesse a desgraça de cair na vida, que todo mundo tratasse a coitada na base do desrespeito? Duvidava muito! Então como é que tratava a irmã dos outros? Não tá certo... Ela não tinha irmão, graças a Deus, pra envergonhar. Avelina tinha. Do pai não cuidava. Abandonou a família tinha ela seis anos. A mãe desconfiava... Sempre que lhe levava dinheiro (trabalhava como auxiliar de escritório...) ela ficava de olho vermelho. Mas o irmão era dureza. Viajava muito. E o que é pior: farrista. Cidade em que entrava, pensão de mulher. Correndo! Por isso é que Avelina vivia de orelha em pé, olhar atento. "Já pensou o irmão encontrar a gente num bordel?" De noite, na hora do trabalho mais duro, do movimento maior, Avelina ficava nas mesas mais escuras, observando a chegada do povo. Circulava só quando se achava em segurança ou depois que bebia... Daquele medo Soninha não iria morrer. Mas gravidez é fogo...

É chato paca! É até pior que perigo de irmão, perigo de vida. Aliás, gravidez é perigo de vida. Anabela morreu de quê? Maternidade... E Aparecida? Fazia a vida, não... Casada... Família... Marido, mãe, pai, tudo... Não morreu de parto? Morrer é o de menos... A morte sempre resolve... Mas fazer a vida com a barriga cheia é um pau pra conferir! Fogo na roupa! Olha Tatuzinho... Quase não fazia freguês... Tá claro que freguês de mulher grávida em geral paga mais. Um pouco por pena. O resto, porque é meio tarado. O sujeito já vai com a mulher porque é pisco... Principalmente os que vão nos últimos meses, com a barriga de elefante de circo. Tem o que vai com qualquer mulher. Tem o que só vai com magrela, o que só vai com bem gorda, o que só dorme com loura, o que gosta de negra. Estrangeiro nem se fala! Pode ser a mulher mais bonita do mundo, ele vai direto na roxinha, por beiçuda que seja. Tem o que gosta da cadeiruda. Tem o que precisa de mulher desbocada. Tem o que exige cara de menina, cabelo cacheado, pastinha na testa. Mulato, crioulo, cai logo na loura (quase tudo pintura, eles nunca percebem). Tem o que só topa alta, o que só aceita pequenina (Berê é pequena e bem-feita, a cara é que estraga), o que precisa de peito de vaca. (Luzia Grande tem aquela vantagem: serve a quem gosta de altura, quem gosta de peito bem grande, quem gosta de corpo bem fino, quem é tarado por mulher desbocada, quem exige mulher que seja completa.) E, de vez em quando, tira onda de loura. O ano passado (ainda não tinha essa crise) fez um tutu seguro com tarado em parida... Batalhou até a véspera de nascer o neném. ("Coitada... Crupe, se não acodem logo, é sempre assim: morte certa!") Homem tem muito disso: se especializa num tipo. Mas a verdade é que algumas dão sorte, o resto a gravidez atrapalha. E com todos os riscos: mal-estar, varizes, estômago virado, cesariana, perigo de vida, dinheiro cada vez mais curto.

Raimunda larga as cartas, vai à porta.

– Pessoal! Táxi!

– Oba!

Movimento de espera.

Expressão de ódio em Raimunda.

– Puta merda! Mulher!

– Mais uma?

Marlene corre para ver. Sua voz ganha cor:

– Mas espia só quem tá voltando!

O carro para, passos, Brigitte à porta, maleta humilde, rustida nos cantos, barbante em volta, não-abrir-no-caminho.

Chega, o riso triste, as amigas beijando.

– Eu não falei que não dava certo? – diz Berê. – Falei ou não falei? Eu sabia! Amigação é besteira! Já amiguei três vezes. A gente volta sempre. E na merda!

Os olhos de Brigitte estão vermelhos, as amigas perguntando.

– Olha as piranhudas do meu tempo!

Dá com Helena. Sueli apresenta.

– Chegou ontem. Helena.

– Prazer...

– 37! – Marlene proclama, lembrando a conversa anterior.

– Vou arranjar pra você ficar no meu quarto – diz Tatuzinho, que lhe apanha a maleta. – Assim fica mais barato pras duas...

Novo chiar de carro. Táxi outra vez. Raimunda espia.

– Ah! Agora sim! Macho! E macho pra cachorro! Um... dois... três... oito!

Tatuzinho, deixando a maleta, vai olhar:

– Hoje é dia azarado, Mãe de Deus! Só aparece bolha!

Reapanha a maleta, os ombros baixos, ergue a voz para o interior da casa:

– Bacurau! Uma cerveja e oito copos!

Sai resmungando feito velha:

– De gente tesa eu ando cheia...

XXVII

Abrindo a maleta sobre a cama, Brigitte parece recuperar a alegria dos bons tempos.

– Eu digo uma coisa, Tatuzinho...

A amiga tem um ligeiro recuo.

– Desculpe. A gente até esquece o nome, não é? Tanto tempo... Mas vê se eu não tou certa: a coisa melhor do mundo é a amizade... Não há dinheiro que pague uma boa amizade!

Está reconfortada. Salomé foi legal. "É boa-praça, mesmo." As veteranas pareciam irmãs.

– Também, aqui, o pessoal tem muita classe. Salomé sabe o que faz: até na vida é preciso seleção... A educação é tudo!

Desdobra, com vagar, um tubinho.

– Sabe que eu não trouxe um vestido novo?

– Ele não te deu, rico daquele jeito?

– Deixei lá. Tudo... até o brinco maravilhoso, de ouro, que ele me deu de aniversário...

– Cê é burra, garota?

– Burra, não. Eu também tenho o meu orgulho. Homem não pisa em cima de meu caráter. De jeito nenhum!

Senta-se, tira as meias, ritual demorado.

– Você lembra quando eu comprei esta meia? Aquela vez em Petrópolis...

– Ainda é aquela? Puxa!

– Na fazenda eu não usava. Nunca saía...

Novo movimento de revolta de Tatuzinho.

– Ele te deixava presa?

– Eu não fazia gosto em sair.

Acha que não se explicou bem:

– Isto é... Eu fui pra ser mulher dele... Mulher mesmo... Foi nessa base. Mulher de um homem só... Como se fosse casada, tá bem?

Vai aos poucos reconstituindo.

– Você alembra quanto tempo ele me cantou pra me amigar com ele?

– Puxa!

– Pois é... Eu levei três meses sem topar. Foi ou não foi? Desde o primeiro dia ele quis. Ele vinha três, quatro vezes por semana, me empatando na mesa (é verdade que recompensava bem...), só me levava pro quarto de madrugada. Cantando sempre... "Eu te amo e patati-patatá e trololó pão duro..." Me levou duas noites pra dormir na fazenda – pagando – pra eu ficar conhecendo, ver se gostava. O pessoal me tratava na palma da mão... "Dona Brigitte pra cá..." "Dona Brigitte pra lá..." "A senhora aceita mais um copo de leite?" Aquelas coisas... Ele cantando... Eu não querendo... Você me aconselhando a topar...

– Me desculpe, querida...

– Deixa disso... Eu sei que foi com boa intenção. O cara tem os tubos *mesmo*. Você nem imagina... Só vaca holandesa, dando leite, umas quinhentas! Galinha, minha filha, só de vender esterco – bosta... bosta de galinha! – ele faz uns duzentos mil cruzeiros por mês... Já pensou? De bosta! Calcula o resto... Precisava, mesmo, ser uma língua danada como a da Berê pra achar que não valia a pena...

– Coitada... Ela já amigou três vezes... Sabe como é...

– Não... Eu não tou acusando... Eu tou dando razão... Ela é que tava certa... Eu é que não segui o conselho dela... Aliás, os conselhos. Porque ela dizia: "Mas se tu for, toma até a camisa do filho da mãe..."

– E você não tomou nem um vestido pra botar na caveira! Desculpe, mas você foi muito cabaçuda... Nem a Raimunda, que é analfa de pai e mãe...

– Mas aí é que entra o caráter! Caráter eu tenho! Quando eu fui pra lá, foi pra não ser mais puta, tás me entendendo?

– Mas puta não é assim, uma coisa tão...

– Eu sei que não. Muita mulher casada é pior. Mas pior, mesmo! Eu vi as parentas dele, tá bem? Mas eu não queria ser mais... Cismei... Custei a ir, por isso... Eu só fui por isso...

Apanha o tubinho, vai até o armário, que procura abrir.

– Posso usar o teu armário?

– É nosso. Você tá pagando.

Examina o vestido.

– Ainda está na moda?

– Mesmo que não estivesse. Aqui vale tudo.

– Tenho de fazer outros, já...

Despe a saia-e-blusa que tem no corpo, olha-se no espelho.

– Eu engordei?

– Um pouco.

Senta-se outra vez, calcinha e sutiã.

– Até isso eu queria: engordar. Sá como é? Virar dona de casa...

Tatuzinho sorri.

– Você tá rindo, você não entendeu. Eu não tava querendo casar com ele. De jeito nenhum. Não me interessava. Eu fui puta a vida inteira, nunca pensei em deixar a vida, ele é que me chateou pra deixar. Mas se é pra deixar, tá deixado! A primeira coisa que eu disse pra ele, quando entrei no carro com os meus trens, depois daquele almoço, te alembra?

– Puxa! Comi pra cacete!

– A primeira coisa que eu disse foi que o meu nome não era Brigitte. Meu nome era Maria do Carmo...

– Ah! Sim? Eu não sabia...

– Pois é... No fundo... eu não queria casar com ele... eu não gostava muito dele, ainda... Era mais simpatia... No fundo... no duro, mesmo... o que eu queria era ser Maria do Carmo outra vez, tás me entendendo?

– E ele?

– Topou! Me chamava de Maria do Carmo... Mariazinha... Maricota... Carminha... Tudo legal... Mas na primeira briga ele me xingou de Brigitte, tás sentindo o drama? Tava me chamando de puta, é ou não é? Eu fiz que não percebi. Ele podia não ter feito por mal, tava acostumado, me conheceu Brigitte. Mas depois eu vi que era mesmo. Ele queria ofender. Cena de ciúme, eu era sempre Brigitte. Fui guentando a mão. Um dia dei a bronca. Foi pior...

– Mas vocês brigavam muito?

– No começo não. Ele era bacana quase sempre... Carinhoso... Boa cama... Igual... Me deu muito presente... muito vestido... Eu é que não quis trazer... Mas tinha uma coisa, eu notei... Começou, de repente, a ficar ciumento...

– Você fez alguma, sua burra?

– Por Deus que não! Assim a irmã dele, casada, fosse como eu fui... Dá até pro administrador da fazenda – um cafa! – que cansou de me cantar. Pensou que eu era da família, tá bem?

Pega numa das meias, o olhar minucioso, tem um gesto de enfado.

– Tou precisando comprar outra...

– Compra não. Aqui a gente quase não usa.

– Tem certos vestidos que pedem... Tens cigarro?

– Continental... Serve?

– Que remédio!

O cigarro na mão esquerda, entre o indicador e o maior de todos, Brigitte fica um momento pensando, os olhos fechados, a unha do polegar brincando com os dentes de baixo, cinza caindo na cama. Abre os olhos:

– Pois é... Começou a ter ciúme... Sabe de quê?

E como quem revela o maior dos absurdos:

– Do Quilômetro Seis... tá bem? Do Quilômetro Seis!

– Essa não!

– Pois é fato... Eu não podia ficar quieta, calada. "Tá com saudade do Quilômetro Seis?"

– Mas que burro!

– Um dia eu achei que o colchão estava duro... Ele disse o diabo. Cama boa era no Quilômetro Seis... E começou a estrilar. "Tá claro... Muito mais homem!... Cada meia hora um homem diferente... Putaria grossa..." Uma vez ele me deu um bilhete de loteria... 20.597... Saiu o 20.595...

– Poça!

– Eu achei graça, mostrei a ele. Sabe o que ele fez? De repente, ficou branco...

"20.597? Mais do que isso foi a quantidade de homem que te comeu no Quilômetro Seis... Foi ou não foi, Brigitte?"

– Ah! que filho da mãe!

– Aí eu dei a bronca. Fiquei dez dias sem falar. Ele também. A gente nem se procurava...

– Vocês não...

– Dez dias sem... Eu ia lá fazer questão? Já trepei demais! Posso passar um mês, dois... – Tou cheia! Mas depois ele foi se chegando – sá como é... – deu-se a melódia... Na hora de gozar, o desgraçado me chamou de Brigitte!

– Filho da puta!

Calam-se as duas. Kátia Preta passa no corredor, cantarolando:

Estava à toa na vida,
O meu amor me chamou...

A voz se perde, Tatuzinho continua:

Pra ver a banda passar
Cantando coisas de amor...

– Eu gosto mais do "olé, olé, olá..." – diz Brigitte.

– Eu também...

– Você não tem cinzeiro?

– Joga no chão. Isto é uma merda, mesmo...

– Merda ficou a minha vida com ele. Eu quis educar. Me chamava de Maria do Carmo (ou Mariazinha, ou até Maricota...) eu tava lá. Me chamava de Brigitte, você tava? Nem eu...

Joga o cigarro no chão, pisa com raiva.

– Até que um dia, minha filha – foi a semana passada... – de madruga-da... depois que a gente... no melhor da festa... tás me compreendendo? – ele levantou... pegou a carteira no bolso da calça que tava largada no chão, tirou umas abobrinhas...

– Ah! filho de uma puta!

– Aí acabou. Acabou mesmo. Fechei pra balanço. Ele pediu perdão, cho-rou, prometeu até que casava comigo (desgraçado, pensando que eu precisava daquela merda...), disse que passava a fazenda pro meu nome, quis comprar um fusca, depois falou num Karmann-Ghia, telefonou pro Rio encomendando um colar...

– Até que era uma boa pedida... Você devia aceitar tudo, pra castigar o canalha...

Brigitte se abaixa, apanha o cigarro pisado, desfaz o envoltório, começa a triturar, entre os dedos, o fumo.

– Castigo ele vai ter, minha filha!

– Como?

– Vai ter... Ele me quer como puta? Ele me quer como Brigitte? Então eu não preciso ficar na chateação daquela fazenda vendo a irmã dele dar pra todo mundo... Ele não pode passar sem mim, isso eu tenho certeza. Mas eu sou Brigitte, não é? Lugar de Brigitte é aqui. Brigitte ele vai ter aqui, só aqui... No puteiro! Brigitte de todo mundo, questão de pagar... Brigitte dos 20.597, 20.598, 20.599... De povo de Areal, de Petrópolis, de Pedro do Rio, de Paraíba, de Vassouras, de Três Rios, de Volta Redonda, de Juiz de Fora, do curral da avó, da puta que o pariu!

Tatuzinho, o cenho carregado, está apreensiva.

– Esse cabra te mata!

– E daí? Já pensei nisso. Pra mim até que era melhor... Sossego... Quem se estrumbica todo é ele... Um homem, com 500 vacas leiteiras, entrar num puteiro pra matar uma bela mundana, nem que venda tudo quanto é vaca mais os touros de raça, ele não consegue escapar da cadeia! Vai ser a minha vingança! Já imaginou a irmã dele, que riu na minha cara quando eu saí com essa maleta mixuruca, já pensou ela visitando o criminoso em São Gonçalo todo domingo, levando cigarro americano? Deixa ele me matar, não tem importância! Pra mim é negócio...

Agarra as meias, embola na mão, joga contra o espelho.

– Mas antes disso ele tem de vir aqui muitas vezes... "A Brigitte está?" "Está ocupada..." Tem de esperar, seu filho da mãe! Mulher da vida, a gente não pode achar ruim... É de quem chega primeiro... É de quem paga... Não adianta fazer cara feia... Ele tem de vir... – como todo mundo – passar pela caixa, me entregar a ficha, comparecer com os quatro mil cruzeiros do michê!

– Quatro nada, minha filha. Agora é oito...

– Isso pra ele não faz diferença. É bobagem... Ele faz duzentos mil por mês só em titica de galinha...

Segunda parte

À esquerda de quem entra, o balcão de churrasquinho e café. Na parede, fotografias de Laís, entre mulata e morena, contrato recente para os fins de semana. Faz *strip-tease*, com temporadas vitoriosas no Pigalle, no Tabariz e noutros inferninhos do Rio. Nas fotos, o sorriso lascivo, o olhar de convites tenebrosos, Laís cobre os seios nus, com os dedos vestidos de joias em 24 pagamentos, "sem entrada e sem juros".

Para ver os seios, ou os mistérios do miniquarto, o 23, ou à espera do show, às duas da matina. De pé, ninguém aguenta esperar. Há que ocupar mesas, cuba-libre e cerveja cada vez mais caras.

Jaquetinha branca, dengoso, gentil, Manolete se queixa da vida. O pão está caro (e é ruim), o queijo está caro (e é mau), a carne está cara (e é congelada). Principalmente para quem a-do-ra carne de primeira.

– Carne, comigo, eu só aceito o fino! Carne de segunda só aceita quem não tem consciência. Eu tenho, graças a Deus!

Avelina se encosta ao balcão, os belos ombros nus, uma espinha arroxeada no macio melhor do ombro direito.

– Castiga um cafezinho.

– Vais pagar, meu anjo?

– Eu arranjo um cristo, não te afoba.

– Vê lá! Kátia Preta não me leva mais no beiço. Estou cansado!

– Cansada, não é, Manola?

– Já começa a gozação?

– Não faz *estripetise* comigo, Manolo. Vira logo esse melado. Detesto café adoçado no "bules". Você bota açúcar demais. Engorda paca!

– Isso diz você. As outras ainda acham amargo. Se eu deixasse cada uma usar o açúcar à vontade, um pacote de 5 quilos não durava nem meia hora!

Manolete vive amargurado. Paga 50 mil por mês pela concessão. Já fez os cálculos. Tem de vender 5 mil xícaras de café – não, 500 – só para pagar o aluguel, sem lucro nenhum. É fogo! Ele é que nem as mulheres: dando duro pra engordar a conta de Salô nos bancos mineiros.

– É justo? Você acha? Me diz: é direito?

Avelina se limita a um vago "pois é..."

– Tá direito? Não tá! Empatar café adoçado em 500 xícaras, sem ganhar um tusta, só pra pagar esta...

Detém-se a tempo de evitar a palavra. Tem os seus princípios.

– ... esta por... caria!

– Diz logo, meu filho! Vai-me dizer que não é disso que ocê gosta...

– Eu gosto é de dinheiro, pode ser? Aqui não estou ganhando nada... E ainda tem mulher pensando que eu tenho obrigação de fornecer de graça...

Avelina provou o café. Reclama. Já vem frio, mal a noite começa. Vê um rapaz à porta.

– Olá, enxutão! Vais me pagar o cafezinho?

O recém-chegado se aproxima, o passo molenga, o riso alvar, a calça rustida. A mão direita arruma a camisa, que vendia farinha. A mão esquerda, velho cacoete nacional, coça e ajeita os atributos viris.

– Vê se arranja um coroa, minha filha. Eu não estou a fim de ser explorado...

– Não banca o muquirana. O que é um cafezinho pra quem tem cinco fazendas?

– Eu não, o velho.

– E o que é dele não é teu?

– Meu velho só me dá bênção. E olhe lá! Ainda espera troco...

– Morde aqui – diz Avelina, estendendo-lhe o dedo.

– Aí não. Escolhe um lugar melhor que eu mando brasa!

– Por um cafezinho é pouco...

O rapaz faz sinal a Manolete.

– Castiga mais um, Manola.

– Manolete. Eu tenho nome.

Avelina e o rapaz, que parece abarcar o mundo no ajeitar dos atributos, trocam um olhar de inteligência. Quem não sabe que Manolete é apenas Anacleto, Anacleto Simões, seu criado?

– Açúcar?

– Já tem.

Vitinho (Vitório se chama) também não suporta café adoçado pela casa. Não adoçam bastante. Manolete se desmunheca para Avelina.

– Eu não disse?

E faz um dengue.

– Eu, hein?

Lídia vem sorrindo de longe. Vitinho quer sondar o movimento da casa. E o gostosão de Marlene. Quando ela não tem freguês de dormida (quase não há, com esse governo azarado), espera a casa fechar. Não dá um tusta. "Besta é mulher que se enrabicha..."

– Ei, boa vida, como é que vai?

– Remando.

Ela sorri.

– Eu sou servida. Pode ser?

– Hoje vocês estão a fim de me explorar, já vi tudo!

– Pelo menos café, né? Tu aqui tem mulher de graça. A casa fornece.

– Pra quem pode!

Manolete já servia a xícara. À porta, outros fregueses (quem vem só olhar é freguês?) passeiam o desejo sem poder aquisitivo por decotes e curvas. Dois músicos estão chegando. Lídia, levando o café aos lábios, acompanha o saxofone do Abelardo. Ivete devia dar mais valor... ("Meu sonho era ter casado com músico... Ia ser a macaca de auditório mais fiel do mundo!")

– Tira a mão daí! Vê se te manca!

– Não tá à venda?

– Aluga-se, meu querido! Não vendo nem dou!

Vitinho bota uma nota de 500 no balcão, antes que chegue nova parceira.

– Paga aí, Manolete!

– Guarda o troco – diz Lídia, rindo.

Vitinho pula.

– Guarda uma ova!

Olha os seios de Lídia. Burrada foi se comprometer com Marlene. Agora tem de aguentar a mão. Torna a contemplar as ofertas de verão explodindo no decote largo. Mudou de ideia.

– Pode guardar!

– Deus lhe pague – diz Manolete.

E compreendendo a inesperada generosidade do rapaz, que acena para Marlene (acaba de entrar no salão, o olhar inquisidor), diz lá consigo:

– Homem não vale nada, Deus que me perdoe! E ainda tem mulher que acredita nesses desgraçados!

Pôs o dinheiro na gaveta, retirou-o depois, está contando as notas, pensamento agora em Pernambuco ou na Paraíba. ("Pior do que homem, só motorista de caminhão.") Distraído suspira. Mentalmente começa a cantar: *Ai, Ioiô, tenha pena de mim...* (Um homem forte daquele jeito, com um caminhão tão grande, se chamar Ioiô... É de morte...)

Fui oiá pra mecê,
meus oinho fechou...

II

Há mesas com três, quatro mulheres – todas as toaletes, de minissaia ao vestido de baile – esperando os homens para o cuba-libre ou para uma simples mineral, preparação para o amor. Salô anda cada vez mais impiedoso. Proibiu que as mulheres tomem cerveja. ("Cerveja não dá lucro, o cara pede dois copos, reparte com a dama.") Sueli Morena acha uma tirania, um desaforo. Em primeiro lugar, gosta mais de cerveja. ("Só tem um defeito! É muito diurético...") Em segundo lugar, o cuba-libre servido às mulheres às vezes não passa de água choca. Salô não gosta de mulher que enche a caveira. É preciso reclamar para servirem direito. ("Será que esse animal não percebe que a mulher precisa ficar de fogo para aguentar esta vida?") Mirassol passeia um vestido neogrego desenhado por Salô. ("Por que será que todo veado tem mania de costura?") Não traz nada por baixo, a não ser a calcinha leve, cor de carne. E o sutiã, que ajuda a natureza. O vestido cai, cor-de-rosa, aberto dos lados, o povo acompanhando enternecido a nudez entrevista do corpo moreno.

Tristeza não tem fim,
felicidade sim...

Kátia Branca vai até Josete (cabelos ondulados, em cascata, longos, bem-cuidados, é claro que é homem), pede música de mais sangue.

– Bota pra jambrar, meu filho. O Quilô tá parecendo velório. Com essa música ninguém fatura coisa nenhuma. Há três noites que eu não faço freguês.

– Ué! Te vira!

– E eu não tou me virando?

– Tu não é de nada, pomba-gira!

– Eu, hein?

Trinta quilos de barriga se contraem, na penumbra, procurando ajeitar-se entre mesa e cadeira. Mais quarenta de nádegas e coxas. Bacurau chega, solícito.

– Vai beber?

– Manda uma cerveja.

O homem, de olhar guloso, está examinando o seu gado. (Vendeu três novilhas aquela manhã, não devia ter cedido no preço.) Tira os cigarros do bolso (todos os movimentos são difíceis, precisa fazer regime), tamborila com a carteira na mesa, acompanhando o ritmo vivo do novo disco sugerido por Kátia.

A loura... Kátia Preta deu sorte, apareceu aquele motorista de Muriaé, vai ficar até madrugada alta. ("O mundo é um sutiã: mete os peitos", aconselha, bem--humorado, seu caminhão pelas estradas.) A barriga não tem pressa de fumar. Primeiro quer saber em que param as modas. Ivonete vai passando, observa o subir e descer do maço de Minister.

– Dá um cigarro pra mamãe, meu filho?

A barriga tem um lampejo de bom humor. Vai fazer a piada. "Meu fi-lho"? Ele não é filho da... Mas não é justo ofender a infeliz. Nem gosta de dizer palavrão. Aliás, está procurando o rosto quase infantil de Luzia Grande, igualzinho ao que havia num caderno de desenho no seu tempo longínquo de internato. Olha Ivonete, como se não entendesse o pedido.

– Vais me ceder um cigarro, meu chapa?

– Ah! sim... Com muito prazer!

Cheio de vagares, bate a carteira, para os cigarros descerem, puxa um até a metade, estende o braço. Ivonete apanha-o com a mão esquerda, leva o cigarro aos lábios, esperando fogo. Já viu que não adianta. O homem está de olho nas outras mesas ou ancas.

– Pode ser um foguinho?

Ele se distraíra. Volta-se, meio assustado, encara melhor a garota, risca o fósforo, ela se abaixa, ele aproveita a ocasião para iluminar-lhe o rosto, agrada--lhe a brancura da pele, os seios são bem-feitos, o decote é fácil, vai convidá-la a sentar-se. Mas lá vem surgindo Luzia Grande. Ivonete percebe. Não é de perder nem tomar tempo. Nem agradece. Afasta-se. Luzia Grande, majestosa, desliza pelo salão. A barriga se agita. ("Será que ela não me reconheceu? Não é possível!") Talvez seja ciúme, viu Ivonete a seu lado. A barriga está com fome de Luzia Grande. Peito de Pombo não sabe de nada. Vê o homem, Bacurau lhe scrvindo cerveja. Vê os cigarros na mesa. Cigarro em mesa de boate é igual a "que calor!" pra começo de conversa.

– Moço, me dá um cigarro?

A barriga sorri.

– Obrigado pelo "moço". Tira dois.

Peito de Pombo interpreta mal o oferecimento. Se anima.

– Por enquanto um só, tá, meu querido?

O cretino está de olho em Luzia Grande. Agora é que Peito de Pombo reconhece o patife. Esteve lá na semana anterior. ("O que é que esses besta-lhões acham naquela sem-sal?") Ele riscou o fósforo, ela faz que não vê. Vai saindo com dignidade. Mas tem educação. (Salô faz questão de que as meninas tratem bem a freguesia.) Deu dois passos, pensa duas vezes, volta-se, agradece com um sorriso sensual de cinema francês.

– Obrigada.

E vai pedir fogo noutra mesa a um copo de uísque, ponto alto e raro no Quilômetro Seis.

– Quer fazer a gentileza?

O cigarro, entre o indicador e o dedo maior da mão estendida, está dizendo qual a gentileza que espera. O Copo de Uísque faz o gesto apressado, lembra-se de que deixou de fumar há dois meses.

– Desculpe, minha querida. Estou sem fósforo. Parei de fumar há pouco tempo.

Peito de Pombo sorri, compreensiva:

– Vício pequeno você não tem nenhum, não é, velhinho? Eu conheço a pinta!

Para se reabilitar pela falta de fósforos, o Copo de Uísque passa-lhe a mão de dedos gelados por baixo do vestido, vai subindo pela coxa macia, sentiu uma espinha, saltou, seguiu.

– Tira a mão daí, tarado. Mamãe tá olhando. Olha que eu ainda sou moça...

– Oba! Tá pra mim!

– Você tira o cabacinho da mamãe, tira?

O Copo de Uísque está achando extremamente original a sugestão. E querendo companhia.

– Senta um pouco...

Pergunta, gentil:

– Cuba-libre ou cerveja?

Peito de Pombo faz-se íntima da coxa do Copo de Uísque.

– Cuba-libre me dá azia. Não sei se com os outros acontece...

– Então pede uma cerveja.

– Mulher não pode mais pedir. Salô proibiu. É a última novidade da casa.

– Então...

– Eu gosto, mesmo, é de uísque...

O Copo hesita, Peito de Pombo aprendeu, há muito, a viver:

– Mas eu não quero que você gaste o seu dinheiro, meu filho. Eu tomo só um gole do seu, tá?

Vai levar o copo aos lábios, vê a barriga, da outra mesa, fazendo sinal para Luzia Grande.

Não diz, pensa:

– Homem é a nação de gente mais filha da mãe que tem no mundo... Nunca vi merda maior...

Está pensando no da barriga, no do copo de uísque, em Salô, no primeiro namorado, no último michê, em seu pai, lá dela, almocreve em Cajazeiras, Paraíba, que foi o começo da sua desgraça. E em Luzia Grande, aquele bofe, que é linha de frente no Quilô há tantos meses.

– Como é que pode?

III

Gente chega, gente sai, gente vem. Peito de Pombo olha a casa. Tatuzinho está solitária, na sua mesa perto da orquestra, pensamento longe, acariciando o ventre enorme. Belardo, soprando o saxofone, está fazendo sinal para Ivete. Tem um cara de olho nela, a Avelina está querendo entrar na faixa. ("Nunca vi gigolô mais indecente, credo!") Saber que a mulher dele vai pro quarto com outro homem e continuar tocando, feliz, como se ela tivesse ido na missa... É muita baixeza! Principalmente sabendo que a mulher é completa! ("Tem jeito não! Vá não ter caráter na casa da mãe!") Sujeito podre! Também, filho de padre, o que é que se pode esperar? Belardo é tão ordinário que diz a todo mundo ser filho do vigário de Três Corações.

(– O que me chateia é que o velho, podendo comer a paróquia toda, só gostava de escurinha...

– É, mas tu ainda deu sorte. Saiu mulato claro... – comentou certa vez Kátia Preta.)

A mesa do motorista do laticínio de Muriaé tem já várias cervejas... Kátia Preta vai encher a cara. Dá uma sorte incrível com motorista de caminhão. Há dois anos se amigou com um deles. Teve até um filho. Voltou, que o motorista despencou numa ribanceira. ("Pra mim foi trabalho de Exu. Dor de cotovelo de Marlene.") Kátia Preta já está alta. ("Como é que ela está na cerveja? Salô não proibiu?") O que irrita Peito de Pombo é aquela injustiça. Ordem não vale pra todas. Tem mulher que não respeita Salô. É verdade que o costeleta de Muriaé não olha despesa. Quando pede é sempre duas cervejas de cada vez, uma pra ele, outra pra companheira de mesa. Kátia Preta fala o tempo todo. Deve estar recontando que a irmã foi burra. Em vez de cair na vida se casou com um cachaceiro. Ou que alguém pode não acreditar, mas ela é filha de branco, de alemão. Por sinal que um bom filho da puta. Nunca ajudou a crioula a educar a menina. E tinha o sangue fraco. Kátia saiu preta, preta. Aliás, Benedita. Kátia foi nome que ela trouxe da Maria Navalha.

A mão do Copo de Uísque entrou-lhe pelo decote, está procurando libertar-lhe o seio do sutiã. Peito de Pombo desperta.

– O que é isso, meu chapa? Tem modos!

– Você está pensando em quê?

– Em nada...

– Em alguma coisa tinha de ser...

– Sabe que eu não me alembro? Alguma besteira.

– Se é besteira, conta. Adoro besteira!

O Copo de Uísque passeia-lhe agora a mão pela coxa.

– Oxente, que mão mais gelada! Nossa Senhora!

A mão está procurando forçar uma peça interior. Peito de Pombo detém-na, conduzindo-a para cima da mesa, com um tapinha amigável.

– Vê se toma juízo!

– Eu só queria saber se você estava de calça...

– E não havia de estar?

– Mas não é bobagem? Pôr e tirar... Pôr e tirar...

– Ué! Assim dá mais poesia. Dá *estripetise*... Você queria que a gente chegasse no quarto, tirasse o vestido e já ficasse nua de uma vez?

– Não é assim que é bom?

– Não, meu filho. Vai devagar: tira o vestido, tem o sutiã, tem a calcinha... Todo restaurante bacana primeiro dá azeitona... Eu acho que a mulher tem de ir conquistando o freguês, você não acha?

– O freguês? – diz o Copo de Uísque, chocado.

– Eu não digo freguês no sentido de dinheiro, Deus me livre! Freguês é como quem diz "o cara"... "o cidadão"...

Sente que foi infeliz na palavra escolhida, tão comum na casa. Alguns não gostam. O copo é levantado à altura de um palmo, agitado, com o gelo cantando no vidro.

– Você não acha, querido?

E beija-lhe o rosto, desarrumando-lhe os óculos. O Copo de Uísque é todo gelo. Não acha e não responde. Está limpando os óculos embaçados. Os olhos são pequeninos, espiando apertado.

– Qual é o seu grau?

– Sei lá.

– Se não trabalhasse aqui, eu ia ao médico. Sou ceguinha, ceguinha. Mas fazer vida de óculos é chato pra chuchu. É ou não é?

– Deve ser.

Silêncio na mesa. ("Hoje estou de azar. Não dou uma dentro...") Helena está dançando com um sujeito sem queixo, compridão, que tem o sorriso boçal de quem conquistou a mulher do príncipe de Gales. ("Não tem um príncipe com esse nome? Acho que é na Europa.") Berê saracoteia sozinha no centro da pista. Ivete afinal pegou um freguês. Lá vão os dois. O rapaz está comprando a ficha. Ivete espera paciente, a mão acariciando a ilharga, ajeitando o vestido. Belardo já notou. O saxofone tem um clangor de trombeta saudando o nascer do sol. ("Bom filho de uma égua...") Ah! tem um sujeito na mesa de Tatuzinho! Tomara que ela pegue... Se tem Deus neste mundo, ela tem de pegar. Ah! tem Deus, sim. Ele está chamando Bacurau. Uma cerveja e uma coca-cola. Tatuzinho tem juízo. Não é besta de beber. Não pode fazer como a Eliana, em São João de Meriti. Bebeu até na hora de ir pra maternidade, queria entrar na ambulância com o copo na mão, o filho nasceu todo aleijado. ("O meu saiu direitinho. A primeira coisa que eu fiz, quando ele nasceu, foi contar os dedos dos pés e das mãos. Tudo certinho, na paz de Oxalá.")

Raimunda se aproxima da mesa, toma-lhe o copo.

– É o teu?

– É nosso.

– Dá licença?

– Às ordens.

– Tou com uma sede miserável. Não sei se é de cuba-libre ou de... – oba! estás no uísque, hein? – ou de macho...

Toma duas ou três goladas, lambe os beiços.

– Deus lhe pague – diz para o homem.

– Amém...

Sai rebolando.

– Quem é essa piranha? É nova na casa?

– Nova, nada. Tem mais de dois anos.

– Nunca tinha notado. Como é que se chama?

– Raimunda.

– Ah! feia de cara e boa de...

– Me respeita, tá bem? – diz Peito de Pombo, cortando-lhe a palavra.

Esse já é o terceiro copo. O homem já está em forma, esfuziante. Insiste:

– Raimunda... feia de cara e boa... de rima!

Ri, feliz, dá-lhe um tapa nas costas.

– Essa foi boa, não foi? Pensou que eu ia dizer "boa de bunda", é ou não é? Não, minha filha, o papai tem classe, tá bem? Muita classe...

Toma novo gole, fica dissolvendo na boca uma pedrinha de gelo.

– E por falar nisso...

Arrisca uma carícia.

– Você topa?

– O quê?

– Ué, a rima...

– Vai pedir pra tua mãe, tá?

Cai em si. Se o cara criar um caso, se ele se queixar a Salô, pode até ser expulsa. Ou pior, vai ser multada. "Tratou mal o freguês, dez contos de multa." É lei de Salô. Mas felizmente o uísque já subiu. O homem está de bom humor, não se ofende.

– Fazendo o doce, morena?

Antes assim. Ela pode manter os seus princípios. Aquilo não.

– Só papai e mamãe?

– E olhe lá!

– Nem...

– Nem!

– Puxa! O Quilômetro Seis está virando convento! Essa não!

– Tem muita que topa.

– Quem?

– O problema é teu... te vira!

Faz menção de levantar-se. Ele agarra-lhe o braço.

– Fica aí. Como é teu nome?

– Elisa.

– Você que é a Peito de Pombo?

– Sou.

– Eu já te conheço de nome, minha filha. Te conheço muito! Me explica por que é que, comigo, você resolveu fazer o chiquê?

Tem ganas de cuspir-lhe na cara. Não sabe por quê. Hoje tudo vai dar errado. Ideia infeliz, sentar-se na mesa daquele cretino. Antipatizou de estalo. Sentou por azar. Destino. Está com vontade, mesmo, é de matar todo mundo. Desgraça da gente é cair nesta vida. Ter de aguentar tudo quanto é sacana.

Sacana, em japonês, quer dizer peixe. Quando ela trabalhou em Marília, nos cafundós de São Paulo, um freguês ensinou. Peixe é *sacana*, Nove é *cu*. Que em francês é pescoço, quem é que não sabe? Com a facilidade de aprender as coisas, ela devia era ter estudado. Podia até ser professora. Não precisava fazer a vida. Mas tem muita professora que é pistoleira também. Mesmo em Cajazeiras... A desgraça da mulher é começar a pensar. "Eu devia é ser como Raimunda. Não sabe ler e não gosta de quem sabe." Bacurau está sendo chamado. Mais dois uísques.

– Dois por quê? – pergunta Peito de Pombo.

– Um pra você.

– Obrigada. Hoje eu não estou a fim.

– Traz dois! – ordena o homem a Bacurau, que se afasta risonho. O freguês é bom.

Peito de Pombo é toda tensão.

– O senhor vai ter de tomar os dois uísques. Eu não vou ajudar.

O freguês tira os óculos, limpa-os de novo, com o lenço, encara-a com os olhos pequeninos.

– Escuta: você já não esteve com o Zezinho Pimentel?

– De Pedro do Rio?

– Sim.

– Já.

O homem repõe os óculos.

– Eu não tou te entendendo, minha filha...

Peito de Pombo também não está se entendendo muito. Passou o dia envenenada. Acompanhou, de seu quarto, na Galeria Marquesa de Santos, o incidente do dr. Benvindo. Nem foi almoçar. ("Se eu pudesse tacava uma bomba que o mundo inteiro voava pelos ares!") Contém-se. Vai deixar a mesa.

– Toda puta tem o seu dia de Nossa Senhora – diz, finalmente, levantando-se.

A frase não é dela, é de Tatuzinho. Mas explica. Vai até o balcão de Manolete, pedir um café.

– Ué! Você não amarrou o cara de Pedro do Rio? – pergunta Divina, espantada. – Ele recompensa bem... Diz que é bom...

– Bom pras negras dele. Eu passo. Tá querendo muita coisa... Com aquela cara nojenta... no-jen-ta!

Divina deixa pelo meio a xícara de café:

– Com licença. Eu tô precisando faturar.

Vai direto ao Copo de Uísque.

IV

– Você está gripada? – pergunta o rapaz.

– Não. É a minha sinusite que tá aporrinhando outra vez – informa Tatuzinho.

Com uma ligeira crispação, ele indaga:

– Formando pus?

– Deus me livre. É só a dor. Mas dá esse ar de resfriado. Chato, é ou não é?

– Por que é que você não opera?

– Com que roupa?

– Vocês fazem alguma coisa "com roupa"?

– Estás ficando espirituoso, hein, meu filho?

Ele também acha. Ri satisfeito. Vai aos poucos vencendo a timidez do começo. Acaricia com os olhos os ombros de Tatuzinho. Desce-os, ao longo do corpo.

– Braços bonitos...

– Obrigada. Às ordens.

Está brincando com o rótulo da Ouro Branco, procurando arrancá-lo. Ele rompe-se ao meio.

– Ontem eu tirei, sem rasgar, o rótulo de quatro garrafas.

– É?

A orquestra saiu para descansar, tem sanduíche esperando, a casa paga. No segundo descanso há direito a cerveja. Belardo vai até os fundos. "Ivete está demorando", pensa Tatuzinho. Ele vai apressar, na certa. Queria ter um homem assim, interessado. Mulher não pode perder tempo com freguês. Habitua mal. Se eles pagassem extra, tá certo. Só pela ficha, não compensa. Belardo controla, ajuda. Cara legal. E bom macho. Ivete é que não sabe dar valor. Mulher vive dando chute na felicidade. Aquela vez que Ivete andou esgotada dos nervos, não conseguia prazer com homem nenhum, o que foi que Belardo fez? Outro qualquer, por egoísmo, deixava assim mesmo. Ela que se danasse! Belardo, não. Levou ao médico, pagou remédios, cooperava. Meses! Certa vez, quando saía do quarto, Belardo perguntou-lhe, carinhoso: "Como é? Conseguiu?" Não estava pensando em dinheiro. Queria saber se o remédio funcionara. Meio besteira, porque mulher não goza com freguês, faz teatro. Não vê a Sandra Canudo, que chora de se ouvir dois quartos além? Tudo fingido. Tá claro que tem freguês que a gente agrada. Mas é raro. Profissão mais filha da mãe. Estragando o que há de melhor no mundo...

– Não acha?

O rapaz ouve a inesperada pergunta, sem entender:

– Não acha o quê?

Tatuzinho cai em si. Encontra saída, rápido:

– Não acha que você está querendo carona demais?

Ele retira a mão desapontado.

– Vocês, hein? Faça-me o favor! É tudo fominha!

E toma-lhe a mão, numa carícia fácil, quase amiga.

– Tu tem quantos anos, meu filho?

– Dezessete! – diz ele com orgulho.

– É a primeira vez que você vem ao Quilômetro Seis? Nunca te vi antes.

– Eu estive aqui o mês passado. Mas não andei com ninguém. Você estava na mesa com um cara horroroso... Acho até que dormiu com ele.

– Vai me dizer que não esteve com outra...

– Palavra!

– Ai que lindo! – diz Tatuzinho. – Você agradou da minha cara?

– Do seu jeito...

– É... De cara eu não sou essas coisas...

– Eu tenho a impressão de que já conheço você de algum lugar...

– Daqui... Não esteve aqui o mês passado?

– Foi daquela vez que eu tive essa impressão.

– Ahn... – diz Tatuzinho, distraída, passeando o olhar entendedor pelo salão.

Ainda não viu cinco fregueses comprarem ficha. Com tanta mulher na casa e tanto macho estatelado, quase todos de pé, a mão no bolso, o olhar bestão. "Esse Salô é um cachorro! Aumentar a ficha pra oito! Quer matar a gente de fome." Sente a mão do rapaz à flor do seu ventre.

– Não assusta a criança, meu filho – diz, constrangida, com receio de perder o freguês. Já não é segredo o seu estado.

– Eu acho bonito mulher grávida.

– É um atraso de vida – informa ela. – Inda mais agora, com essa crise... Tem um clarão nos olhos.

– Põe a mão aqui. Vê o bichinho se mexendo... Notou?

– Não...

– Mais pra cá. Olha agora... Aí...

– É mesmo! – diz o rapaz deslumbrado. – Minha mãe sempre diz que a criança mexe lá dentro. Eu não acreditava.

– Você tem muitos irmãos?

– Cinco. Ela está esperando outra vez.

– Hum...

Mete-lhe a mão no bolso do paletó, retira a carteira. Avelina se aproxima, pedindo um cigarro. Aproveita a ocasião, toma um gole de coca-cola.

– Puxa! Você deixou ficar choca... Coca-cola sem estar gelada, eu vou te contar! Por isso é que eu prefiro guaraná...

– Já faturaste alguma coisa? – pergunta Tatuzinho.

– Experiência...

– E esse povo todo em pé, pra que é que serve?

– É tudo veado, minha filha! Acabou o tempo dos homens!

E sai de novo, para batalhar entre as mesas.

V

Com um sorriso de compreensão, Tatuzinho contempla o modo aflito com que o rapaz junta as notas de 100, 200, 500, para completar o preço da ficha.

– Oito mil cruzeiros, *mama mia*! – diz ele, afinal, quando enveredam pelo corredor. – Não sabia que era tão caro!

– A culpa não é nossa. O preço quem faz é aquele xexelento. E a gente é que paga... A freguesia cai. Tinha freguês que vinha três, quatro vezes por mês. Agora, vem uma... quando vem!

Passa-lhe o braço pelas costas.

– Mas você não vai se arrepender, tá?

– Deus permita!

De um quarto sai Marlene, vestida com uma toalha de banho.

– Tens um sabonete sobrando?

– Sobrando, não. Usa o meu, depois devolve.

– Você não vai precisar?

– Claro que vou.

– Então deixa. Eu pego o de Kátia.

O garoto olha com ternura a seminudez da rapariga. Acha maravilhoso aquele mundo de onde o pudor foi banido. Por uma porta semiaberta, vê outra mulher que distribui talco pelo corpo nu ("bem pensando, oito mil é barato..."). Vontade de dar viva ao Brasil, temor de enlouquecer, a cabeça vazia.

– Poça! Esqueci a chave! Espera um momento!

Tatuzinho volta ao salão. O rapaz fica só no corredor, vem de jeito mole até a porta entreaberta. Surpreendida, a mulher – é Brigitte – sorri:

– É servido?

– Estou esperando outra moça.

– Bom apetite.

– Obrigado.

Passos. Ele se volta. Tatuzinho? Marlene. A toalha no braço, chinelinha estalando.

– Oba!

Ela acha graça.

– Te abandonaram, garotão?

– Foi buscar a chave.

– Ah!

Passa por ele, branca, enxuta, gingando. A coisa mais gloriosa do mundo é casa de mulheres. "Quem será que inventou?" Merece um prêmio, medalha de ouro embutida na testa! Nem Santos Dumont foi maior. Comparado, isso de inventar avião é café pequeno...

Passos de novo. Mais mulher nua? É Tatuzinho. Vestidona, pesada, barriguda.

– Demorei muito, meu querido?

VI

Tatuzinho corre a chave, apaga a do teto, acende a luz de cabeceira.

– Assim fica melhor, não acha?

– Tá bem...

– Dá um ambiente mais familiar...

Sorri.

– Não é, meu enxuto?

E sem transição:

– Fica à vontade.

Uma inibição brusca.

Enternecida, abraça-o, traz-lhe o rosto contra o rosto, numa carícia.

– Tadinho do filhão da mamãe! Oito mil cruzeiros! Se a casa fosse minha eu te dava de graça, tá?

Abre-lhe a camisa, descobre-lhe o peito, desnuda-lhe o torso, com vagar carinhoso.

– Legal! Tás um pão. Só musculatura! Tu joga futebol?

– Basquete.

– Também é bom. Meu irmão jogava no time de Campos. Quase entrou na seleção. Depois ficou doente, precisou parar.

– Teve o quê?

– Pobre faz esporte, se estrumbica. Comer pouco é fogo! Enfraquece o sangue. Depois, ele deu azar. Levou uma dedada no olho que eu vou te contar. Quase ficou cego! Tira a calça.

Ela mesma afrouxa-lhe o cinto, liberta o primeirão botão.

– Tou dando muita colher de chá. Faz alguma coisa. Te despe.

Entra no cubículo do canto, barulho de água correndo, remover de bacia. O rapaz senta-se à beira da cama, a calça desbraguilhada, o cinto solto, tira o sapato, acende o cigarro. Torneira cantando. Vozes no corredor. Um Cosme e Damião, de luz acesa, no alto da porta. Uma oração de São Judas Tadeu na parede. Na penteadeira, um bebê bundudo, nu, de barriga num acolchoado de flores enormes, a cabeça erguida. Perpetua, no olhar arregalado, o espanto que a fotografia lhe causou. A desidratação o levara. Num postal de lambe-lambe alguém, numa letra esforçada, fala de amor: "Aceite o coração do seu adorado José Luís Medeiros, 2º sargento da polícia mineira". Ao lado, num jarrinho de vidro barato, dois cravos de papel vermelho, marcados de mosca. Uma pequena bota de porcelana, estilo francês, guarda alfinetes. Uma colônia, tamanho menor, deita cheiro de alfazema no quarto. Polvilho antisséptico. Três poses de mulher fatal, Tatuzinho. Vários cartões junto ao espelho, quase todo sem aço. Votos de Feliz Natal "da sua querida Berenice Dias de Lasserra"... "Feliz Ano Novo da colega e amiga Sueli"... "... de todo coração um abençoado 1967, da tua mãezinha que lhe adora". E grande, na cabeceira da cama, pregado com fita durex, Roberto Carlos em página inteira de *Manchete*.

– Esse cara, se aparecesse aí, o Quilômetro Seis fechava. Comia todo o mundo de graça...

– ... O autêntico Festival da Canção Brasileira! – diz o garoto, ligeiramente recuperado.

Tatuzinho, envolta numa toalha de banho, se esconde embaixo da colcha. Descobre, numa das pontas, um sujo de cinza de cigarro, soergue-se, os seios livres, redondos, espantando os detritos com tapinhas à margem.

– Piranhudas de uma figa! Pensam que minha cama é cinzeiro. Puxa vida! Gente mais sem educação! Aí tem muita mulher analfabeta, meu querido! Não lê nem nome de ônibus! Já pensou que vexame?

Volta para o rapaz.

– É mesmo... Como é teu nome?

– Jo... Jovelino – responde ele, depois de rápida hesitação.

– Vai ver que é só José...

– Acertou! – diz ele rindo.

– Mas deve ter algum Jovelino em tua família, tem ou não tem?

José confirma.

– Meu tio, que mora no Rio, na Penha. Vai se mudar pra Copacabana.

– Gozado... Tudo aqui é mentira. Mulher inventa nome. Homem esconde. Tudo besteira, não? Tudo é falsidade. Tira a roupa de uma vez, meu amor. Bota a calça na cadeira. Puxa! Que garoto mais desajeitado! Cuidado! Você quase derrubou o copo. Dá um atraso de vida...

A calça caíra da cadeira. O copo tinha um fundo de mel, agrado para Exu. Tem embaixo algumas notas de cinco. Pra chamar dinheiro. Tatuzinho ergue a coberta.

– Entra, meu querido. Ih! que mão gelada! Assim você constipa o meu filho! Apago a luz?

– Apaga.

VII

Há um silêncio constrangido no quarto de barulhos fora. Ressoa, no corredor, a voz de Helena, reclamando. A torneira secou. Helena deve ter arranjado freguês. Ouvem-se, de repente, ganidos nervosos, gemidos quase-choro.

– O que é isso?

– É a Sandra Canudo. E o besta deve estar acreditando, caindo na esparrela. Me desculpa, mas homem é burro pra chuchu, é ou não é?

Percebe, rápido, que errou. Pôs água na fervura outra vez. No fundo, quem está com a razão é Sandra Canudo. Representa a peça que homem gosta de ver e de ouvir: mulher gamada por ele. "Vem, meu macho!" Qual é o homem que não quer passar por machão? Qual é o imbecil que não acha natural a súbita loucura, por ele, da mulher de todo mundo? Explorada a vaidade do infeliz, ele resolve logo, se inflama, não chateia mais. E agora, José? Procura-lhe a mão, carinhosa:

– Ah! Agora sim! Está mais quentinha!

Não está, não. Mas é como diz a Elizete, promovida a gerente, com vinte anos de viração pelo mundo: pi-ssi-cô-lo-gia! Homem a mulher leva é na pi-ssicôlogia! "Ilude o besta!" Bastou achar quentinha a mão de José, José pegou fogo. Tatuzinho sentiu uma contração no útero. A mão gelada está procurando seu filho.

– Aí... Assim... Tá sentindo o sacaninha outra vez?

Está. Tá se vendo que está! Tatuzinho já viveu. Tatuzinho conhece a humanidade e seus homens. A colcha foi jogada no chão.

– Vem, meu filho. Vem fazer uma coisa gostosa na tua mãezinha.

VIII

Laís chegou. Salô já estava inquieto. É a grande estrela do show. Sem Laís não consegue ter a casa cheia até três, quatro da madrugada.

É o melhor *strip-tease* feminino que a casa já teve. Só Miss Brasil fez mais sucesso. Mas era travesti. ("Muito mais mulher que qualquer garota.") O próprio Salô não escondia sua ponta de inveja. Qualquer mulher ficaria feliz com aqueles seios, que eram a surpresa de todas as noites. "Parafina coisa nenhuma! Natureza... Como é que pode?"

Laís, porém, não é uma simples "tiradeira de roupa", coisa tão comum. Tem ciência, tem arte, estudou. Viu mais de dez vezes o filme *Europa à noite*, festival de *strip-tease*. Ela se despe como quem se entrega. Está fazendo amor. Os olhos dizem, os lábios mordidos gritam... E o povo espera com impaciência o seu número.

– Eu quero você logo depois do *estripetise*...

– Eu falei primeiro – diz outro.

As mulheres sabem que Laís é uma só. Depois do *strip-tease* há chance para todas.

– Pensei que ias me fazer uma falseta – diz Salô. – Te esperava às seis horas...

Teatral, Laís dá um show inicial:

– Meu filho, se dê por feliz! Eu só estou aqui porque Deus me trouxe, teve pena de mim. A minha valência é que eu tenho um anjo de guarda do cacete! A esta hora devia estar morta. Aliás, posso dizer que eu nasci outra vez! No duro!

As mulheres a rodeiam.

— Qual é o babado?

— Conta, vigarista! Eu juro que acredito...

Laís faz um gesto largo, com a bolsa fulgurando no espaço (dez prestações, sem entrada e sem juros).

— Bom, se vocês vão me chatear, eu não conto!

— Quanto é que pagaste pela bolsa?

— Quinze michês, tá? Descontados os 30% da casa!

Vira as costas, revoltada, não querem dar importância ao seu desastre. Vai lá dentro se trocar ("será que tem água?"), Salô já está branqueando. A meio caminho, porém, não resiste, deposita o *necessaire* no chão, a bolsa nova ganha altura uma vez mais.

— Você sabe o que é um caminhão derrapar e vir em cima do seu ônibus com uma velocidade filha da mãe? Mas filha, mesmo?

— Não diga!

— O chofer nem teve tempo de "ai-meu-Deus!". Morreu instantâneo!

— O Marcolino?

— Esse é outro que deve ter também um protetor do cacete. Igual ao meu! Nasceu de bunda pra lua! Quando eu tomei o ônibus o trocador me disse que ele não vinha. Tinha dado um troço, na viagem pro Rio, chamaram o pronto-socorro.

— E o trocador?

— O Zeca? Perna quebrada.

— Coitado!

— Morreu muita gente?

— Uns oito! Fora os feridos. Alguns não vão resistir. Vieram três ambulâncias.

— E você!

— Deus é grande, tá? Nem um arranhão. Só uma bruta mancha roxa aqui do lado, que não me deixa mentir. Vocês vão ver na hora do *estripe*.

A uma pergunta de Ivete ("E como é que você veio até aqui?"), a bolsa de Laís ("Dez abobrinhas pra você comprar outra meia, a meia foi pra cucuia"), voejando de novo, informa. Mais de uma hora perdida no local. O caminhão tinha despencado na pirambeira. Gente gemendo. Povo chorando. Uma garota imprensada em cima do cadáver do pai (lá dela), a mãe tinha só desmaiado.

Carros parando, fazendo fofoca, querendo saber se havia parente ou conhecido. Ela não tinha sido parenta nem conhecida de ninguém. "Foi quando meu anjo da guarda ("uma potência, minha filha!") me mandou um freguês do tempo que eu trabalhava no Bolero."

– Ei, sua vigarista! O pé frio foi seu?

Nem de encomenda! Botou-a no carro (ia pra Barbacena), deixou-a na porta do Quilô (não desceu porque tinha hora marcada, prometeu que aparece na semana que vem) e ainda lhe deixara uns trocados.

Salô se aproxima. Palminhas gentis:

– Chega de chacrinha, Laís. Vai te trocar. Tem muito freguês procurando você.

Volta-se para o Copo de Uísque – várias damas à mesa – que até agora não se decidiu:

– Essas meninas são de morte. De morte! Eu não aguento mais... O senhor não imagina o que é esta minha vida, doutor!

(Só pode ser doutor, deputado talvez. Quase um litro já foi. Vereador, pelo menos, há de ser algum dia, prometera no Crato.)

IX

Divina se encolhe apavorada. Quem avisou foi Tatuzinho.

– Olha lá na porta. Te mandaram um presente...

É muita falta de sorte. Justamente quando a casa começava a esquentar!

Divina se esconde atrás de uma coluna, tem vontade de correr para o quarto. O diabo é que Salô está vigilante. Mulher que abandona o salão, que não quer trabalhar, multa! ("Eu não estou aqui pra sustentar boa vida de ninguém!") Corre os olhos, desesperada, pelas mesas. Há de haver algum mais do peito, que a socorra. Só para despistar. Vê um porto amigo. Lá estão Vadinho e Zarur Sem Sopa (era a cara do Zarur, mas não dava colher de chá a ninguém).

– Oi! O que que há?

Divina senta-se.

– Chegou um pé-frio. Deixa eu fingir que estou ocupada... Pode ser?

– Mas sem compromisso – diz o gordalhufo, se defendendo.

– Tá... Eu só quero que ele não encarne em mim outra vez...

Há vários casais na pista. A orquestra, incansável, esquarteja um velho samba. Avelina e Lídia, à falta de homem, dão um show de gafieira, o problema é chamar atenção. Sueli e Brigitte bailam juntas também. O motorista de Muriaé deu licença, Kátia Preta ("não me aperta que eu tou com homem na mesa") dança altiva e digna, com o ex-gerente do Saps. (Foi absolvido no inquérito, mas pediu demissão só para esnobar, já estava rico, ia ser deputado.) O corcundinha de Pedro do Rio soltava os cachorros, tinha escolhido a maior mulher da casa. Marissol ("Será que a filha dela vai sarar?") deve estar cheia de bolinha, batalha com brio ("Só eu dou azar").

Divina tem um movimento de ternura.

– Arranjaste uma camisa bacana, hein? Comprada no Rio? – diz acariciando Vadinho, controlando com o rabo do olho o perigo concentrado quatro mesas mais adiante.

Vadinho, risonho, leva o copo aos lábios.

– Tou vendendo. Tá todo mundo de olho grande nessa camisa. Quero isso não. Dá ziquizira.

E descobrindo, afinal, o pé-frio.

– É aquele de costeleta?

– Fala baixo. Não aponta pra lá. Eu tou fingindo que não vi.

– Quem é esse cafa?

– Um tira muito do cachorro!

O gorducho se define.

– É melhor você cair fora: vai lá, dá logo de uma vez, vê se me esquece. Não cria caso com polícia. Tenho nojo dessa gente!

– Quem é que não tem? Nós aguentamos hoje um delegado que fez miséria pra cima da gente!

– O novo delegado já esteve aqui?

– O velho, o Benvindo!

– Aquilo é um bom filho da puta!

– Não diz isso, que o senhor ofende uma classe! Não tem essa mulher--dama que não fique puta da vida se disserem que o Benvindo é filho de uma! O Benvindo ou qualquer polícia! Só o dinheiro que eles tomam do Salô (e às vezes da gente, direto) dava pra sustentar os filhos de tudo quanto é mulher que tem no Quilô. Esse cara aí o senhor nem faz ideia...

– Ele toma o teu dinheiro?

– Não. Só não paga. Como se a gente vivesse de brisa. Acha pouco?

– Podia ser pior...

– É pior... Tem a boca mais fedorenta que há no mundo! Aguentar fedor de boca de homem é fogo! É o maior castigo que uma postrituta – pors... tituta – já teve.

Parece que Deus disse: tu quer cair na vida, cai. Tu não quer ter vergonha na cara, não tem. Mas fedentina de boca de homem tu tem de aguentar, minha filha, não tem solução! Pois olha, seu Zarur...

— Não esculacha, minha filha. Vasconcelos...

— Pois olha, seu Vasconcelos, o Heleno é pior do que castigo. É maldição!

— Que Heleno?

— O da costeleta.

— E isso é nome de homem?

— Apelido. É que a gente teve uma colega que chamava Helena e tinha uma boca podre. Nunca vi igual!

Vadinho ri alto.

— Quer dizer que mulher, também...

— Ué! Tem mulher pra tudo. Não teve mulher que pariu Benvindo? Não teve mulher que pariu esse desgraçado? Ele não foi cagado por homem. Saiu de mulher. Sina de mulher é ser mãe de tudo quanto é espécie de filho que há no mundo. Tinha de haver uma Helena pra ter boca mais fedida que esse coisa-ruim. Era tão azeda, que quando uma colega ficava com mau hálito, com o perdão da palavra, a gente dizia: "vai bochechar com dentifrício que a tua boca tá helenando..." Palavra de honra! Felizmente se mandou!

— Mas a Helena não está aí? Eu ouvi há pouco o nome dela – diz Vadinho.

— Essa é outra. Chegou ontem. Moça muito distinta. A outra, com a proteção da Virgem Maria, foi helenar noutro bordel. Acabou na Maria Navalha. Eu vou dizer uma...

Interrompe-se. Há convicção e ardor em sua voz. Dirige-se a Vasconcelos.

— O senhor sabe que tem gente que não acredita em Deus?

Vasconcelos fica sem entender.

— Olhe – prossegue Divina – até é pecado – tá bem? – até é pecado duvidar. Eu nunca duvidei!

Os dois não entendem. Divina está agora calma. Aponta a mesa do policial.

— Ele pensou que eu estava ocupada (isso ele respeita), chamou outra desinfeliz. Quem vai aguentar a latrina é a Marissol. Coitada, com a filhinha daquele jeito...

Baixa os olhos, penalizada, enxuga com a mão o uísque derramado na mesa.

Súbito ergue a vista.

— O senhor tem filha, doutor?

Vasconcelos mostra surpresa.

– Por quê?

– Eu estou perguntando.

Responde, após ligeira hesitação.

– Tenho. Duas.

– Reze pra nenhuma delas cair na vida!

Vasconcelos quase pula em cima da mesa.

– O quê, sua cadela?

Divina avalia o que disse, encolhe-se a medo.

– Desculpe, doutor. Eu não falei pra ofender. Foi sem pensar. Nem me passou pela cabeça!

Vadinho segura o braço do amigo, que já esboçava um bofetão.

– Calma, Vasconcelos! O que é isso? Não dá vexame!

O outro se contém, raiva concentrada.

– Tem razão. Conversar com puta é aquela cagada. Puta, a gente enraba e chuta!

Humilde, a rapariga faz menção de levantar-se. Vadinho toma-lhe a mão, firme.

– Vai não, minha filha. Toma alguma coisa. Quer uma cerveja?

Comovida, Divina agradece. Está com a vesícula toda bombardeada. O médico proibiu-lhe a bebida. Mas quem tinha razão era aquele carnaval da sua infância, quando o povo cantava nos salões e nas ruas:

Maior é Deus no céu e nada mais.

O gesto de Vadinho o confirmava.

– Agradeço como se tivesse tomado, tá? Aqui não tem mulher que não tenha o fígado daquele jeito.

– E por que é que vocês bebem?

– Precisa... E é bom, não é? Eu, quando tou chateada, mando brasa! Que se dane!

Raimunda está voltando ao salão. Serviu um rapaz de Areal. Ao entrar, faz o sinal da cruz.

– Você viu o que ela fez? – pergunta Vadinho, incrédulo.

Divina vira.

– Tem muitas que fazem. Pra dar sorte.

– Sinal da cruz! Você também faz?

– Pra chamar freguês? Deus me livre! Nunca! Se Deus quer mandar o freguês, eu agradeço, a bondade é Dele. Mas fazer o sinal da cruz, pra isso, eu acho uma falta de respeito!

E tentando reconquistar Vasconcelos:

– Eu estou certa ou não estou?

– Em matéria de puta eu não entendo bulhufas. Só quero saber o preço – caro pra cachorro, não vale! – e se a mulher presta ou não presta, se é completa, ou não é. Você, eu sei que é...

Divina recebe a chibatada em pleno rosto. O sangue lhe sobe à cabeça. Lembra-se de que possui aquele dom: uma das três pragas que não falham. Mas não roga. Ela também tem filhas. Três.

No fundo, está com inveja de Raimunda. Com aquela cara, analfa de pai e mãe, continua linha de frente, amarrou novo freguês. ("Será mesmo falta de respeito?")

Um rumor percorre as mulheres. Todas olham a porta.

– Olha a Gina! Puxa! Como engordou! Será gravidez?

– Dá até nojo!

Tatuzinho, na mesa com Sueli e Avelina, mesa sem copos, não está acreditando:

– Não disseram que ele tinha suicidado?

– Tentativa, minha filha. Não foi a primeira vez – informa Avelina.

– É do Rio, não é?

– Rio, nada. Petrópolis. Diz que é do Rio pra despistar. Luzia Grande conhece ele. Já viu no cinema, no restaurante. Ele frequenta o Falcone, está sempre lá com a mulher.

– É casado? – espanta-se Tatuzinho.

– Ué! Isso é tão comum!

– E a mulher sabe?

– Eu não fui apresentada a ela, nunca perguntei.

Em outra mesa, vendo os cochichos e o risinho divertido de Ivete e Kátia Branca, um freguês de Juiz de Fora (todo mês comparecia, o chofer ficava no balcão de Manolete comendo churrasquinho), indaga, curioso:

– Quem é essa Gina que vocês estão fofocando?

– Uma colega nossa.

Noutro canto, alguém que identificou o apelido com o corpanzil recém-
-chegado, indaga o porquê do apelido. A ética não permite. Não se fala das
intimidades de um freguês com os outros frequentadores da casa. Só mulher
rampeira, sem classe, dá com a língua. E Salô, sabendo, manda embora.

– O que um freguês faz no quarto, com a mulher, é sagrado! Mulher
decente respeita o segredo profissional. É que nem médico! Mesma coisa!

Vasconcelos-Zarur acabou se engraçando com Brigitte, levou-a para o
quarto. ("Merecia, coitada! Veio dura, dura!") Vadinho e Divina estão dançando.
Ivonete fala ao ouvido da colega:

– Viu quem apareceu? A Gina!

– Oba! A Eliana tira hoje o ventre da miséria! Ela não está ocupada?

– Gina espera, nem que seja pra depois do show.

E Ivonete se afasta, rodopiando com Marilu.

– O que é que vocês estão fofocando? – pergunta Vadinho.

– Brincadeira delas... Bobagem. O que mulher diz não se escreve.

E procurando desviar o assunto:

– Você hoje está impossível! É revólver no bolso?

– Trabuco! – diz Vadinho satisfeito, apertando-a contra o corpo.

A orquestra muda de ritmo. Agora é um iê-iê-iê. As mulheres se in-
flamam. Dois ou três rapazes irrompem na pista, Berê, Ivete, Kátia Branca.
Vadinho se atrapalha.

– Tem gente demais. Vamos sentar?

– Você é quem manda.

Afastam-se agarrados, esquecidos do mundo. ("Parece o Roberto Carlos
com a namoradinha de um amigo dele", pensa Tatuzinho.) José há muito que
se foi, cabeça baixa, expressão de nojo. ("De mim e dele, com certeza. Mas
volta...")

XI

Avelina passou por Eliana, tocou-lhe no braço. Falar não precisa. Eliana
ainda não tinha notado. Acompanha os olhos da colega, entre alegria e repug-
nância, localiza Gina escanchado no escurinho da esquerda. Bacurau atende.
Não aparece há mais de seis meses. ("Este corcundinha de Notre-Dame é espeto! Leva duas horas pra se decidir!") Não pode perder tempo. Inquieta, cruza
o olhar com Gina, que também a procura. São 50 pratas, fora o pagamento dos

vestidos, porventura, estragados. Hoje vai ser um despautério. Gina engordou. Vai estourar tudo. Ele (ou ela?) adora tecido estampado. Deve estar quicando. Só aparece quando não aguenta mais. ("Não sei por que esse infeliz não dá logo de uma vez pra tudo quanto é fuzileiro naval! A Inglaterra oficializou, diz quem sabe, Salô. Agora é moda. E esse coitado se torturando. Quando está pra explodir, vem correndo.") Examina o corcundinha de olhar deliciado nos pares que bailam. ("Empata de uma figa!") Compensa bem, é verdade. Mas não se compara com Gina. Esboça uma carícia, que vinha evitando.

– Como é, meu amor... Vai me querer?

O homenzinho é do suspense.

– Está com pressa?

– Não. É que Salô...

– Deixa Salô pra lá! Esquece!

Enche-lhe o copo.

– Você precisa beber um pouco mais.

("Se eu pudesse, dava uma traulitada nesse filho da mãe que amassava a caixa da cacunda... Velho chato! Bolha!")

– Eu já bebi demais, meu querido. Bebida me arreta...

E prolonga a carícia.

– Então bebe mais um pouquinho...

– Tá doido! Você quer que eu dê escândalo? Tem polícia de costumes. Daqui a pouco eu te agarro aqui mesmo, chupo o teu sangue.

– Oba!

Os braços longos se destacam do corpo engastalhado na mesa, a magra mão procura-lhe o seio. ("Meu Deus! Vou ter de aguentar essa aranha caranguejeira! Nunca vi cara mais peludo! Sina mais filha da puta!")

– Ah! meu querido! Vamos... Eu sei que você também não aguenta mais! Não começa a fazer o doce...

– Eu? Eu acho até que estou ficando...

– Não diz isso que dá azar, meu filho! Os anjos podem dizer amém...

– Não brinca!

– Assustou? Não é preciso. Tu é macho até debaixo d'água, seu tarado!

– Você acha?

– Tô sentindo quem não me deixa mentir! Você faz inveja a muito rapaz de vinte anos, eu vou te contar! Tem uma natureza!

O homenzinho sorri vitorioso.

– Vamos, querido?

Ele quer prolongar.

– Fazer o quê, minha filha?

– Neném.

– Só?

– Você já esqueceu?

– Eu não tenho memória, estou ficando velho... Conta...

Eliana aproxima-lhe os lábios do ouvido.

Ele se encolhe, expectante. Ela se limita a um beijo estalado que lhe deixa o ouvido a tinir.

– Fala, minha filha...

– Não falo. Você sabe que eu não falo. Eu sou de fazer, não sou de falar... (Ah! um pontapé nessa cacunda!")

– Sim?

Ele ainda quer prolongar.

– Nunca vi mulher mais apressada, puxa vida!

Eliana tem mais o que fazer. Há duas outras passeando em frente à mesa de Gina.

– Você arreta a gente, depois se queixa da pressa...

– Bem, deixa eu pagar a conta.

– Paga depois. Vamos, queridinho...

Toma-lhe a mão. O homem se levanta. Chega-lhe à altura da barriga. Vão saindo. Junto à caixa, Eliana estira um beijo para Gina, faz-lhe sinal que espere. Entram pelo corredor. Lá vem Vera Lúcia.

– Faturando?

– Néris de pitibiriba!

– Palavra?

– Fui trocar de vestido pela terceira vez. Ver se algum dá sorte...

Eliana dá passagem para o corcundinha.

– Vai na frente, meu querido.

Está preocupada, pensando em Gina. Ao colocar a chave na porta, volta-se para a colega.

– Vera Lúcia?

– Diz.

– Você tem uma vela que me empreste?

– Tenho, mas é pras almas!

E se afasta resmungando.

XII

Vinte minutos depois, o rosto iluminado, Eliana senta-se à mesa de Gina. Discretas, duas colegas se levantam.

– Sim senhor! Meses! Pensei que você tivesse morrido! Palavra de honra!

O homem está de cara amarrada.

– Estás zangado, meu filho?

Interpreta sua atitude a seu modo:

– Você precisa compreender... Eu tinha de atender aquele freguês... Estava comigo na mesa há muito tempo. O maior chato que eu já conheci. Se você avisasse que vinha... Por que não telefonou?

O homem continua silencioso, enxuga o suor na testa larga.

– Fala, meu amor. Não me deixa nervosa. Chega o que eu padeci pra despachar aquele cara!

O homem está tomando um cuba-libre.

– Posso pedir um?

– O problema é seu.

A voz de Eliana cruza o espaço.

– Bacurau?

O garçom se aproxima.

– Me traz um cuba. Pouco gelo.

Retira um cigarro do maço que está sobre a mesa.

– Você continua fumando americano? Aqui a gente não consegue.

Mudez.

Leva o cigarro à boca.

– Seja delicado, pelo menos.

O homem estende-lhe o isqueiro.

Eliana tira duas ou três baforadas, preocupada com o cigarro, afinal bem aceso. Tem um acesso de tosse.

– Fico muito tempo sem fumar americano, quando fumo dá tosse. Mas é outra coisa! Uma delícia! Será que todo cigarro americano dá câncer? Ouvi dizer...

Eliana está intrigada.

– Não tou te entendendo, meu filho.

E julgando compreender, apreensiva:

– Será que você se agradou de outra? Se agradou, fala. Não vou brigar por causa disso.

Ele não responde, ela se ergue.

– Fica.

– Então fala.

O homem hesita.

– Pode falar. Eu não zango.

Olhando desconfiado para os lados, a voz baixa, quase ininteligível, o gordo engole as palavras.

– Você disse a elas alguma coisa?

– Disse o quê? A quem?

– A nosso respeito?

– Você está maluco! Você não me conhece, meu querido! A mamãe aqui é um túmulo! O que acontece no meu quarto, além do freguês, só eu e Deus sabemos!

O homem continua desconfiado, descontente. Seu olhar passeia cabreiro pela sala.

– Por que é que todas as mulheres estão me olhando desse jeito, meio rindo?

– Ué! tão querendo freguês! A cana tá dura! Tão batalhando!

Bacurau traz o cuba de Eliana.

– Me traz mais um! – diz o outro.

Prova o copo de Eliana.

– Tome você primeiro. Eu espero.

– Não. Eu só queria ver se estava forte.

Estende-lhe o copo. A dúvida permanece. Tem a voz estrangulada.

– Então por que essas duas cafonas que estavam comigo só falavam na... na Gina Lollobrigida?

– É uma artista de cinema, meu querido...

– Mas por que justamente "ela"?

– Porque é o assunto do Quilô. Na cidade está passando um filme dela com aquele italiano – como é que chama? sei lá! um italiano muito do gostoso, um pão! Não se fala noutra coisa...

– Palavra de honra?

– Juro por Deus!

Está ficando mais calmo.

Sobre a mesa um braço de linho branco, desfiado na ponta, deposita o novo cuba.

– *Merci*, Bacurau.

Bacurau entende. Não há de quê. Começou a carreira numa pensão francesa que havia no Largo da Glória, no Rio. ("Aquilo que era educação! Mulheres finíssimas!")

XIII

– Salve ela!

– Saravá, meu pai!

Laís só agora o descobre.

– Você foi se esconder nesse canto, eu não podia encontrar... Pensei que tivesse feito falseta, me traindo com as morenas... Estava com saudade, meu amor...

A careca é um redondo que alveja e oscila na penumbra.

O perfume recente vence a barreira de fumo.

– Perfume gostoso!

– Francês.

– Se vê logo.

– Arranjei um contrabandista legal. Você pode comprar em confiança... É quem fornece a tudo quanto é vigarista da alta que aparece no Ibrahim Sued.

– Aquele analfabeto?

– Vocês falam de mágoa. Por que será que homem embirra sempre com o infeliz?

– Não é tão infeliz assim. Está podre de rico! Este país não tem salvação!

– É o que eu digo! Inveja... A única coisa que eu leio em jornal é o artigo dele. Detesto artigo de crime. Em televisão, fora as novelas, só o que presta é programa que ele apresenta. Gosto do jeito dele passar as páginas do caderninho. Adoro quando ele bate a campainha: *ademã*! É do cacete!

Prova o cuba-libre.

– Posso pedir um uísque? Pra comemorar...

– Comemorar o quê?

– Eu nasci outra vez, meu filho. Você não faz ideia!

O ônibus em que vinha da Guanabara fora de ponta-cabeça no caminhão de um laticínio.

– Não foi da sua cooperativa, fiz questão de olhar. Pensei muito em você... Mais de dez mortos. Uma desgraça! A estrada ficou que parecia um rio de leite misturado com sangue. Tinha um bacanaço no banco do lado que só faltava me comer com os olhos. Só de sacanagem eu deixava a saia subir. Tava vendo a hora que ele caía de joelho ali no carro mesmo... Pois olhe: morreu no sufragante! Foi a primeira vez que eu dei azar na minha vida... Você sabe que eu sempre dou sorte, é ou não é?

A careca faz sinal para Bacurau.

– Traz um uísque...

– Só com gelo. Água não. Caprichado.

Para ganhar tempo toma novo gole de cuba.

– Menino... hoje eu vi a Morte, tá bem?

Brigitte passa com um rapazelho pela mão.

– Oi, querida! Voltou? Um beijo! Depois te falo!

A leve mão passeia pelo peito gordo, introduz-se na camisa, acariciando.

– Estás virando mulher? Maminha inchada... Eu, hein?

A careca oscila, enternecida.

– Meu filho... Nunca pensei! Se não fosse o meu anjo da guarda, eu não tava aqui pra te contar! Vieram três ambulâncias de Petrópolis, uma de Pedro do Rio. Era um tal de gente gemendo, Nossa Senhora! Parecia o fim do mundo!

A careca entra-lhe pelo decote.

– Gosto de você porque não usa sutiã.

– Graças a Deus eu não preciso! Você já pensou? Mulher que faz *estripe* ter os seios caídos... Morria de fome!

A mão passeia.

– Estás tinindo, hein?

– Pudera!

– Tarado!

Queria que ele tivesse visto. Uma coisa horrorosa! Escapou por milagre. Mulher não tinha morrido nenhuma. Só homem! Dava até pena! Com certeza, tudo chefe de família – o cara que lhe devorava as coxas tinha aliança na mão direita, bem que notou! Devia estar noivo. Cachorro... Homem nunca presta...

– A começar por você...

– Vocês é que perdem a gente... Quem é que estava levantando a saia para tentar o infeliz?

– Levantando, não. Minissaia é assim. A moda quem inventou não fui eu.

– Uma grande moda!

– Você acha?

Torna a acariciar-lhe o peito.

– Estás virando mulher... Eu não te digo nada!

– Quer que eu prove o contrário?

– Cínico!

Apanha o copo de uísque, mexendo com o dedo as pedrinhas de gelo.

– Será nacional?

– É nacional batizado – diz o careca. – Você quer beber em confiança, aqui, tem de pedir cerveja. Ninguém falsifica.

– Cerveja, pra mim, só Ouro Branco!

– É do diabo!

– A Brahma deve estar com uma dor de cotovelo...

– Ela acaba comprando a outra, toma nota do que eu digo!

Descanso rápido da orquestra. Os pares se desfazem. Sueli também foi lá dentro, mudou de vestido. Raimunda está de fogo, um trago amigo em cada mesa. Fora, de pé, estudantes e comerciários aguardam o show. Dois ou três motoristas de praça, íntimos da casa ("será que o Nicolino continua pensando em montar casa pra Divina?"), mesa aqui, mesa além, sentam, levantam, batem papo, esperando freguês. ("Que nem nós...")

– O chofer do meu ônibus era o retrato do Nicolino. Até pensei que fosse ele. Nem suspirou pra morrer!

Ia acender um cigarro, pensa melhor.

– Vamos?

– É uma ideia!

Sinal para Bacurau.

– Guarda a mesa.

– Pode ir descansado, doutor.

Laís esvazia o copo.

– Preciso esquecer aquela desgraça. Horrível! Horrível!

Nem lhe passa pela cabeça que é o seu quinto ou sexto desastre nos últimos dois meses (mortandade sem fim de homens casados, sempre um homem que era um pão de ló, aliança na mão direita, estribilho de cada acidente, morrendo esmagado).

Vão para o guichê das fichas.

– Alô, Tatuzinho! – diz ela, cordial, de passagem.

Vem montada em relâmpago a resposta:

– Enterra os teus mortos no ziriguidum da vovozinha, tá?

Salô detesta palavra feia no salão. Falta de classe.

XIV

Pedras saltando, carro descendo. Outros carros esperam. Placas de Minas Gerais, do Estado do Rio, da Guanabara. Ivete vai olhar.

– Carro de praça, pessoal.

– Muita gente?

– Quatro ou cinco descendo.

– Minxou. Vaquinha. Garanto que vai ficar tudo em pé, esperando o show. Hoje eu não acredito nem em carro particular – diz Tatuzinho, que faz a sua passarela pessoal, marisco sem esperança.

– Oi, bacanão! Como é que vai?

– Na luta.

– Esperando a casa fechar, te conheço... Vocês são de morte!

Palmadinha na barriga.

– Vais pagar um café?

O rapaz tenta escanteio.

– Tá requentado. Horrível!

– Então paga um sanduíche!

– Eu pago o café, tá?

– Ok, muquirana.

Vão até Manolete.

– Dois açucarados – diz Tatuzinho.

– Um – diz o galã. – Já tomei.

– Quando? – pergunta Manolete.

– Ele esteve aqui o mês passado – sorri Tatuzinho.

Manolete serve.

– Toma, que amanhã não tem mais.

– Vais te matar?

– Me mando!

– Pra onde?

– Deus é que sabe! Aqui não dá pé.

Churrasquinhos chiam. Manolete gira os espetos.

– Uma da madrugada! Como é que pode? Vai sobrar três quilos de carne.

– Mais carne sobrando tem no salão – informa Tatuzinho.

– Não é por falta de fome! – diz alguém ao lado.

– E isso mata a *nossa*?

– A gente podia juntar fome com fome...

– Mata a fome em casa, meu filho – diz Tatuzinho, apontando-lhe a aliança.

– Feijão com arroz?

– Você não tem uma linguiça? Tempera... Pobre não tem orgulho. A boa fome não escolhe o prato.

– Mas escolhe a cama.

– Continua escolhendo, unha de fome! Bom apetite!

Volta-se para Manolete:

– O garotão já se explicou?

– Já – diz Manolete, dando cem de troco.

– Guarda – diz o rapaz.

– E ainda tem quem fale em crise – diz Tatuzinho. – Me admiro muito...

Quatro? Cinco? Seis! Duas cabeleiras confusas, uma barba completa, dois cavanhaques, uma careca.

– Duzentos cada um – diz a careca aos amigos.

– Eu não falei que era vaquinha? Conheço a pinta de longe! – diz Tatuzinho a Ivete.

– O que é que você está resmungando, sua vaca?

Tatuzinho ri grosso.

– E em matéria de progenitora, o jornal já deu alguma notícia?

É grupo amigo. Abraços. Mãos que procuram macios de curva. A barba maior acaricia-lhe o ventre.

– Pra quando, Tatuzinho?

– O teu colega? Vai nascer em junho. Mas esse vai ser diferente. Vou botar no colégio... vai ter educação...

– Você é fogo, hein?

– A gente ganha pouco, mas se diverte, meu faixa.

Ivete intervém:

– Vieram pro show? Por que não sentam?

– Vai demorar?

– Tá quase na hora.

Tatuzinho aponta:

– Tem mesa desocupada. Entrem, a casa é vossa. O bom é esperar sentado.

Kátia Branca estava rodopiando na pista, vem correndo festiva.

– Salve ela!

– Ei, gostosão.

Um cavanhaque passeia-lhe pelo pescoço, vai até o pé da orelha, carinhoso.

– Não faz cócega. Você me deixa nervosa...

– Não adianta ficar – diz Tatuzinho. – Negativo! Essa turma não tem dinheiro nem pra gilete...

Encaminham-se para a mesa. ("Errado é Salô. Dificulta, em vez de estimular. Sobe o preço, quando devia facilitar. Devia era criar um crediário. 'Coma hoje, comece a pagar em novembro!'")

Gente abrindo lugar, um copo caído, cadeiras que se agitam. Ivete prefere não perder tempo. Tatuzinho assiste à confusão. Vem Bacurau, solícito.

– Traz um guaraná e seis copos – diz Tatuzinho afastando-se.

XV

Sueli está imobilizada em mesa de pista. Mais de hora e meia. Freguês de Três Rios. Bom. Ajuda. Nunca se limitou à ficha. Tem apenas um defeito: quer ser exclusivo, pelo menos quando vem. ("Se a mulher dá o azar de estar ocupada quando ele chega sem aviso, perde o freguês. Três já perderam.") Sueli tem tido sorte. Nunca está trabalhando sempre que ele tem aparecido. ("Sorte fácil, o movimento caiu.") Mas o homem é de encher o saco de São Francisco, na opinião de Luzia Grande, que lhe desfrutou a preferência.

– Quantas vezes você já me traiu hoje?

("Ooi que besta! Ninguém pode contar com mulher de aliança no dedo e papel passado, vem esse bolha falar em traição com mulher registrada... Vai chupar um pirulito, meu velho!")

– Parece que eu estava adivinhando. Tou virgem! Virgem que nem quando saí do chuveiro. Não tenho sujo nenhum no corpo!

– Quer ficar leprosa, se você está mentindo?

– Não quero ficar leprosa nem mentindo nem falando a verdade! O que que há? Você é meu amigo ou amigo da onça?

– Então você está mentindo!

– E eu tenho cara de mulher que mente? Olha bem na minha cara!

Ele olha, as lentes dos óculos despacham faíscas.

("Eu só queria ser casada com esse filho da mãe. Bastava um mês. Enchia ele de chifre pro resto da vida! Dava corno pra vinte boiadas...")

– Verdade mesmo?

– O quê?

– Que hoje você não recebeu ninguém?

– Olha, meu filho, nem chega a ser vantagem. Tem aí mais de vinte mulheres que estão até com teia de aranha...

O homem toma do copo de Sueli, o dele já foi, vira-o de um gole. Agita a cabeça:

– É chato... É chato...

– Chato o quê?

– Saber que você...

Sueli corta-lhe a frase. Já sabe o que vai dizer.

– Olha, meu filho. Eu infelizmente caí nesta profissão. Destino... Mas há certas coisas que eu só tenho feito com você. Palavra de honra!

– Jura?

– Palavra de Deus!

Ele fica mais calmo. ("Deus que me perdoe!")

Bacurau vai atender outra mesa. Curva-se, de passagem, para um pedido suplementar de duas doses.

– Bem caprichado!

– É pra já, doutor!

("Doutor, os tomates!")

– Não acha que está bebendo demais, meu querido?

– Esta água choca? Tá doida do juízo! Bebida não sobe pra mim. Posso tomar uma garrafa que não me faz diferença.

– Eu sei... Falo por causa da exploração de Salô...

– Ah! minha filha! Quando eu venho aqui, não trago ilusão! É pra ser roubado...

Faz o suspense.

– Roubado e emporcalhado!

– Roubado por Salô. Emporcalhado por quem?

("Eu só queria que tu tivesse um enfarte no quarto, seu filho da mãe! Pra morrer desonrado! Pra todo mundo te gozar a caveira...")

O homem hesita. Avançou o sinal.

– Emporcalhado, ora essa! Você não viu? Bateram no meu copo – esses cabeludos de uma figa! – o copo virou... Tou molhado até a cueca...

("Se tu me ofendesse eu te quebrava o copo no focinho, seu corno!")

Ele não deixa que Bacurau ponha os copos na mesa.

– Passa um pano antes. Esvazia o cinzeiro.

– Pois não, doutor!

("Doutor, os tomates!" "Doutor, o cacete!")

Em pensamento Bacurau e Sueli cruzam caminhos. Ambos sorrindo. Chico Buarque de Holanda baixa na orquestra. Estava à toa na vida, o seu amor o chamou pra ver a banda passar. A canção vai ganhando a casa cheia de angústias. Duas, três, inúmeras vozes, pouco a pouco, vão fazendo coro.

A minha gente sofrida
despediu-se da dor
pra ver a banda passar
cantando coisas de amor.

XVI

Sueli acaricia, distraída, a mão peluda. Outra mão gorducha incursiona em seu corpo. ("Ainda bem que é por baixo do vestido. Senão, sujava o infeliz. Bebida ou suor?") Melhor não reagir. Pode ser que ele se anime, resolva de vez. O maior empata do Vale do Paraíba...

– Não faz isso! Tua mão me arrepia...

E conhecendo, de outras noitadas, os seus macetes:

– Me faz lembrar meu tempo de cinema. Quando a gente saía com o namorado...

Ele se agita.

– Faziam o quê?

– Miséria!

– É mesmo, é?

Puxa vida!

– Conta...

– E você não sabe, seu tarado? Vai me dizer que não fazia a mesma coisa...

– Eu sempre fui um tímido...

– Você, pode ser. A mão, bulhufas! Essa mão tem história pra contar, é ou não é? Mão boba? Muito sabida é o que ela é, sabida pra chuchu!

– Você acha?

Se retorce toda.

– Por favor, querido...

– O que é que tem?

– Você me deixa nervosa...

("Nervosa, não. Puta da vida! Dia que eu não precisar, te dou a maior banana do mundo!")

– Pelo amor de Deus, meu filho...

Ar espesso de fumo. Copos vazios, contabilidade das mesas. A orquestra, um ritmo infernal prolongado nas vozes sem rumo, cada vez mais altas. Apareceu o despachante de Petrópolis. Freguês de Luzia Grande. Ela vai até a mesa, feliz, ele aperta-lhe a mão, cerimonioso, não manda sentar. Quem é que não manja? Deve estar de olho noutra. Com homem ninguém pode contar. Quando a gente pensa que está engrenando, faz uma falseta. Aliás, todas estão de olho grande. É dos poucos que compensam bem, Carminha que o diga! ("Besteira fez Carminha, indo pra Porto Novo do Cunha.") Dá trabalho no quarto ("é difícil homem 100%, cada um tem seu 'porém'"), mas é generoso. ("Compreensivo...") Está examinando o gado. ("Parece que descobriu Helena. Mulher nova na casa tem essa vantagem: homem quer variedade. Também, se não fosse desse jeito, a gente morria, mesmo, de fome... Eles ficavam em casa, no papai e mamãe...")

Com doçura retira a mão de insólitos passeios.

– Não faz assim, meu amor. Tem dó... Eu sou de carne, querido, não sou estauta de cemitério...

Ele manobra noutro rumo.

– Mania de sutiã que vocês têm... Pra quê?

– Compõe a toalete...

Afasta o corpo, risonha.

– O que que há, garotão? Te comporta...

– Queria ver se você tem o seio bem-feito.

– Ah! você nunca viu, não é?

("Barra miserável... A situação não está de se jogar papel de embrulho na lata de lixo. Fosse um pouco melhor...")

– Tens um comprimido que me empreste?

É Marilu, cabeça estalando.

– Pega lá no quarto. Tem uma porção de envelopinho na gaveta.

Ao entregar-lhe a chave, pergunta ao companheiro:

– Você ainda não vai pro quarto, vai?

– Fazer o quê?

– Uma coisa gostosa.

– Que espécie de coisa gostosa?

– Você vai ver, querido.

– Mas... qual?

– Ué! Neném...

Ele salta.

– Neném? Essa não! Tenho cinco filhos, minha Colombina! Será que não chega?

– Todos homens?

– Três garotas.

(Tomara que caia tudo na vida. Quero só ver a tua cara sabendo que elas estão chupando cana em tudo quanto é negro...")

Tem uma crispação de revolta, ódio nos olhos. Levanta-se.

– Com licença. Tenho de falar com uma colega. Volto já.

("Volto, os tomates, seu sacana! Filho de uma vaca!")

Sai, o passo incerto, paquerando vai até o balcão de Manolete.

– Ué! Deixaste o freguês? – pergunta Raimunda.

– Lotei! Num guento mais! Nem por vinte milhões! Tou numa fossa miserável!

– Mas você empata duas horas e, quando chega a vez de faturar, solta o cara? Tu endoideceu!

– Tou pouco ligando! Homem é igual biscoito: vai um, vem dezoito...

– Ah! é? Quem foi que te disse?

Sueli baixa os olhos.

– Tens um cigarro?

– Pede aí...

Alguém lhe estende a carteira, risca um fósforo. Sueli olha o rapaz. Dezoito anos. É de toda noite. Vem, assiste ao show, procura carona nos carros de volta à cidade, na manhã começando.

– *Sanquiu, garoto.*

Ele tira onda de galã de cinema, sorri com ar de Beverly Hills:

– *Don't mention it!*

– O quê?

– Não há de quê...

Sueli olha-o, pensamento vazio.

– Ah! pensei que tivesse...

E o passo lento, a cabeça humilde, vai sentar-se outra vez. ("Não tinha prometido que voltava?")

XVII

– Peço a palavra! – diz Salô, batendo palmas, no centro da pista. (Futuro vereador tem de treinar...)

Geral movimento de interesse. É hora do show.

A direção do Quilômetro Seis (Quilô para os íntimos) tem a honra de apresentar mais uma vez o seu show, o mais famoso "num redondel de 500 quilômetros". Na qualidade de empresário, diretor, idealizador, ensaiador, figurinista e amigo das queridas vedetes que iam, dentro em pouco, ser alvo da admiração embevecida de todos os presentes, Salô agradecia, desde já, os merecidos aplausos, natural continuação do que se verificava todos os fins de semana (*week-end*, como dizem os ingleses, o povo mais civilizado do mundo). Tendo a felicidade de contar com a melhor plateia das madrugadas de amor e arte no abençoado torrão fluminense, o Quilômetro Seis via com orgulho que os seus sacrifícios eram coroados de êxito.

– Muito obrigado, meus queridos amigos... muito obrigado!

Palmas, ao acaso, das mesas. Salô continua na tribuna.

– Mas agora, meus distintos, tenho uma grande e comovente surpresa. O show desta noite, com esse rouxinol das madrugadas tropicais que é Ivete, com os passos e ritmos dessa bailarina enxuta que é Berê – a serpente que fugiu do Paraíso – com os vocalistas e instrumentistas inspirados do conjunto *Zi Mulatos,* com a nudez sugestiva de Laís, a moderna cortesã da Grécia, é dedicado especialmente a uma aniversariante que está longe dos nossos olhos, mas tem caixa-alta no coração de quem vos fala... a melhor mãe do mundo!

– A sua? – pergunta uma voz.

– A tua! – revida um bêbado.

– É a tua!

– É a sua!

Há um começo de tumulto. Gargalhadas. Palmas. Tilintar de copos.

– Quero o *strip-tease*!

– Quero o *stripe-tease* da mãe!

– Da tua!

– Da sua!!!

Aflito, chocado, Salô bate palmas desesperadas. Há energia e dor no seu olhar. Está mortalmente ferido. As mulheres ordenam silêncio. Falta de respeito! Falta de educação! Sujeira!

– Mãe só há uma! – diz uma voz solitária.

Novo estrugir de riso solto.

– É a do Salô! – afirmam da mesinha ao fundo.

Agora é que se vê. Kátia Branca encheu a caveira. Ergue-se, cambalean-te, e dedo no ar, a voz mole.

– Só uma, não. Eu também tenho, o que que há?

– Eu também! – diz um estudante.

Várias mãos vibram no espaço.

– Eu também!

– Nós também!

O primeiro bêbado põe-se em pé, conciliador.

– Viva a mãe do Salô!

– Salve ela!

Uma garota é solidária com a colega.

– Viva a mãe da Kátia!

Os gritos se entrechocam.

– Viva a tua!

– Viva a nossa!

– Viva a mãe em geral! – diz Kátia Branca, perdendo o equilíbrio.

Um primeiro tabefe, perdido na confusão. Gritos. Fugas.

– Isola! – diz alguém fazendo figa, batendo na mesa.

– Mais consideração! – pede outra voz.

Um vivaldino esconde várias garrafas embaixo da mesa. ("Diminui a conta...")

– Não vale xingar a mãe!

A frase acompanha uma tentativa controlada de soco. Recomeça a con-fusão. Cadeira vira. Copos se quebram. Mulheres saem correndo. Kátia Branca desmaia.

– Calma, pessoal!

– Calma no Brasil!

– Olha o delegado!

Ideia do Bacurau. Paz imediata. Arrastar de cadeiras e mesas, gente sentando.

Salô permanecera estarrecido no centro da pista. Sua mamãezinha não merecia aquela desatenção. Nunca imaginara tão grande vexame. Por fim, ven-do o ambiente serenar, recomeça:

– Bem, meus distintos... Vamos dar início ao nosso show ma-ravilhoso, a maior atração das madrugadas tropicais!

Palmas isoladas.

O futuro vereador não consegue, porém, refrear a vocação tribunícia.

– ... Apenas quero acrescentar um ponto importante... O show desta noite não é mais dedicado, apenas, à minha querida mãezinha, que hoje aniversaria...

– *Parabéns pra você*
Nesta data querida...

É a voz do primeiro bêbado, cantarolando, o indicador marcando compasso. Desta vez é silenciado pela geral condenação.

Salô aguarda, reconfortado, o novo silêncio imposto pela casa.

– Sim, meus distintos, o show desta noite é dedicado não somente à mãezinha de quem vos fala, mas à adorada mãezinha de todos vós aqui presentes!

O bêbado se ergue.

– À minha, não! Aqui, não. Em bordel, não!

– Cala a boca, burro!

O protesto é um movimento coletivo de mulheres e homens, perus e fregueses.

Bacurau o obriga a sentar-se. Lembra-se de que já foi leão de chácara. À orquestra só agora ocorreu que pode salvar, fácil, a situação. Ataca um samba. Salô enxuga os olhos.

– Sacanagem que fizeram com Salô – diz Brigitte penalizada.

Tatuzinho concorda, um beiço de nojo:

– Essa cambada é muito da podre! Não respeita o sentimento de uma pessoa. Afinal de contas, mãe é mãe, você não acha?

Prepara as mãos para aplaudir Berê, que surge na pista, ao som dos *Zi Mulatos*, sente uma súbita contração no ventre.

– E filho é filho, nem que seja filho da puta, é ou não é?

Suas mãos solidárias entram agora no coro geral de palmas à colega.

XVIII

– E agora, distintos cavalheiros e gentis senhoritas, num mambo picantíssimo, BERÊ – a serpente que fugiu do Paraíso!

– Paraíso? – indaga rindo um bigodinho na segunda fila. – Caxias mudou de nome?

Berê baila de graça. Veterana da casa. Com o tempo a freguesia tinha caído. Cotação de cruzeiro no plano internacional. A cara não ajuda muito. A voz é esganiçada, infantil. O feio rosto é jovem, mas a boca é de velha. Batalha incansável, agita-se, passareleia, saracoteia, se mete, puxa conversa. ("Qual é a onda?") Raramente lhe oferecem bebida. Poucas vezes convidada a sentar-se. Faturar, cada vez mais difícil. ("Deixa a barra melhorar que eu te pago, Salô.") Mas uma tarde, ao ensaiar novo show, enquanto a baiana Semíramis (*née* Sebastiana, vários anos Bastiana) esperava o compasso para entrar na ginga, Salô observa que Berê, distraída, bailava. Faz sinal a Semíramis que espere. Fica olhando Berê.

– Não é que ela tem bossa?

– É porque você nunca viu Berê em dança de terreiro. Não é de se jogar no lixo – diz Marlene.

Salô resolveu fazer a experiência. Quando começava a bailar, baixava o santo em Berê. A boca de velha desaparecia. Os olhos se iluminavam. O corpo tinha colubreios lascivos. Virava sexo. Que se comunicava. Que arrastava os incautos. Eram poucos minutos, mas nesses minutos outra, que não Berê, imantava a assistência.

Naquela noite Berê estreou. Faturou em seguida. Havia gente esperando que a dança acabasse. Espanto de Salô. Espanto maior da própria Berê. Semíramis não teve, essa noite, o menor sucesso. Salô deu por terminado o contrato. E como visse Berê deslumbrada e ressurrecta, imaginou um golpe baixo.

– Vou te dar uma oportunidade. Você vai faturar outra vez. Tu podes te exibir toda noite. Não cobro nada pela propaganda. Você dança à vontade no show.

Berê viu a jogada. Recusou. Esteve duas semanas sem faturar. Durante duas semanas faturou o trivial. Pouquíssimo. Pensou melhor. Topou. Eletricidade outra vez. Gente que não esperava o resto do show apanhava Berê. Claro que os frequentadores antigos não caíam. Claro que os novos não voltavam. ("O diabo é essa vozinha que ela herdou da vovozinha", resumia Salô, pesaroso.) Mas sempre havia chance de gente nova na boate, uma possibilidade boa a seu favor.

Berê se curva, agradecendo as palmas. Aprendeu a bossa de retribuir palmas com palmas. Alguém faz-lhe imediatamente sinal. Salô sorri, com simpatia. ("Vê se não fala, minha filha. Estraga tudo...")

Ivete cantou. Aplausos discretos. Salô cometera uma injustiça. Na apresentação do show esquecera o "Sonho de uma noite oriental", braços tremelicantes que ondulam para os lados à altura dos ombros, pulseiras de várias cores, que a penumbra não valorizava, seios transparentes, passos ruidosos de um velho bailado holandês transposto para Bagdá, num arranjo de Luís Canhotinho, o verdadeiro Zi Mulato. Ao fundo, braços cruzados sobre o negro peito, Benedito, numa concepção nova de eunuco: de sandália japonesa, mascando chiclete. Não é sem razão que o riso de outras noites deixou de iluminar o rosto de Marlene, Eliana, Marilu, Sandrinha, duramente ofendidas pelo esquecimento involuntário. O orgulho de artista vai mais longe em Luzia Grande. Desce mais fundo. Luzia Grande retira-se do show. Correu para o quarto e chora. O choro aumenta, quando um crescendo impaciente de vozes domina o salão, chega até ela, confuso, cadenciado, grosso:

Nós queremos
o estripetise!
Venha logo
o estripetise!
Mais depressa
o estripetise!
Laís! Laís! Laís!
Tripetise! Tripetise! Tripetise!

("É triste ser artista no Brasil. A gente sofre paca!")

Uma grade de madeira separa a boate do *hall* onde se apinham viajantes de passagem, penetras, estudantes. Ali Manolete mantém o seu balcão de churrasquinho e café requentado. Lá, a cada passo, as mulheres vêm receber velhos amigos, mariscar fregueses mais tímidos, de espírito ou de bolso, ou dizer "oi!" ao que espera paciente a hora da casa fechar. O *hall* está cheio. A boate regurgita. Muita gente de pé. De pé, a maioria das mulheres. ("É bom estar no meio dos homens, ao alcance de uma decisão de última hora.") Os carros de praça afluem, alta madrugada, para o *estripe*. Com passageiros, muitas vezes. Quase sempre para a colheita final, que as noites de show sempre dão clientela. ("Dia que algum delegado mais safado ou governador mais caxias fechar as boates, a gente vai comer fogo. A noite é o safa-onça dos carros de praça.")

Corações alvoroçados. Veias latejando. Um *blue* vai despir lentamente Laís.

– Oba!

Urro isolado. "Silêncio!" Num vestido lilás, desenhado por Salô, as luvas longas, o passo cadenciado, o corpo sinuoso, um olhar que Marlene Dietrich lançou na década de 30, os lábios semiabertos como se estivessem em pleno amor, trabalhada por um amante ideal de requintes lascivos, Laís se entrega aos olhares famintos. Uma luva. Como se fosse uma peça da mais secreta intimidade. ("Luva é besteira. Tira logo!") Outra luva, orquestra, serpenteios, o braço no ar, os lábios de quem está sendo beijada corpo acima. A luva jogada no chão, Sandrinha apanhando, gentil, J.M.M., 56 anos, casado, três filhos, gerente de uma loja de eletrodomésticos, mais de 30 milhões de promissórias em atraso, J.M.M., se deixassem, comia a luva inteirinha, perdoava todas as dívidas da cidade, dava um tiro, de alegria, na cabeça. ("Chata era aquela timidez que o impedia de comprar uma simples ficha e ter o seu *estripe* particular no 23 da Galeria Messalina.") Juntam-se as mãos desenluvadas, os braços já nus. Um colchete se desprende. E pela graça de Nosso Senhor o vestido lilás desenhado tão justo no corpo moreno por Salô ("digno de figurar numa página de *Cláudia")* está se enrolando ou se desenrolando, curvas abaixo, devagar, exausto, caprichoso, e J.M.M., 56 anos e C.L. (36) e H.B., gerente da filial do Banco da Lavoura e L.P.H., com loja de ferragens na rua 15, antiga do Imperador, I.P.L., um metro e cinquenta e cinco de altura, D.D.T., comprador de cereais, que não passava nem na porta da matriz de tanto enfeite na cabeça, A.P.L., motorista, com 27 anos de praça, I.H., 18 anos, estudante, quase noivo, M.C.L., escriturário e contador da Cooperativa dos Produtores de Arroz, I.C.O., desempregado, seis filhos, viúvo, uma dor de dente insuportável há três dias, H.L.G., seu dentista, precisando fazer regime para perder 20 quilos, J.L., funcionário municipal ("a princesa se despiu pensando no seu fâmulo", histórias que seu pai inventava), A.B.S., casado com dona Genoveva, aquele chute, H.J., morador na beira do rio, M.Y. de O. ("me emprestas uma de mil? te pago sem falta amanhã") e L.T.U. e J.K. e I.A.A. e P.T. do A. e Arlindo Simões Pereira de Araújo Cintra e Otávio Coimbra do Amaral Lima e João Clímaco Silveira Ventania e Manuel Benedito, seu criado, o peito opresso, a boca aberta, estão vendo e vivendo Laís emergindo a sorrir do vestido lilás jogado no chão, que Salô vem colher com um sorriso rotineiro de dona de casa diligente. O sutiã, a calcinha, as meias, os sapatos altos feitos sob encomenda. Laís ondula, entregue, estão fazendo coisas no seu corpo. Os dedos da mão esquerda estão indo e vindo cariciosos ao longo de um dedo com anel numa rigidez de simbolismo fálico que A.B.S., impaciente, não entende.

– Deixa o anel! Continua!

Não há senso de humor. Comandam silêncio. O anel é atirado contra o grupo mais próximo, H.P.L. o alcança no ar, beijando-o compungido, entrega--o, respeitoso, a Salô ("Será que ela já pagou os atrasados na Casa Manon?"). Sem querer, Salô cantarola mentalmente ao ritmo da orquestra: "A casa Manon vende o que é bom..." Bom é aquele corpo, o corpo que pediria a Deus, se pudesse escolher. Como transtorna a cabeça dos homens! Está nua e não está. ("Vai tirar tudo, parece mentira!") A calcinha é desenho da própria Laís. Atrás, não tem nada. ("Ai que bundinha de anjo, minha Nossa Senhora!") Ondula, ondula, ondula. O olhar morto, os lábios entreabertos, possuída pelo desejo de todos e de cada um, sentindo e vivendo, em transe, Laís senta-se na alturinha do palco onde a orquestra parece gemer nos instrumentos, estende uma perna que é um galho florido balançando pelo vento e de súbito o pé é todo um orgasmo de onde cai um sapatinho 32. ("Senta no meu colo", suplica uma barriga de cento e vinte de circunferência, "me chuta com o sapato na cara, me esfola o focinho", J.M.M. diz por dentro, na autoflagelação global de seus fins de semana.) E o segundo sapato. E a primeira... E a segunda meia... levada na ponta dos dedos. ("Vontade de ser meia, não queria mais nada", pensa I.C.O., dor de dente por milagre passada...) A meia caminhando coxa ao longo, se enrolando no joelho, libertando o pé, que agora é carícia buscando e carícia recebida, nos coleios ritmados. Quem é que vai notar, naquela febre e naquela penumbra, o calombo do calo, seu único sofrimento real na viagem do Rio ao Quilômetro Seis?

É colubreio, de novo, no centro da pista, música marcando os desejos acesos. Kátia Branca, de pé, sente os efeitos. Ver quem é. Se afasta.

– Vê se te manca!

("Faltava mais nada, um teso daqueles!") O homem se encolhe, na humildade sem esperança do salário mínimo com tantas obrigações de família e tanto atraso nos recebimentos, a Cerâmica Jaguar na maior crise dos últimos anos.

Ai os seios, minisseios, grandes seios! ("Como é que pode?") Todo mundo já sabia de cor. Aquela doçura... Aqueles bicos durinhos de a gente morrer de gosto, dar tiros no escuro, tocar fogo no pasto, espantar a boiada, virar o caminhão do laticínio, se jogar em baixo do trem, tocar violão a noite inteira, enfiar a baioneta no peito do ministro do Planejamento, na barriga do presidente da República, diante da guarda do Palácio, assaltar o Banco do Brasil, escrever um soneto, virar comunista, "me segura que eu mato!". A.B.S. tem o arrepio de sempre. Que diferença de dona Genoveva, que semelhança com os da filha mais nova, conhecidos nos acasos do lar. ("Deus que me perdoe! Minha Virgem Santíssima!")

Laís está de novo no centro da pista. Efeitos de luz incidem sobre os seus lábios em final ofegante de amor caprichado. ("Espia o olhar da Divina... Que tarada!" – murmura Sandrinha. – "Mulher, Deus me livre!" – diz Marilu, aceitando um encosto de homem. – "Se ele estiver sem dinheiro, eu topo assim mesmo!")

A orquestra anuncia, num gemido de espasmo: os longes de calcinha vão cair...

– Basta! – uiva Arlindo Simões Pereira de Araújo Cintra, sob protestos gerais.

A orquestra morre, Laís protege os seios com os braços em X, baixando a cabeça, o colo arfante.

Somente segundos depois os aplausos ressoam. Manuel Benedito, seu criado, se recupera rápido.

– Bis! Bis!

O salão está quase às escuras. Gente senta, gente se mexe, grupos se dispersam, pares se formam, nua, sorriso nos lábios, Laís vai saindo.

– Eu combinei com você – diz uma voz, o braço a envolver-lhe a cintura.

– Tá...

Outra voz interfere:

– Eu tinha tratado primeiro.

– Tem razão – diz Laís, afastando docemente o braço que a rodeia.

Os dois vão seguindo. Já há pares se agrupando na pista, iê-iê-iê desesperado.

Sempre com os braços em xis, escondendo os minisseios à última fome dos olhares (Salô recolheu os despojos de roupa), Laís se detém:

– Escuta, meu filho, não vais ficar só no pagamento da ficha, tá?

– Tá.

Ela vai na frente, ele para no guichê.

É J.K.? É J.G.? É J.Q.? É um, é dois, é alguém:

– Tá errado esse troço...

E sentenciando para as demais letras do Quilô:

– Salô devia mudar o sistema. A mulher que faz o *estripe* não devia levar homem pro quarto depois. Tira toda a ilusão...

– De quem fica – ironiza uma voz.

– Principalmente de quem vai – garante o primeiro. – A semana passada fui eu...

– Mas você voltou...

– Só pra gozar a burrice dos outros...

(Se ele está sem dinheiro, não é da conta de ninguém.)

XXI

Mesas se desocupando, Bacurau apresentando notas, coletando garrafas e copos. Mulheres cansadas recolhem as sobras do festim de Laís. Fora, carros se movimentam, fregueses conferindo os trocados para a vaquinha da volta.

– Pegaste algum? – pergunta Peito de Pombo.

– Negativo! – diz Marilu. – Vou entrar num convento.

– Arruma um cara aí, a casa vai fechar – diz Peito de Pombo vendo Marlene agarrada a Vitinho.

– No beiço? Tu é besta! Comigo, ou o cara se explica muito bem explicado ou vai dormir com a Palmita de la Mano. Cada vez tenho mais nojo de homem.

– Eu sei!

– Palavra de honra! Eu tou aqui porque tenho família...

Volta-se para pedir um cafezinho a Manolete. Espanta-se:

– Que cara é essa, Manô? Tá sem homem também?

Ele mergulha uma xícara na água quente, escorre, deita-lhe o café.

– Minha filha, tou arrasado!

– Arranja outro, Manolo. De graça, homem não falta!

– É igual biscoito...

Sente que há algo mais sério.

– Fala...

Misterioso, Manolete baixa a voz:

– Você viu o Sebastião?

– Não vai me dizer que tá gostando desse cara!

– Não é o meu tipo...

– Mas o que que há?

– Você não sabe da última? Eu nem tive coragem de contar. Deixa as coitadas saberem amanhã...

Marilu já está ansiosa.

– Não tira onda de novela... Conta logo!

– Mas guarda segredo. Pelo menos até amanhã...

Dá o troco a um freguês.

– Chuta, Manolo...

– Ele veio da Maria Navalha...

– E daí?

– A Maria Navalha subiu o preço...

Marilu se apavora:

– Pra quanto?

– Oito mil!

– Não é possível!

Tatuzinho viera se despedir de um freguês, farejou a conversa, pergunta, coração na boca:

– O que é que houve na Maria Navalha?

– Deu a louca! – diz Manô, já descontrolado.

Marilu dá a grande notícia, Tatuzinho fica sem palavra, algum tempo.

– Salô já soube?

– Acho que não.

– Então não conta!

– E adianta? Ele vai ter de saber... isso é fatal!

Já a notícia correu pelos quartos, ganha as galerias, Sandra vem saber se é verdade. Helena tem um dia de casa, acha boa a notícia:

– Preço por preço, ninguém mais vai à Maria Navalha! Vem tudo pra cá!

– Pois sim! – limita-se a dizer Tatuzinho.

Outras mulheres chegam, olhar assustado:

– Qual é o galho?

Tatuzinho vê-se no centro do grupo. Roberto vem pedir a Manolo que chame um carro de praça.

– Já vai, Robertão?

– Amanhecendo...

– Se serviu?

– Parece...

– Não quer mais alguma? Estamos em liquidação, preços de antigamente! Amanhã não tem colher de chá.

Roberto acha graça, não sabe de quê.

– Faz estoque, meu filho. Aproveita! Depois não se queixa de eu não ter avisado...

E solene:

– Vamos sofrer correção monetária!

Era tudo o que lhe restava de seis meses de amigação com um gerente de banco. ("Ainda tou por conhecer esse um que não seja uma besta!")

Terceira
parte

A noite é outra. Foi um dia agitado. Aquela manhã muita mulher não dormiu. Porque a notícia, como fogo em rastilho de tuia, chegou logo a Salô. E a reação foi pronta, no largo salão da mesa grande:

– Ah! sim? Pois olhem: eu não me igualo à Maria Navalha. Subiu pra oito, nós vamos pra doze! Não tem conversa! Eu já estava esperando essa baixeza. Mulher minha eu seleciono. Quem quiser, tem de puxar pelo cafofo, não é pra qualquer vagabundo que frequenta a beira do rio.

A primeira sensação foi de caroço de abacate na garganta.

– Eu estava com medo de um santos-dumont. Vinha me palpitando – diz Berê. – Mas um santos-dumont e duas abobrinhas de quebra, uma dúzia de mil – sá lá o que é isso? – é muita sacanagem.

Sandra Canudo está desnorteada:

– Esse cara endoidou na caixa da cabeça! Tá resolvido a matar a gente de fome, eu já vi tudo!

– Eu sempre disse que Salô era o Roberto Campos das putas – diz Tatuzinho, entendida em jornais. Ele no bem-bom e a gente que se dane!

Eliana prefere parlamentar, humilde:

– Tem dó da gente, Salô. Pensa bem... A barra não tá mole, não. Você viu como tudo minchou, depois do aumento. Tem mulher aí voltando a cabaço. Tem quantas te devendo? Conta...

O telefone toca, Salô se agita, corre afobado, num alô festivo. Não era do Rio. A cabeça baixa. Volta-se, o peito opresso, para Kátia Preta:

– Você. Interurbano...

O motorista de Muriaé chamava de Pedro do Rio.

– Encontrei, sim. Eu guardo pra você, querido. Não tem problema. Tá... Tá... Bai-bai.

Deixa o fone.

– O burro tinha esquecido no meu quarto um embrulho da esposa dele. Até que foi bom. Na volta ele pega, deixa mais uma nota...

– Será? – pergunta Eliana. – Por que você não avisou que agora é mais caro? É bom espalhar logo...

Olha Salô, mentalmente vingada. O bofe não veio nem telefonou. ("Deus castiga, miserável! Bem-feito!") E retomando o argumento:

– Mas continua... Quantas? Tem quanta mulher te devendo, desde o feliz dia? Fala!

– Não interessa! Azar delas. Quem não tem competência não se estabelece! Se a mulher não vale o preço da casa, pílulas! Que se mude! Eu já disse que só quero mulher de gabarito!

Tatuzinho intervém, agitando entre os dentes, nervosa, um palito de fósforo:

– Não é questão de gabarito, Salô! Quem não tem gabarito é a freguesia. Valer a gente vale. Tem mulher aí que nem no Bolero você encontra. Eu estive lá, eu sei! Mas aqui não vem turista, não chega marinheiro americano pra salvar a pátria. Você pensa que esse povo tem dinheiro? Os tomates! Tá tudo numa disgranha miserável!

– Eu não acho... O salário mínimo subiu!

– Engraçado... E homem de salário mínimo pode comer a gente? Tem de se contentar é com crioula de barranca de rio...

Lídia esclarece:

– Subiu o salário, mas subiu muito mais o preço de tudo.

– Sobe o da mulher também, ora essa! É só mulher que há de ficar por baixo?

– Quando fica por baixo, até que é bom – diz Tatuzinho. – O desigual é que não tem homem pra ficar por cima! Fica tudo de banda, espiando o rabo da gente. Espiar é grátis, não enche a barriga de ninguém!

Salô tem uma fuga de humor:

– Você está de barriga cheia, vai me dizer que não!

Tatuzinho responde, as mãos em açucareiro:

– Filho não enche barriga de ninguém, tá bem? Eu só queria que vea... que homem pudesse pegar filho, pra saber o que é bom!

O tumulto se generaliza. Olho de Cobra vai virar família. Cozinheira de novo. Maria Quibe está decidida a ir para Três Corações (o pai deixara Lafaiete envergonhado) pra vender, no boteco paterno, seu apelido frito, cru ou de bandeja. Sandrinha vai se mandar: Porto Novo do Cunha.

– Vais passar de cavalo a burro, minha flor? Meus parabéns! De doze, passar pra mulher de três mil... Problema é teu...

– Olha – diz Eliana. – Se tivesse jeito, eu dava até por mil... Contanto que pudesse dar pra mil... Eu não tenho orgulho. Não estou aqui pra fazer gosto a homem, sou mulher de responsabilidade, tenho três filhos pra sustentar!

– E eu!

– Eu também!

– Só de farmácia eu devo 50 pratas – informa Kátia Branca.

– Deve, porque não gosta de pagar – diz Salô. – Você tem mais de um milhão no banco, eu sei!

– Mas é meu, não é pra sustentar explorador! Não ganhei deitada... quer dizer, deitada foi, mas fazendo muito sacrifício, comendo fogo, dando muito rabo...

– Ah! você também dá? – pergunta Salô, triunfante.

– Maneira de dizer, meu chapa. Dar, não dou. Eu não sou homem, vendo! Não tenho o menor prazer nessa merda! Não sei por que é que eu fiz a besteira de não aguentar um pouco mais o cabaço. Hoje podia estar casada, muito da bacaninha...

– ... com teu marido frequentando o Quilô... – diz Sueli.

– Se meu marido pudesse frequentar o Quilô – observa Tatuzinho – eu até ficava feliz. – Sinal de que ele tinha a gaita... Salô tá fazendo isto aqui só pra milionário...

– Faço pelo bem de vocês...

– Bem nosso ou da "casa"? Você tá subindo o preço pra nós ou pra você? Quanto é que a casa vai levar? Continua três mil, como agora, em cada michê? Du-vi-d-o-dó!

Salô sente-se em plena Câmara dos Vereadores, debatendo o problema da futura arrecadação municipal.

– É claro que três mil não pode ser, minha filha! Você sabe quanto eu pago só de luz? Sabe quanto eu pago de orquestra? Sabe quanto eu pago de show?

– Pra mim, nada – diz Berê.

Salô não se perturba.

– Sabe quanto a polícia me custa? Você tem ideia? Quem paga não são vocês! O novo delegado não apareceu ainda. Mas já me disseram que, se o Benvindo era piranha, este é o Imperador dos Tubarões! E polícia não é só delegado! Todo mundo come: tira, escrevente, soldado... E é toda semana! Come e bebe! E Niterói tá lá, esperando! Ou vocês pensam que não tem Niterói? Eu, hein? De onde é que vou tirar dinheiro pra enfiar no rabo desse povo todo?

– De onde você sempre tirou, ué! – diz Luzia Grande. – Do nosso... Do teu é que não...

E procurando ser cordata:

– Vê se dá uma folga, Salô! Tem dó...

Peito de Pombo trabalhou na Bahia:

– Salô pensa que xoxota é poço de petróleo... É não, oxente! Na era de hoje mulher anda de pissirico baixo...

Olha Salô, com intenção:

– A concorrência é muita!

Salô se enfurece:

– Bem, se vocês estão a fim de insultar, eu não tenho tempo a perder! As incomodadas que se mudem!

– Eu não estou incomodada – diz Tatuzinho – estou grávida...

– A mamãe também – revela Marlene. – Mês que vem, ou solto uma nota firme pro dr. Castelo, ou começo a faturar ainda menos. Com três meses minha barriga fica um pissilone de grande. Quem é que vai dar doze mil pra uma senhora grávida, quando tem tanta guria sem barriga nesse mundo de meu Deus? Só sendo muito tarado...

Tatuzinho fala de experiência própria, desconsolada:

– É... mas até tarado tá começando a minxar... Eu não sei o que é que deu... Parece o fim do mundo... A Marissol recebeu homem até o dia de ir pra maternidade, te alembra?

Salô corta-lhe a palavra:

– Recebia por quê? Porque é competente! Porque sabe trabalhar!

– Quer dizer que eu não sei, não é? Ah! essa, não! Graças a Deus eu conheço o meu trabalho! Nunca ninguém se queixou! Alguém falou alguma vez que eu servi mal? Quero saber! Diga...

Espera o efeito, acrescenta ferina:

– Eu não faço é certas coisas... Mas eu sou mulher, não sou travesti...

Novamente ofendido, Salô se retorce todo:

– Bem, eu não tenho saúde pra aturar provocação... O preço eu já disse: é doze! Quem achar ruim que se dane! Eu sou Roberto Campos, pronto! Podem me chamar de filho do que quiserem! Tou em companhia muito boa! Nem te ligo!

Vira as costas, colubreia para o corredor. Súbito...

– E merda, excelentíssimas! Merda!

Tatuzinho o retém:

– Não apela pra ignorância, meu querido... Pensa na gente. Pensa com a gente... Você acha que eu não queria ganhar mais? Por mim, o michê devia ser cinquenta mil... cem... duzentos mil! Não é pra ofender você, mas, nesta vida filha da mãe, a gente acaba com ódio de homem... Se eu pudesse, cobrava um milhão! E ainda passava doença nos sacanas! Mas é que não adianta... O povo não tem a nota. A praça não dá. O que ainda salva a gente é um carro de Juiz de Fora, de Petrópolis, de deus me livre. Se não fosse isso, nós estávamos, olha...

Faz um gesto sincronizado, a mão esquerda batendo, espalmada, contra a mão direita em concha.

Salô está outra vez na Câmara dos Vereadores. Talvez no Senado:

— E eu não ofereço a vocês uma casa aonde vem gente de tudo quanto é canto do mundo, até de Brasília?

— E você já pensou que, se fosse mais barato, esse povo todo mandava brasa pra valer, em vez de ficar aí de olho besta?

— Quando muito, bebendo – diz Eliana. – Quem ganha só é Salô... Homem de hoje não é de nada. Na mesa, eles gastam. Mulher, que é bom, babau! Cafofo, pra mulher, nunca chega!

— É claro – diz Brigitte. – Bebida, o cara tem de pagar. Ele não fabrica cerveja, não fabrica vermute, conhaque, marafo... Não tem outro jeito. Agora, com mulher, é diferente...

E com profundo desprezo:

— Eles são aleijados? Eles não têm mão? Se arrumam! Olha essa turma que fica esperando o show... É tudo na base da bailarina espanhola! Palmita de los Placeres! Sai muito mais em conta!

Paciente, Tatuzinho resmunga:

— Parece incrível, Salô, que você não entenda uma coisa tão simples... Tu alembra quantas fichas a casa vendia, há dois meses? Teve noite de 250...

— Não – protesta Salô. – O recorde foi 240. Aliás, 239... Eu é que arredondei...

— Taí... 239... Qual foi o máximo que você apanhou depois da "mudança"? Garanto que nem 50. Não entra na tua cabeça, homem de Deus? Até você tá perdendo dinheiro... Mulher que era linha de frente, que batalhava bem, hoje faz um, dois fregueses, em noite de sorte... Pergunta pra Raimunda... Pergunta pra Luzia Grande... Pergunta pra Kátia...

— Mas em compensação, vocês fazem, com dois fregueses, o que antes faziam com três. Trabalham menos...

— E será que você pensa que a gente está aqui pra não trabalhar? Pra flozô? Não, meu filho! Eu não sou nenhuma vagabunda! Katinha não é vagabunda! Raimunda não é! Ninguém aqui é. Pra dormir, a gente ficava em casa. Sacanagem? Eu fazia lá fora! Homem pra fuque-fuque? De graça, tem às pampas! E alguns até muito legais! Não era preciso, pra isso, viver num bordel...

— Boate – corrige Salô.

— Boate – o cacete! Bordel, tá entendendo o meu português? Bordel! No duro! Ninguém veio aqui pra tirá onda de família, tá? Ninguém veio pro Quilômetro Seis pensando que era convento. Sueli, Olho de Cobra, Ivonete – tem dez aí, tem vinte! – não trabalharam hoje, ficaram de mão abanando. Você acha que elas estão no bem-bom, não é? *No céu, no céu, com minha Mãe estarei...*

Molequeia, irreverente, o velho hino de procissão da sua infância. E logo a seguir, numa explosão:

– E olha lá, eu não duvido nada! Vai tudo pro céu, mesmo. Não há outro jeito. Nem em convento de freira tem tanta mulher em jejum...

Brigitte comenta:

– Eu não me incomodava de ir pra convento. Pra jejum de homem eu tou me lixando. O que me dana é jejum de boca. Morrer de fome é chato, mora?

O futuro vereador se incorpora outra vez, saltita, indignado:

– Calúnia, minha filha, calúnia! Estão me difamando! No Brasil ninguém morre de fome! Muito menos no Quilômetro Seis. Eu nunca expulsei mulher nenhuma, nunca tirei da mesa mulher nenhuma, por estar em atraso. Tenho a consciência limpa. Deus é testemunha, lá em cima, tá acompanhando o que eu faço. Quero ver quem é o bofe capaz de me desmentir, quero só ver! Quem é que espera, sem reclamar, quando a mulher tá de caixa-baixa? Alguma vez eu exigi que a mulher trabalhasse quando tá daquele jeito? Quem é que aguenta a gravidez de vocês – gravidez é relaxamento – nos últimos meses?

– Mas você desconta depois, ora essa! A gente fica devendo, tem de se virar duas vezes!

Salô se arrebita num muxoxo:

– Olha ela! Engraçado... E vocês queriam que não? O pai da criança não sou eu. Quem não sabe evitar não sou eu...

– Você não precisa – diz Tatuzinho. – É a vantagem que homem tem...

Salô se desmunheca:

– Quer saber mais? Viva! Viva!

E se afasta, os braços em colo de cisne. Ainda ouve o que diz Tatuzinho. Não quer pôr em choque, outra vez, a estremecida aniversariante do Crato, a meio caminho de quem vai pra Juazeiro de meu "padim Pade Ciço". Prefere não responder.

II

Ninguém sabe como surgiu, de quem saiu. Veio tomando forma, foi ganhando corpo. Isoladas resistências, aqui e mais além. ("Loucura!" "Fim do mundo!" "Estamos perdidas!")

– Assim não há santo que aguente! Isso a gente não pode fazer! Aparecendo trabalho, a gente tem de pegar... E pegar correndo... Ir tirando a roupa pelo corredor... Senão, vai ser muito pior: o povo todo se manda pra Maria Navalha. Vai tudo encher o bandulho daquele safado...

Helena, que veio de Barra do Piraí, ouve com surpresa a revelação:

– Ué! Maria Navalha também é?

– E você não sabia? – pergunta, desdenhosa, Tatuzinho. – Pensava que Maria Navalha era mulher? Bem que ele queria ser... Fez até tratamento pra ver se desenvolvia os seios. Nós estamos na mão desses tarados... O Brasil inteiro! Tudo na mão de veado... Nunca vi tanto baitolo, como se diz na terra de Salô. Virou praga!

– O Brasil tá perdido! – diz Luzia Grande.

– O Brasil, não, o mundo! – sentencia Tatuzinho. – Chegou a hora de puto regalar. Quem não era, tá ficando. Não vê Salô, todo dia, dizer que na tal de Inglaterra agora quem manda são eles? A lei reconheceu. O cara pode dar à vontade que o governo garante. Acho até que o "reis" de lá também é. Se não, eles não faziam uma lei tão aloprada. Sacanagem pura! Na minha terra, quando eu era cabaço, tinha um garoto meio mariquinha. Um só, coitado... Nunca vi ninguém apanhar tanto na cara! Teretetê, o povo baixava o pau! Vivia moído... Hoje, se duvidarem, ele é capaz de ser prefeito da cidade.

– Ou delegado – sugere Divina.

– Ou isso!

Pensando na tarde anterior, com os desmandos do dr. Benvindo, Luzia Grande se aflige. Estão no quintal, para os lados da jaqueira pejada de frutos.

– Já pensou? O povo todo sendo obrigado a comer o delegado, pra não ir em cana? Aí é que mulher tava liquidada...

Tatuzinho, a mão no ventre, uma nuvem nos olhos ("O meu Deus não há de deixar, Deus é grande...") bate de novo na tecla maior:

– Pois é... Mulher cada vez mais por baixo – sem homem por cima – e o desgraçado passando a gente pra doze mil!... Será que não há jeito desse bolha entender? Eu acho que ele só entende vendo a caixa dele minxando também. Por isso é que eu falei... É o único meio dele mudar a cabeça...

Há um silêncio em que todas consideram de novo a proposta suicida. Tatuzinho continua o pensamento em voz alta:

– Acho a ideia do cacete! Hoje ninguém dá...

– Dar, eu nunca dei... Não estou em condições – diz Kátia.

– Eu tou devendo duas semanas – diz Lídia. – Já pensou?

– Tu não entendeu... Deve um pouco mais, até é bom. A gente passa dois ou três dias – todo mundo – sem fazer freguês...

– Mas como?

– Não fazendo, ora essa! Ninguém leva homem pra comprar ficha. Ninguém vai pro quarto, nem que seja com o Presidente da República...

– Com esse a gente pode ir – diz Berê. – Ficha ele não ia pagar. Fazia como o dr. Benvindo, como qualquer tira... E Salô ainda tinha de perguntar se ele tava satisfeito... Eu conheço esse negócio de governo...

– Tá certo... Delegado... Presidente... Marechal... Não pagando ficha, não faz mal. O que eu não quero é que entre jimbo pra Salô se regalar... Ele precisa perceber – o bestalhão...

– A bestalhona... – diz Berê.

– O bestalhão – insiste Tatuzinho. – Deixa o desgraçado como homem... Inclusive pra ficar com mais raiva... Mas ele precisa entender que por doze mil – tendo de entrar com a nota – ninguém vai... Eu gostava era de ver ele conferindo a féria, de madrugada... Nerusca de gaita! Nem uma abobrinha pra dar pros machos dele!

– Ele tem um caminhão de dinheiro no Banco do Brasil – assegura Luzia Grande.

– Eu sei. E todo dia ele pinga mais! Quanto mais tem, mais o olho grande vira maior. Quero ver a cara dele, quando a mina secar! Ou desce o preço e facilita a vida da gente (quem foi que disse que puta era mulher de vida fácil?) ou tem de fechar a casa...

– ... aí todas nós estávamos na merda total! – diz Helena.

– Tá enganada, minha filha! Aí ele se convenca da besteira que fez. Voltava pra oito, que já é uma desgraça... Mas oito por oito, antes o Quilô que a Maria Navalha...

Kátia não acredita:

– Tu não conhece Salô. Ele não cede. A diferença de Salô é com Maria Navalha, que já tirou homem dele...

Helena ainda não se refez da revelação:

– Então Maria Navalha...

Impaciente, Tatuzinho corta-lhe a palavra:

– É puto! Claro que é! O mundo tá "assim" de travesti...

E junta os dedos em fervilhar de multidão.

– Mas chamando Maria... – diz Helena.

Tatuzinho está no auge:

– Ora, vai ver se eu tou lá na esquina! Não balança o meu galho! Eu não guento mais... O nome! Salô, alguma vez, foi nome de macho? Salomé é nome de homem? Será que você pensa? Salomé era uma rainha de antigamente, todo mundo sabe, já teve até um filme. Dava pros caras, depois mandava cortar a cabeça...

– Do cacete? – arrepia-se Helena.

– Eu disse cabeça. Esse troço que tem cabelo, orelha, boca! Puxa, que mulher mais ignorante! Nunca vi! Tu sabe ler?

– Graças a Deus!

– Então devia saber essas coisas. Até santo ela mandava pro pau! São João Batista foi um...

– E ele comeu a rainha? – pergunta Berê, escandalizada.

– Olha a outra analfa! Se comeu eu não tava lá, eu não sou de antigamente. Pra mim, ele era santo mesmo, não topou. Santo é santo, é ou não é? Mas ela se vingou! É a tal história: preso por ter cão, preso por não ter! Você nunca viu a fotografia?

– De quê?

– Ué! Da cabeça de São João Batista na bandeja?

– Ah! já – diz Raimunda.

– Pois foi a vaca da rainha que mandou cortar.

– Que boa filha da mãe – diz Berê. – Nem santo escapava! Eu, hein?

– Bem, mas isso não tem importância. Se ele comeu ou não comeu, é lá com ele... Eu quero resolver é o nosso caso... Nós vamos abaixar a cabeça?

Todas quietas.

– Nós vamos morrer de fome?

Os olhares se concentram em Tatuzinho.

– Nós vamos aceitar a tirania desse veado velho?

Lábios cerrados de ódio.

– Então como é, minhas putas? O que é que vocês resolvem? Não se vai fazer nada? É deixar ele enfiar o ferro em brasa no rabo da gente e ainda pedir desculpa de tá dando as costas?

– Ocê tem razão! É demais! – diz Sueli.

– Era preciso dá uma lição.

Tatuzinho é objetiva:

– Lição não interessa! O que é preciso é obrigar ele a mudar a cabeça, tá? Ficando uma, duas noites, sem fazer porra nenhuma, ele acaba vergando... É só a gente guentar a mão...

Sueli, Kátia, Berê têm suas dúvidas. Algumas colegas podem não concordar. Há muita mulher sem caráter, mesmo na vida. Mulher que não faz freguês há muitos dias aproveitará o recesso das linhas de frente... "Elas lavam a égua."

– Não tem perigo! – afirma Tatuzinho.

E confiante:

– A gente conversa todas. É pro bem da classe!

Sueli teme as fofoqueiras. A casa está cheia de dedo-duro, de mulher puxa-saco.

– Não falta mulher pra caguetar... Aí vai dar alteração! Da grande! Salô, sabendo que a gente não fez freguês porque não quis, se vinga, eu tou avisando! Você sabe que é do regulamento: mulher que recusa freguês – a não ser que tenha uma razão muito forte... – se estrepa. A multa é de dez mil...

Tatuzinho não se impressiona. E com súbita resolução:

– Eu só quero saber uma coisa: se as outras toparem, vocês topam?

– Topamos!

– Ocês juram? Por Deus?

– Por Deus! – dizem várias.

– Por tudo quanto é mais sagrado! – afirma Kátia.

– Pela alma de minha mãe! – diz Sueli.

– Pela saúde de meu filho! – promete Luzia Grande.

Tatuzinho tem uma última palavra de bom senso:

– Vê lá, pessoal! Juramento é fogo! Com o nome de Deus não se brinca! Nem com saúde de filho! Nem com alma da mãe!

Todas estão conscientes da seriedade do momento.

– Então deixa por minha conta. Vamos ver que bicho dá... Hoje é sexta-feira santa no Quilômetro Seis...

E saindo para agir:

– A menstruação é geral... Deu epidemia de paquete no Quilômetro Seis! Tá tudo de chico!

Sueli não esconde a admiração pela colega:

– Essa Tatuzinho é fogo na roupa!

Chibateada pelo apelido, Tatuzinho se volta:

– Tua mãe tá pedindo missa, não tá? Deixa em paz a coitada... Pelo menos hoje...

A noite é outra. Misterioso foi o dia. Salô se trancou no quarto, afundado no desespero de seu homem no Rio ("me botando chifre, bofe sem moral..."), fugindo ao blablablá do mulherio inconformado. ("Mulher é a miséria do mundo. Tirada aquela santa que ficou no Crato, não se salva nenhuma. Tristeza é a gente ter negócio baseado em rabo de saia...") Elizete resolveu, de iniciativa sua, os problemas de rotina. Telefone tocava, Salô se agitava no quarto, quase num gemido perguntava:

– É comigo?

Não era.

E Tatuzinho, Eliana, Luzia Grande, Brigitte, Kátia Branca, Olho de Cobra, cruzando pelas galerias, cochichando nos quartos, trocando olhares, Elizete cabreira. Visitantes eventuais não tinham encontrado o costumeiro cruzar de pernas, vislumbrar de coxas, "me dá um cigarro, moço", de outras ocasiões. Um tira veio, tomou três cervejas sem pagar, não teve dama para achar-lhe graça nas piadas velhas, pedir notícias do novo delegado, indagar se Benvindo fora, realmente, para a que o pariu. Manolete chegou carregando, como de uso, quilos de carne e de açúcar para a féria ingrata, pensamento nos estados do Norte, Ioiô tão forte, mas tão sozinho, em terras de cangaceiro sem respeito pela vida humana e mulher sem-vergonha, dando a vida por motorista de caminhão com chapa do sul. O almoço fora quase silencioso, garotas sem assunto, povo com jeito de chuva lá fora, sem poder sair. Jantar foi de cabeça baixa, de angústia assustada, palavras sem eco.

– Hoje eu não vou tomar banho. Cismei... Pra quê? Homem não merece – diz Ivete, com um olhar que julgava sutil.

– Eu tomo banho por mim – diz Brigitte. – Sou louca por limpeza. Homem que se dane!

– Não fala mal de macho – diz Tatuzinho. – É raça no fim. O que resta, a gente devia até botar numa arredoma. Cada vez tem menos.

O arroz é uma papa, Marcelina errou a mão, ninguém reclama. Sobremesa é banana molenga, amassada, o mulherio nem repara. O café vem frio, Marcelina está de sorte, o pessoal nem-te-ligo. Sai da mesa, vai pro quarto, vem do quarto, olha não fala, fala não olha, telefone toca, deixa tocar, Salô que se dane, tire o cavalo da chuva que não é com ele.

– Vocês não se trocam? – pergunta Elizete, a geral displicência lhe causando estranheza:

– Oxente, que mulher avexada! Ninguém vai tirar o pai da forca...

Era Peito de Pombo.

Tatuzinho está sugerindo uma tabela de preços na parede. "Cerveja, tanto. Cuba-libre, não sei quanto. Mulher simples, 12 mil. Edicetra e tal, mais não sei quanto."

– Assim não vão pensar que a exploração é nossa... É da casa mesmo...

Luzia Grande teve uma ideia. Pelos quartos e grupos transmite a sugestão. Não é só recusar freguês. Não beber também. Não provocar movimento de caixa. Não ajudar mesmo. "Até fica mais simpático. O freguês vê que a gente não pretende explorar..." Além disso, continua argumentando Luzia Grande (Luzia Pequena se mandara, estava em Lafaiete), além disso, não seria justo. "Se a gente não vai satisfazer o freguês, ele não deve ser sacrificado, pagando bebida pra mulher."

Brigitte retruca:

– Mas aguentar a noite sem faturar e sem beber, é espeto! A gente dorme na mesa...

– Toma bolinha – sugere Divina.

– E bolinha é orvalho do céu? Cai de graça? Eu empato dinheiro em bolinha quando estou faturando ou tentando... Se eu sei que não vou faturar, empato não. Eu sou besta? Prefiro apagar.

– E o sono? – pergunta Sueli.

Kátia acha tola a pergunta. Era até engraçado... Salô não podia estrilar. O preço tinha subido, as mulheres estavam cansadas. Pé de calça não vinha, o sono vinha, ora essa!

– Arranja freguês disposto a pagar que a gente não apaga...

– Essa é boazinha! – diz Brigitte rindo.

Elizete vem chegando, intrigada.

– Qual é, ô meu? É anedota nova? Conta...

– Velha pra cacete! – diz Lídia.

– Conta. Posso não conhecer.

– Conhece, minha filha. Tem uma barba que bate no joelho.

– Mas qual? – insiste Elizete.

Procurando ganhar tempo, caçando anedota na memória cansada, Lídia resiste:

– Barba de imperador... – sá como é? – Anedota que Adão contava pra Eva, quando ele fervia o café e Eva coava...

E afinal achando:

– Você conhece... vai me dizer que não! Aquela do portuga que veio pro Brasil e deixou a mulher em Lisboa. No fim de muito tempo ele mandou buscar e ela escreveu que não vinha porque não precisava mais...

– Ah! por que tinha virado imperatriz? Puxa! Ainda tem quem conte essa anedota?

– Eu falei que era velha – diz Lídia se desculpando.

Sempre desconfiada, Elizete comenta:

– Me admiro vocês acharem graça. Graça repetida não tem graça...

– A não ser quando contada por freguês – diz Tatuzinho saindo. – Eu me esbaldo de rir!

Lídia ainda hesita. Elizete aconselha:

– Olha, minha imperatriz, vai te arrumar, que tá na hora. Não demora, Salô aparece e dá a maior bronca!

– Tem razão, Lizete. Aquilo que seu reis mandar, faremos todas com muito gosto.

Há quase alegria, e alegria quase infantil, no seu passejar para o quarto onde a noite é outra, não vai ser de freguês...

IV

Já há mulheres na boate. O regulamento continua. Salô é rigoroso, implacável. Multa! Sofia Loren, no guichê, foi oficialmente informado. Agora é doze pratas... (“Deu mania de grandeza...”, pensa ele aflito.) Tem 1% em cada ficha, mas sabe que vai ganhar muito menos. No balcão de Manolo garotas e garotões comentam o fato. O protesto é geral. Manolo está convencido: não há esperança para o Brasil. (“Eu tou com o Roberto Campos: só entregando pros americanos...”)

– Por que será que todo travesti pensa desse jeito? – pergunta com raiva Tatuzinho. – Todo americano que eu conheci não era de nada. Uma vez, no tempo do Bolero, um marinheiro saiu comigo. *Yes... yes...* aquelas besteiras que eles dizem. Na hora, me babou no bico do seio e bateu uma bronha. Diz que é medo de doença. Tudo covarde! Não é à toa que eles estão comendo fogo naquela guerra. Não sei onde...

– Vietnã – informa um rapaz.

– Sei lá! Um paisinho de merda! Eu vi a fotografia no jornal. Tudo pequenino, caindo de fome – pau de arara, sá como é? – pele e osso, olhinho apertado, nem uniforme, tá bem? E mandando brasa no rabo do dólar! Vou te contar!

Circunvaga o olhar:

– Alguém vai pagar um cafezinho?

Café, o preço é o mesmo. Ou Manolo vai subir também?

Manolo já está com o bule na mão, vai servir em confiança...

– Bem que precisava. Cem cruzeiros por uma xícara não paga nem o açuque...

– Açúcar – corrige Tatuzinho.

– E eu não sei? Será que eu sou como esse mulherio burro, que nem sabe ler?

– Então fala errado por quê?

– Porque faço gosto, ora essa! Eu sou dono da minha vontade. A boca é minha, eu falo como quero...

– Isso explica muita coisa! – diz Tatuzinho.

Prova o café.

– Hoje você acertou a mão. Tá ótimo! Tu merecia um beijo na nuca!

Vira a xícara de um sorvo, retorna à boate, que Salô está de ronda, inquieto.

– Vou girar, bonecas! Tenho de faturar uma nota!

E olha maliciosa para as companheiras.

Na aparência, apatia geral. As mulheres ocupam as mesas, três e quatro em cada, a chave na mão, o olhar distraído. Ninguém paquera. Pode entrar freguês. Deixa entrar. "Faz de conta que a gente não conhece..." Ou tira a ilusão do bicho. Diz logo. Assusta. Faz raiva ao bruto. Salô endoidou. É olho grande... Pensa que todo mundo é gerente do Banco do Brasil, ministro da Fazenda, banqueiro de bicho, fabricante de remédios, despachante, deputado, tesoureiro, bicampeão do mundo. Pelé ganha os tubos. Faz um gol, ganha um milhão. Mas já tem a branca dele e mora longe. E é que nem mãe. Pelé só há um. E pra Pelé que ganha a nota e mora lá no fim do mundo, tem mais de 30 mulheres, só no Quilômetro Seis, esperando bola. E homem que aparece quase sempre não é de nada, manda a bola na trave. Ou está em impedimento, sem dinheiro no bolso. O melhor é falar, ir direto a ele. O freguês tem de reclamar. Boa ideia é cercar Salomé, pedir explicação, protestar, fazer um arreglo. O freguês é o freguês. "O freguês tem sempre razão." Quem diz é o próprio Salô. Então bota pra jambrar! Chama o besta na fala, manda o pau. ("Na cabeça dele, é claro. No resto do corpo, ele fica feliz.") Brasileiro precisa acabar com essa leseira de cabeça baixa, de aguentar decreto, de ficar calado. Não deixa subir o preço do aluguel. Não deixa subir o preço do feijão. Não deixa subir o preço do leite. Não deixa subir o preço da carne. De boi. De vaca. De mulher. Não deixa subir.

– É pro bem da nação, é ou não é? – diz Tatuzinho. – Senão, o que não sobe mais é outra coisa, uma coisa só, não preciso dizer qual é... O homem perde o costume, se esquece de usar. Depois não nasce mais homem e é chato, porque já tá nascendo muito pouco...

O conjunto afina os instrumentos, dá-se por satisfeito com as primeiras notas, faz uma entrada triunfal. Homens contidos, mulheres imóveis. Tenta um iê-iê-iê. Igual indiferença. Canhotinho, o verdadeiro Zi Mulato, sem compreender a falta de resposta no salão repleto, faz ironia, lança um velho tango:

Portero suba y dígale a esa ingrata
que aquí la espero, que no me voy
sin antes reprocharle cara a cara
el mal que ha hecho en mi vida su traición.

Ninguém parece interessado no pequeno drama *arrabalero*. A não ser Lídia, que começou a carreira, anos antes, comercializando uma prenda doméstica: fizera-se cantora de tango num cabaré da Zona da Mata. Assinala o compasso, distraída, a chave do quarto bailando na mesa sem copos. Numa nuvem de nostalgia os velhos tempos voltam, quando cantava angustiada pelo temor de que o marido irrompesse e, tangido pelo ciúme e pelo remorso, pusesse fim à sua humilhação, três tiros no peito.

– *Mujer ingrata!*

Foi um amigo professor (bom freguês, ajudava nas doenças) que lhe ensinou que o jota em espanhol não tinha o som do jota em português. O marido nunca aparecera. *Mejor* assim. Já conhecia o som do jota em castelhano.

Se ele surgisse agora e lhe apontasse o revólver, ela lhe cuspiria na cara.

– *Canalla!*

Os dois eles, na Argentina, soavam como o jota em português. Aprendera muita coisa na vida. Mudança na orquestra chama Lídia à realidade.

Quanto riso, oh, quanta alegria!
Mais de mil palhaços no salão
Arlequim está chorando

Pelo amor da Colombina
No meio da multidão...

Instintivamente se ergue.

– Vamos? – diz a Berê, na mesa ao lado.

– O quê?

– Dançar...

Tatuzinho, impassível, resmunga:

– O que que há, Lídia?

Cai em si.

– Desculpa, meu bem. Tinha até esquecido.

Vai sentar-se outra vez. Um braço masculino rodeia-lhe a cintura. O freguês quer bailar.

– Não leva a mal, meu filho. Mas eu tou com um calo me sacaneando paca! Desde ontem.

E aceitando o convite para a mesa dele:

– *Te pido perdón...*

Podia não ser frase de tango. Mas era espanhol do melhor. (Três meses de amigação com um jóquei no Rio. E muito bofete do pequenino...)

V

Pondo para o lado a segunda garrafa de Ouro Branco, que lhe corta o raio visual, alguém faz sinal a Kátia Branca. É convite. ("Hoje até que tá querendo dar sorte...") É o terceiro que lhe faz sinal. Dessa vez não pode fingir que não viu. Hesita. Olha para Tatuzinho.

– Vai lá – diz Tatuzinho. – Manda brasa. Salô tá olhando.

– E se ele quiser fazer freguês?

– Te vira. Dá um jeito. Ficha, não.

– E bebida?

– Teu fígado não tá aquela desgraça?

– Tem razão...

Mas espera novo chamado. É freguês antigo da casa. Desses que variam sempre... Coração volúvel, já passou por quase todas. Uma que outra vez dá repeteco. ("Hoje até que era bom... Tou precisada...") O olhar fixo, como hipnotizador de cinema, ele espera os olhos de Kátia, postos com pretenso interesse na orquestra. Ah! deu por ele... O indicador da mão direita está chamando, como naquela anedota da onça que lutou com o caçador e ele tanto se debateu, ensanguentado na batalha desigual, que de repente encontrou um buraco na onça e nele enfiou o dedo, para ter mais apoio. De repente a onça foi amortecendo, foi virando o olho, amoleceu. O caçador, incrédulo, fugiu. De longe se voltou, a ver o que tinha acontecido. E lá estava a onça com o dedinho chamando... ("Anedota mais besta, onça não tem dedo...") O freguês tinha. Numa pergunta muda, a mão contra o peito, como duvidando, Kátia quer saber se é com ela. Claro que é. Se levanta. Vem chegando. Em pé, junto à mesa:

– Tudo bem?

Estende-lhe a mão.

– Senta.

– Obrigada.

(Educação é coisa importante na vida. Salô, nesse ponto, tem toda a razão. "Obrigada", "Não há de quê...", "Sempre às ordens.")

– Toma alguma coisa?

– Tou com o fígado, meu filho, você nem queira saber... Daquele jeito! Vomitei a tarde inteira... Um troço verde, chato, Nossa Senhora! Você conhece algum remédio?

O outro recua, leva o copo aos lábios, num arrepio de nojo.

– Conhece algum? – insiste Kátia.

Com uma repulsa invencível, o rapaz aconselha:

– Toma Sal de Fruta.

– Uma porcaria! Já tomei. Não adiantou coisa nenhuma. Vomitei paca!

Silêncio na mesa. Desespero da orquestra.

Estava à toa na vida
O meu amor me chamou...

É a voz de Belardo, que também faz seus floreios vocais.

– Você não tem aparecido... andou viajando? – pergunta Kátia.

– É... – diz o outro vagamente, já o olhar incerto pelas mesas soturnas na penumbra sem inspiração. Acaba de descobrir Brigitte, na mesa de Olho de Cobra e Sandra Canudo.

– Ué! Aquela pequena voltou? Não tinha se amigado com um fazendeiro? Ouvi dizer...

– Foi. Um cretino...

– Disseram que ele tinha montado casa, dado automóvel...

– Deu nada. Um bolha...

– Ainda bem... Ela fazia falta. Voltou mais bonita...

– É...

O homem continua de olho em Brigitte, Kátia sobrando.

– Quer falar com ela? – pergunta Kátia interessada em se liberar. ("Brigitte que se vire!") Não espera resposta. Faz sinal à colega. Que vem chegando, constrangida.

– O Nossa Amizade simpatizou com você, Brigitte. Senta aí.

O freguês se ergue, cavalheiresco, para dar-lhe passagem, no atropelo de cadeiras e mesas.

– Faz tempo que eu não via você, dona Boazuda... Por onde é que andou?

– Estive trabalhando em Belo Horizonte... Deu saudade do Quilômetro Seis, tou aqui de novo...

Kátia já não tem mais função. Sem ressentimento deixa a mesa, um sorriso de capa de revista:

– Com licença...

A educação é tudo. Kátia sabe, de experiência longa.

VI

Sueli rende Brigitte na mesa de Olho de Cobra. A orquestra batalha sem eco. Salô, intrigado, vê a pista vazia, ainda não viu casal rumo ao guichê. Vira-se para Berê e Laís:

– Vão dançar, meninas. Anima um pouco. Bota pra jambrar! Não perde a classe...

– Eu torci o pé – diz Berê.

– Então vem comigo – diz Salô a Laís.

Canhotinho recorrera a *O teu cabelo não nega,* que raramente falhava. Ninguém se erguera das mesas. Salô, dançarino de fogo, tem em Laís a parceira legal. Bailam sozinhos.

– *Tico-tico no fubá*! – pede ele aflito, a Belardo, que transmite a ordem a Canhotinho.

O conjunto obedece. Mas Zequinha de Abreu também fracassa. O picadinho de Salô e Laís atrai olhares, não desperta povo.

– Vamos fazer o show mais cedo – combina Salô com Laís. – Vou anunciar para meia-noite.

– Ok.

Passou por Marilu e Maria Quibe, em mesa de pista. Ordena-lhes que venham dançar. Atendido.

– Alegria, bonecas! Todas na pista! Alegria! Alegria!

Dois ou três pares femininos se formam, sem pressa. E nenhuma está de ronda, como de costume, de mesa em mesa, de freguês em freguês, da boate ao balcão. ("As vagabundas não têm gabarito", diz Salô dentro da sua agonia. "Não merecem uma casa de classe... Em vez de mostrar que valem mesmo os doze mil – e até mais! Mulher tem o preço e tem o valor estimativo... – fica tudo encolhido que nem velha de sacristia que já perdeu esperança de macho...")

Com a ilusória formação dos primeiros pares, leva Laís à mesa, sai a desmunhecar alôs, cumprimentar clientela. Põe reparo em Luzia Grande, espantado:

– Você tem enterro hoje? – graceja, censurando o vestido fechado. – Vai te trocar, garota! Quem tem esses seios não tem direito de esconder... Tinha um freguês aqui, um doutor lá do Rio – coitado, morreu de enfarte... – que dizia: seio de mulher tem de ser socializado, é pra todo mundo apreciar. Os de Luzia são assim, é ou não é?

A pergunta já é dirigida a seu Lalau, antigo freguês de Luzia Grande.

– O senhor pode falar melhor do que eu... Conhece bem... Não estou certo?

Seu Lalau concorda.

Na mesa ao lado há rapazes. Caras novas, confusão de cabeleiras e barbas. Deve ser gente de Paraíba ou Três Rios. Talvez da Guanabara. Volta-se para eles:

– É um desperdício... Egoísmo da moça... Ela é que devia fazer o *estripe*... Perfeita!

Baixa a voz, em tom confidencial, para o mais velho do grupo. Notou de longe o anel de grau:

– Não é que eu condene... Pelo contrário, doutor. Mas é uma tarada na cama... Pelo menos é o que o povo diz...

Vai dar uma palmadinha no ombro do companheiro de Brigitte, que nesse momento está deixando a mesa com um tchau amigo. Por onde tinha andado? Há quanto tempo anda fugido! Já se estava notando! Tinha até corrido o boato de que se havia casado...

– Mas o bom filho à casa torna, é ou não é?

Era. Prazer em revê-lo.

– Não se agradou da Brigitte? – pergunta em tom de cumplicidade. – Ela andou amigada, não aguentou. Um homem só não dava conta... Sá como é? Sabia.

– É ótima. Já estive com ela.

– Hoje? – pergunta surpreso.

– Não. Há uns cinco meses...

– Ela é do balaco! Vou te contar!

– Eu sei. Pena estar "daquele jeito"...

O pesar de Salô é infinito. Não sabia.

Aliás Brigitte era uma garota muito fina, muito escrupulosa. Só trabalhava quando estava em condições...

– Higiene é a virtude número um, principalmente nesta vida... O senhor não acha?

Evidentemente que achava.

– Mas se o senhor procurar, vai encontrar aí muita coisa boa, isso eu garanto!

Já estava procurando.

– Aliás – diz Salô, elevando a voz para que todas ouçam –, a pedido de vários amigos, hoje nós vamos antecipar o show... Vai ser à meia-noite. O nosso *estripe* não tem igual em todo o Estado do Rio. Ouvi dizer que em Londrina, lá no fim do mundo... Mas duvido! Não conhece a Laís?

Ainda não conhecia.

– Não diga! Laís? Vem cá, minha filha!

Laís se aproxima.

– Conhece aqui o doutor?

– Ainda não tenho o prazer...

Apertam-se as mãos. Laís está particularmente entre mulata e morena, irradiando eletricidade. Salô vai se afastando, realizado. É quando Laís tem um estremecimento, pede desculpas, sai apressada, passa por Salô:

– Meu filho...

– O que foi?

– Deu-se a melódia...

– O quê? – pergunta alarmado.

– "Veio"...

Salô desaba na cadeira mais próxima.

VII

Olho de Cobra e Marilu conversam na mesa sem copos.

– Hoje eu tomava era um bom pifa, de quebrar a cara – diz Olho. – Só não tomo porque não quero ajudar a caixa ("coitado do Bacurau, hoje não vai render muita gorjeta...") e porque estou devendo muito a Salô. Mas bem que eu precisava. E não era cerveja nem cuba... Pegava um marafo firme!

– Eu tenho uma caninha que é o fino, escondida no meu guarda-roupa. Banho de Lua... conhece? Um freguês de São Paulo me trouxe, faz tempo...

– Então castiga! Vamos lá.

Marilu concorda. Mas não já. Deixa passar um bocado mais. Depois, com parte de trocar o vestido ("ver se dava sorte", era uso na casa), encheriam a cara.

– Tá!

Olho de Cobra não entende esta vida. Passou oito dias sem fazer freguês. Se virou, se rebolou, sentou em tudo quanto era mesa, se ofereceu de todo jeito, prometendo misérias, até quase mendigando. Todos os homens pareciam os santos do Aleijadinho em Congonhas do Campo. Nem bola! Ninguém se interessava. Uma ziquizira tremenda... De repente, tudo mudara. Tinha tido quatro caras querendo fazer freguês. ("Já pensou que azar?") O primeiro desistiu, quando soube do preço. ("Se fosse oito, estava no papo, ele até mostrou o santos-dumont.") O segundo, aquele barrigudo de cabelo empastado, pensando encobrir a careca, velho freguês de Raimunda. Olho de Cobra não tem preconceitos. Mulher que caiu na vida não pode se engastalhar na moral, respeitar freguês de colega.

– Isso é luxo... A colega que se lixe! A gente, neste miserê, tem de apelar, mesmo, é pra ignorância...

Mas o compromisso geral não lhe permitira aceitar. ("Azar desgramado!") E explicou ao gordalhufo ("Será que o besta pensa que a gente não vê a careca?"), a mão lhe passeando na coxa – uma vontade de bater a carteira –, que não podia fazer indecência.

– Ela sempre respeitou freguês meu, eu tenho de retribuir... Nesta vida a moral é tudo...

– É que você não simpatiza comigo – diz o gordo, incrédulo.

– Pelo contrário! – garante Olho de Cobra. (E sua mão passeia, dá com o bolo de dinheiro no bolso direito, o infeliz não usava carteira, só não tirou porque a moral não deixava.) – Eu até que sempre apreciei o senhor... Posso chamar de você?

Podia. Chamou. Se Tatuzinho não estivesse vigilante, bem que teria fraquejado. Raimunda que se danasse! E teve de continuar recusando.

– Você primeiro vai com outra. Quebra a freguesia, tá?

Talvez fosse até bom ter recusado. O gordo via que Olho era mulher honesta, de princípios. No futuro voltaria. No momento, porém, era apenas um segundo freguês que perdia, devendo um dinheirão à casa e fugindo a toda sorte de credores...

– Eu tinha ido com ele – diz Marilu.

– Eu também, né? Mas não hoje.

Marilu dá-lhe razão.

– Você aproveitou pra sacanear Salomé?

– Claro! E ele ficou uma fera! Não sabia que era doze...

– E tem mais gente?

– Ocê não viu? Ziquizira tá comigo. Eu preciso passar num terreiro pra receber uns passes. Ando muito carregada. Pra mim nada funciona. Sai tudo errado! Logo hoje, que ninguém pode trabalhar, pé de calça aparece que nem pernilongo... É fogo...

E continua. Mal perdera o freguês da Raimunda, aparece um terceiro:

– Aquele cara do Gordini vermelho, sá qual é?

– O Boca de Bagre?

– Sim. Ele também quis ir comigo...

– É gozada essa vida... Hoje tá todo mundo arretado. E o que que ocê disse?

– Eu mudei a regra. Ele não é freguês de ninguém. Aí eu fiz a boazinha: "Olha, meu filho, eu também fazia gosto... Simpatizo muito com você... E não é por falar, eu tou até precisando. Tou cheia de dívida... Mas nós não estamos recebendo..." E expliquei tudo. Disse que era pelo bem deles também... A gente sofria, passava dificuldade, mas ia obrigar Salô a fazer um preço mais de acordo com o interesse dos fregueses. Ele concordou fácil, sabe? Mas queria que eu pegasse no troço dele. Uma banana que eu pegava! Eu sou besta?

Estende o braço para a mesa de Kátia, pedindo um cigarro. Kátia não tem carteira. Empresta-lhe o cigarro que está quase no fim. Tira uma baforada.

– Puxa! – diz rindo. – Que cigarro mais babado! Nossa Senhora!

Devolve-o a Kátia, continua a lamentação. Azar, mesmo, foi o quarto caso ("eu, que passei uma semana sem homem com vergonha na cara"). Aquele, na mesa da Maria Quibe. Queria por força. Falei no absurdo do preço. Ele também achou. "Salomé tá abusando!" Mas achava que Olho de Cobra valia muito mais. ("Você vê que azar?") Estava disposto a pagar. "Vamos?" Aí Olho de Cobra tem de se valer do recurso mais extremo:

– Hoje infelizmente não dá pé, meu querido... Hoje eu tou a perigo... Você tá me entendendo?

Entendia. Resoluta, Olho de Cobra pega no braço de Marilu:

– A cachaça é boa?

– É ótima. De Lençóis Paulista!

– Podia ser péssima, podia ser da casa da mãe joana, não tinha importância. Vamos?

As duas se erguem, passam por Salô.

– Vamos nos trocar.

– Acho bom – diz Salô desanimado.

VIII

De sua mesa Tatuzinho acompanha com volúpia o desespero de Salô. Já deixou a boate várias vezes. Dezenas de vezes passou por Sofia Loren. De longe se via o diálogo, quase se ouvia. Salô não queria acreditar nos próprios olhos, duvidava das palavras de Sofia, ia às galerias vasculhar os quartos, trouxe de lá mulheres quase pela orelha.

– Não é hora de ficar batendo papo. É hora de trabalho. Mulheres mais sem responsabilidade...

Em vão diziam elas da inutilidade de agitar o salão. Estavam cansadas de falar, de se oferecer, de se esfregar.

– O povo tão achando caro! – dizia Ivonete.

– Eu acho que vou ser obrigado a trazer gente nova. Gente que esteja à altura do preço da casa. Não tenho saúde pra lidar com mulher de Maria Navalha...

– Não enche, Salô... Não cansa a minha beleza...

Furioso, não querendo manter a inútil discussão, Salô ameaçava multar:

– Ficar aqui é contra o regulamento. Quero todas no salão!

E pondo atenção nas toaletes:

– E se vistam com mais decência! Quero toalete de boate, não quero batina de freira. Você não tem minissaia?

– A minha rasgou.

– A minha pegou fogo.

– A minha tá lavando...

"Parecia até conspiração", pensava Salomé desesperado.

– Pro salão, seus bagulhos!

As mulheres ("bagulho é a vovozinha") voltam sem pressa para a boate.

– Nós vamos porque a nossa obrigação é batalhar...

– E eu porque tenho compromisso. Precisão não falta...

– Mas adiantar, não adianta. São onze horas e o jejum é geral...

– Geral é a pouca-vergonha – diz Salô tangendo as mulheres.

Ao entrar no salão, quem faz o sinal da cruz é o próprio Salô. O ambiente está carregado de fumaça. O conjunto se exaspera num samba rasgado. As mulheres, todas sentadas na meia treva. Falam elas, falam homens, o vozerio de sempre. Mas poucos os copos, poucas as garrafas. ("Será que os trouxas pensam que subiu também o preço da bebida?") Tristonho, lá no fundo, Manolete vira na brasa um churrasquinho esturricado. Um freguês encomendou, se esqueceu de voltar. Apareceu um motorista, apanhou logo três fregueses para a cidade, sem passar pelo guichê. ("Vou mandar embora a metade dessas vigaristas. Mulher que não interessa a homem não tem direito de ocupar lugar numa casa decente!")

Vai até a porta ver um carro que chega. Desce um tira. Abraça amigavelmente Salô.

– É, meu enxuto, como é que vai a barra?

– Pesada.

– Pesada é a minha, meu filho. Tou com um problema...

– Não me fala em problema, que eu já tenho muitos...

– O que que há, meu bofe! Tá me estranhando?

É a própria autoridade.

– Quanto? – pergunta Salô.

– Dez mil. Te pago amanhã, sem falta.

– Cinco, tá bem? Até esta hora não se fez um michê nesta casa.

– Eu tou às ordens – sorri o policial.

Salô está pagando, tem direito de estrilar. Vai dizer-lhe boas. Mas pensa melhor. Talvez dê sorte. Contém-se.

– Por quê? Você está querendo alguma, seu gigolô de uma figa?

O tira faz um ar modesto.

– Pra consolar as princesas...

Salô perdeu cinco mil. Tem de se proteger.

– Mas sem mesa, tá? Direto pro quarto.

– Ok.

A agonia da noite sem cafofo fizera fugir-lhe a pergunta que seria natural logo ao vê-lo aparecer. Só agora vem à tona.

– E o novo delegado, meu filho? Já tomou posse?

– Amanhã ele vem aqui. Já disse.

– E que tal?

– É bárbaro. Um grande cara! Legal paca! Já trabalhei com ele em São João de Meriti. Sempre foi um protetor da noite.

– Não vai baratinar a gente?

– Que nada! Você vai ver! Compreensivo pra cachorro!

– Palavra?

– Te juro!

– Deus fale pela tua boca!

– Tá falando.

– Amém.

E já menos intranquilo:

– Vê se alguma te agrada. Você tem preferência?

O homem já está de olho em Tatuzinho.

Fez-lhe um alô de mão no ar. Ela quer virar o rosto, vê que Salô também olha.

– Será o Benedito? – resmunga com ódio.

É Salô agora quem lhe acena. Tem de aceitar o sacrifício. Mesmo porque não faz tanto mal. Ficha não vai ter. Sem ficha, vá lá! Levanta-se, baixinhando para as companheiras:

– Polícia, nesta terra, não respeita nem a gravidez de uma pobre meretriz. Será que tratavam assim a mamãezinha dele? Só pode ser!

E parando na primeira mesa:

– Avisa as garotas: se eu for pro quarto, é michê em branco. Sem ficha. E o sacana ainda deve ter tomado dinheiro de Salô.

– Salve as almas! – diz Kátia Preta, mãos cruzadas no peito, baixando a cabeça.

IX

Chamaram, Ivete vai.

– Tudo bem?

– Tudo azul.

– Assim que é bom.

Abriram-lhe espaço. Cadeira.

– Vais tomar alguma coisa?

– Dinheiro.

– Sai pra lá, vigarista.

– Me desculpa, meu filho. A gente tá aqui é pra-que-fim... Necessidade obriga, né? Por mim, eu dava pra todo mundo. Não gasta, né?

Um deles está sobrexcitado:

– Fuque-fuque é bom paca, vai me dizer que não!

Ivete confirma, aparentando o maior entusiasmo.

– Quando eu era garota, eu ia com quem me chamava.

– Nem escolhia cara?

– Com quem eu gostava, é claro. Era preciso chamar e eu gostar... Mas também, gostando, dava, e nunca pedia troco. Ficava até ofendida. Uma vez um senhor que tinha lá, que era dono de uma padaria que eu trabalhava na caixa, me levou pro quintal e mandou brasa.

– E foi bom?

– Você tá querendo saber demais! Tarado!

Ivete sabe que todo freguês gosta de ser tido como tarado. A experiência vem ensinando essas coisas. Prossegue:

– Você sabe o que aconteceu?

– Ele te pediu também o brioso...

– Não digo que esse cara é tarado? Pois nada disso. O patrão era muito do legal... Mas depois da festa, tudo muito bonitinho, ele meteu a mão no bolso, pegou uma nota e disse: "Pra você comprar um vestido novo..." Ah! seu compadre! Só faltou eu xingar a mãe dele! Rasguei em pedacinhos...

– A mãe dele?

– A tua, tá?

Toda a mesa se dobra de riso. Salô, de longe, acompanha com interesse a animação inesperada. ("Parece que as coisas vão melhorar...")

– Você merece um cuba-libre. Vou pedir um...

– Obrigada, meu querido, mas hoje eu não estou a-bebida...

– Fígado?

– Nada disso! Eu posso beber gasolina, que não me dá nem azia!

– Então bebe...

– Hoje não...

– Não entendo bulhufas! Hoje vocês estão misteriosas... O que que há?

– Vai me dizer que não sabe!

O preço novo? Sabia. Sabiam. Pouca vergonha. Exploração.

– Vocês estão dispostas a matar de fome a família dos amigos?

Ivete explica. Dos amigos, não. Pelo contrário. Quem ia morrer de fome, mesmo, era a família das amigas. Na casa há muita garota que é arrimo, não pode nem comprar um vestido, gastar um pouco mais no cabeleireiro, que a profissão não é sopa! ("Se a gente não se apresenta bem, entra pelo cano, é ou não é? Todo cavalheiro quer encontrar uma mulher elegante, bem-tratada... A gente não é como a esposa, que tem o negócio garantido...") Mas agora vai tudo por água abaixo!

– Então por que é que vocês subiram?

– Ah! fomos nós, não é? Essa é boazinha! Nós é que aumentamos?

– Vocês sempre pedem mais do que a tabela!

– Isso é outra coisa. No quarto, se o freguês é compreensivo, se ele se agradou, se achou que a mulher foi carinhosa e quer recompensar, a gente aceita... Precisa, né? Mas tem de ter um fixo. Que todo mundo possa pagar... Nós já estávamos comendo cobra viva, com oito, imagina agora, siô!

– Então por que subiram? – insiste um dos rapazes.

– Será que você não sabe que isso é olho grande de Salô? Ele quer fazer nós mulheres de vida difícil, essa é que é a história! Mas difícil mesmo! Se eu soubesse que ia ser essa desgraça, eu não tinha caído na vida. A gente vem pra cá muito cheia de ilusão, te juro! Pela saúde da minha filha...

Um terceiro sorri!

– ... que vai acabar na...

Ivete fecha o punho.

– Uma banana, ouviu? Uma banana! Não roga essa praga, que ela pode pegar na tua irmã...

– Eu não tenho, graças a Deus.

– Você é casado?

– É da sua conta?

– Eu tou só perguntando.

– Não sou. E daí?

Ivete toma um ar circunspecto:

– Eu não quero mal a ninguém, Deus é testemunha... Mas a gente nunca deve desejar uma desgraça pra filha dos outros... Ele tá lá em cima, tá de olho no mundo, pode achar ruim... Com Deus não tem iê-iê-iê... Ele castiga pra valer... Já vi muita gente pagar a língua...

Há um silêncio na mesa, sobe a música do conjunto. Zi Mulatos zelam pelo bem comum, Belardo não viu ainda Ivete faturar, não pode ouvir, pela distância, a conversa, uma esperança nova se inflama no seu coração. Está cantando. Foi gostar justamente da namoradinha de um amigo seu... É destino. Um dos rapazes vê o copo vazio, faz sinal para Bacurau.

– Pede não – diz Ivete. – Ajuda a gente.

– Continuo não entendendo.

– Ajuda vocês mesmo – explica melhor Ivete. – Salô precisa saber que vocês estão por conta do à toa! Tem de sentir a falta do dinheiro entrando... Hoje ninguém vai dar...

– Ele sabe disso?

– Sabendo, ele bota a gente na rua! Salô tem de pensar que é vocês que não topam. E a maior parte não pode mesmo... Por isso é que nós estamos lutando...

– Então é uma greve...

– Sei lá se é greve! Sei lá o que é greve! A gente tá é puta da vida! Ele precisa baixar o preço pra gente poder faturar...

– Isso é greve... Típica... É subversivo – sorri um dos rapazes.

– É a greve mais original que eu já vi – diz um terceiro, com diploma recente de economista pela Fundação Getúlio Vargas. – Não é greve de consumidor... exigindo preços mais baixos. Não é greve de trabalhador, exigindo salário mais alto. É greve da mercadoria, propriamente dita, exigindo baixa de preços para ficar ao alcance do povo. É até simpático... Estou a favor...

– Eu estou, porque pagar eu não posso...

– Essa é a coisa! – diz Ivete, vendo-se afinal compreendida e compreendendo alguma coisa no rumo novo que a conversa tomava.

Bacurau tinha visto o chamado, estava junto à mesa.

– Às ordens.

Já dentro do assunto, um dos rapazes pergunta:

– O preço da bebida subiu?

– Não, doutor – informa Bacurau.

– Então castiga mais três cubas. Um também pra Ivete.

– Pra mim, não, obrigada. Eu tou bombardeada do figo.

– Então só três...

Bacurau se afasta. Kátia Preta, a um canto, cabeceia de sono. Sandra Canudo, noutra mesa, desenvolve uma teoria sobre a chuva. Chuva é uma coisa chata. Ou chove demais, inundando, arrasando tudo, ou não chove coisa nenhuma e morre tudo quanto é planta. E o pior é que qualquer distração é queimada que leva tudo. Devia era, todo dia, chover uns quinze minutos. Nem muito nem pouco. "É ou não é?" Não fazia poeira e não inundava, não deixava esturricar e não empapava a terra. Tatuzinho está de volta na mesa. Feliz. Tanto fez que o policial deixou o quarto irrealizado, sem confiança, pela primeira vez, na própria virilidade.

A notícia é recebida com festa.

– Mas como é que você conseguiu? – pergunta Maria Quibe rindo.

– Ah! foi sopa! Em primeiro lugar, vendo que ele tava em ponto de bala, eu comecei a arrotar e falar na gravidez. Ele foi ficando meio gelado. Mudei de assunto, comecei a agradar, ele foi se animando, eu comecei a contar a história de um cara que fracassou comigo... Ocê sabe que homem é burro. Sugestiona fácil. Fiz um carnaval. Tinha ficado louca da vida. Perdendo tempo com porcaria. E sempre repetindo a palavra, falando em pau mole. Começou a dar resultado. Fui me encostando, fiz um agradinho, ele foi se agitando – pá! – contei outro caso. "Gozado! Parece mentira! Um cara da tua idade... Até parecido contigo!" Ele venceu o troço, foi pegando fogo, ia mandar brasa, eu perguntei se era verdade que coca-cola não é bom pra homem... Ele disse que nunca tinha tomado coca-cola, eu disse que ele podia tomar, porque era besteira do povo. O que fazia mal, mesmo, era cerveja. (Ele tava cheirando cerveja que era uma imundícia...) Por isso é que alemão faz papelão com mulher. (Ele é meio alemoado, você sabe, Chiminstrufe, uma coisa assim...) Ele foi ficando por conta. Já tava meio filostroque. Aí ele pediu o serviço à francesa, já não tava com muita confiança. Eu topei. Na hora me deu uma ânsia de vômito...

– Sincera?

– Sincera, os tomates! Mas foi a conta. Aí não houve mais jeito... E eu: "Não fica nervoso, meu filho, isso acontece... Você é moço, não perde a esperança. Eu vi velho que ficou bom... Questão de um tratamento sério, sá como é?"

O policial atravessou a pista, foi até Salô despedir-se. Vai passando, olha para Tatuzinho ressabiado, temeroso de ser assunto de conversa.

– Já vai, meu machão? Bai-bai! Vai com Deus... Não fica impressionado, ouviu?

X

Na mesa de Ivete a nova rodada de cuba-libre vai tomando corpo. Indocilidade. Inquietação.

– Logo hoje que vocês resolveram fazer o doce? Tem dó...

– Tem dó você... Pensa que é por gosto? A gente precisa mais do que vocês...

– Você só fala em dinheiro.

– Em dinheiro e em amor, né? Pensa que a gente também não é de carne? Pra nós também é sacrifício. Eu não sou sorvete de baunilha, sou mulher.

– Me diz...

– Palavra de honra! Tem mulher que não sente nada. Finge. A Sandra Canudo dá até escândalo! O pessoal todo vai na onda... Mas a gente também tem natureza, é ou não é? Quando o destino botou esse troço na mulher não foi só pra fazer pipi... Não tou certa? A natureza pede. A gente não tem marido. Tem de ser com o freguês...

– Reunir o útil ao agradável – resume o economista.

– Batata! É o que eu digo: sofrimento duas vezes. Por não ter dinheiro e por não ter homem. É brinquedo não, toma nota do que eu digo... Quando eu vejo algumas colegas que passam uma semana sem trabalhar eu tenho duas espécies de pena...

– Pena de escrever e pena de Talião – diz o economista, que é também humorista.

Os outros acham graça (o economista é quem paga a rodada). Ivete não está bebendo e não pode fazer freguês. Permanece impassível. No vozeio baixo das mulheres, de mesa em mesa, a alegria da confirmação: já é uma hora, freguês não se fez, jeito não houve de iniciar o show. Laís se retorce de cólica, se alguém se aproxima de seu quarto, Berê torceu o pé, as outras não têm pissilone bastante para enfrentar a plateia. Belardo é quem brilha, desgosto na alma, Ivete não resolve a parada:

Ó jardineira por que estás tão triste,
Mas o que foi que te aconteceu?

Não consegue o coro costumeiro, das mesas, para explicar a tragédia: a camélia que caiu do galho, deu dois suspiros e depois morreu...

– É um chato esse Abelardo – diz um dos rapazes para Ivete.

– Chato por quê? – diz ela ofendida. – Voz muito melodiosa... Já cantou até na Rádio Inconfidência, de Belo Horizonte.

O crítico musical tem antenas. Lembra-se vagamente de ter ouvido sobre Ivete e Belardo.

– Um chato, sim. Devia colaborar com vocês. Não tentar salvar a noite. Ele é obrigado a cantar?

– É do contrato – diz Ivete.

– Ah! bom... Nesse caso...

E todos ficam muito sérios, acompanhando mentalmente o cantor:

... Não fiques triste
que este mundo é todo teu,
tu és muito mais bonita
que a camélia que morreu...

– Morreu foi o Quilômetro Seis – diz o economista – falência total!

E para Ivete:

– Quer dizer que hoje... nós temos de voltar em jejum?

– É o jeito, meu filho. No interesse de vocês mesmo...

Mas o economista é também observador da conjuntura:

– Mas espera... Parece que alguns não vão voltar inteiramente a neném...

Ivete olha, duas ou três mesas. Não há dúvida.

Sorri, prelibando a chance.

– Vai ver que eles conversaram as garotas... Vão dar alguma compensação...

– Até nisso?

– O resultado é o mesmo. E é perigoso. É proibido. Salô descobrindo, porta da rua, serventia da boate... E tem razão, ocê não acha? – diz se achegando ao economista, que vê afinal a possibilidade de uma solução para o grave problema coletivo.

– Salô é de morte – diz ele.

– É fogo! – diz Ivete. – Você não é novo aqui, não é?

– Claro.

– Se alembra da Helena?

– Qual?

– Aquela... A do hálito puro...

– Ah! Sei. Deixou fama.

– Salô expulsou ela por causa disso.

– Do hálito?

– Não. Quando o freguês não tinha dinheiro bastante...

– Não diga!

– Palavra!

– A Helena era uma boa vaca...

– Escuta, meu filho, quem cai nesta vida tem de ser vale-tudo!

(Ivete não está perdendo tempo. O economista consegue ver, afinal, que se a inflação, no Brasil, é um problema insolúvel, há problemas, no Brasil e no mundo, com solução ao alcance da mão.)

– Quem está na chuva – continua Ivete – é pra se molhar, você não acha?

– Pelo jeito...

Ivete se detém:

– Vê lá, meu filho! Você não vai fazer sujeira comigo, vai?

– Quanto? – pergunta o economista, diploma recente.

Questão fechada não é.

– Você consulta a sua consciência, tá, meu querido?

– Tá.

XI

Helena (nem todas têm bafo de onça) vê, sem entender, a expressão de infinito desânimo da colega, em pé diante de sua mesa solitária.

– Já viste que peso?

– É... tou vendo. Eu deixei Barra do Piraí na hora pioral. Sou uma errada. Acho que sou a maior pé-frio do mundo...

Divina continua de pé, agitando a cabeça, os lábios cerrados.

– Logo hoje! Pé-frio sou eu.

– Mas o que que há, mulher?

– Manja aquele cara que acabou de chegar...

– O coroa?

– Sim.

Divina senta-se. Andou encolhida pelos cantos, meio revoltada com a decisão coletiva, revoltada e meio contra a decisão de Salô. Sentira na carne a depressão dos últimos meses, sabia que a situação ia agravar-se. Mas lá vinha o homem que podia aliviar por uma semana o aperreio da crise.

– Sabe quem é?

– O de Juiz de Fora?

– O da suruba.

– Nãao!

– No duro.

– Que chato, não?

As duas se olham, Helena sente que, para Divina, o pesar maior não é bem o dinheiro que não pode ganhar. Os olhos gulosos a devoram.

– É pena – diz. – Ele solta uma nota. Você ia ver. Te arrumava por uns dias, eu vou te contar. E eu garanto que ele ia gostar de você...

– Por quê?

– Eu conheço: freguês antigo. Tarado...

Envolve a amiga numa longa carícia.

– Olha disfarçado. Vê o jeito dele. Já me viu. Decerto pensa que eu vi ele também e te escolhi. Vim te cantar, ver se você topa. Manja só...

Com ar longínquo, Helena observa o recém-chegado. Está inquieto, pediu bebida. Bacurau se afastou, curvatura e sorrisos.

– Ele só falta gritar te chamando – diz Helena.

– Que nada! É você. Tu é o tipo dele. Lembra que eu te falei? O cara é de morte...

– Por que você não vai lá?

– E adianta? Ele vai querer pagar bebida, a gente não pode. Ele vai querer que a gente vá pro quarto, a turma tá de olho vivo, dá alteração. Não dá pé...

– Mas vai lá, passa uma conversa no cara. Pede pra voltar outra noite.

Os olhos de Divina se iluminam de novo.

– Você topava?

– Precisão, né?

– Pois é...

Pela primeira vez encara o cliente. Ele a cumprimenta, com um largo gesto amigo.

– Eu vou até lá – diz –, se afastando com uma carícia de aparente despreocupação.

O outro se levanta, gentil, fazendo-a sentar-se. Oferece cuba-libre, Divina recusa. Uísque, Divina agradece.

– Como é? Pode ser?

Divina explica logo. Infelizmente não. Conta o problema.

– Dinheiro pra mim não tem importância. Eu sempre dei mais do que isso, minha filha.

Há um problema geral. Há um problema comum. Fogo na roupa! Sopa não! Foi uma resolução desesperada. Prejudicadas são todas. Mas é para evitar prejuízo maior.

– Mas quando o homem não faz questão, está disposto...

– Você julga os outros por você. Pensa que todos têm essa compreensão? Pensa que é qualquer um que dá valor ao trabalho de uma mulher? Tá muito enganado! Você é diferente, meu filho. Assim houvesse dez no mundo! E depois, não é só compreensão... É grana, tás me entendendo? Até que alguns têm compreensão. Recompensam... o melhor que podem... Mas a turma aí anda tesa...

– Mais uma razão pra gente ir, meu bem... Se vocês estão apertadas...

Divina lamenta muito. Não pode trair as companheiras. Elas precisam dobrar Salô. O fixo tem de baixar. Tem muita gente com fome. Não tanto no Quilô. Nas famílias ali representadas: muito filho, muita filha, muito pai velho, muita mãe enferma.

– Muito gigolô...

Divina se ofende. Que juízo faz dela? Que juízo faz das colegas? Gigolô é coisa do tempo antigo. Cafifa não se usa mais. É luxo. É burrice. Mulher de hoje tem outra mentalidade. Não sustenta mais homem. Todo homem é filho da... Se interrompe a tempo.

– Todo, não! Tem homem que compreende. Tem homem bom, decente, homem de moral. Mas você vai me dizer se eu tenho ou não razão: é caso raro, não é? Diz...

Ele também acha. Ela continua falando. Ninguém lamenta mais do que ela. Claro que está precisando. Tem de mandar dinheiro para São Paulo. O pai está desempregado, a mãe vive doente. Mas também adora uma boa farra, é ou não é? Quem é que não adora? Se não fosse isso, o melhor era a gente se matar. A vida só vale assim: quando a gente encontra um cara legal, discreto, respeitador... E que gosta do que é bom. Por que não volta outro dia? Assim que Salô entregue a rapadura, o Quilô ressuscita. Vai ser fogo! Inda mais agora, que apareceu uma garota bacanérrima! Não tinha notado? Aquela, da mesa ali no centro. É nova na casa. Se topa? É tarada! Tem um corpo que é uma uva. Mas é claro! A-dora! Mesmo sem ser para atender o freguês. "Gamou por mim, sabe lá o que é isso?" É fato. Notou logo. Pelo jeito a gente já sabe. "Mas eu fui dizendo: o que é que há, garota? Mulher pra mim tem de ter homem no fim. Deixa aparecer aí o amigo que eu tenho em Juiz de Fora..."

– Palavra?

– Te juro pelo que há de mais sagrado... Assim que eu te vi chegar, passei na mesa dela... Disse que era você... Ela ficou desinquieta, me passou a mão. "Vamos?" Não pode, né? Hoje não pode ser. O mundo vinha abaixo. A turma tá pra valer. Até agora só houve um amorzinho. Mas de graça. Sem ficha. Com um meganha. Aliás, não houve. A colega que foi com ele, tanto sacaneou o cara que ele pifou. Deu negativo.

Barra a torrente de palavras. Se entristece.

– Coitada...

– Coitada quem?

– A garota.

– Por quê?

A vida é chata. Ninguém está mais precisada. Veio de Barra do Piraí porque lá a vida mixou. Na esperança de ganho melhor. O filho ia ser operado. Tinha empenhado todas as joias. Estava faltando. Ele precisava vir dentro de dois ou três dias. Pra conhecer a tarada. Mas para ajudar também, coitadinha. Ela, se pudesse, ajudava. Infelizmente não estava em condições.

– Você volta amanhã?

Sabe não... Difícil... Nem sempre consegue *habeas corpus.*

– Mas pelo menos você podia ajudar a infeliz... Era até uma caridade. Ela chorou a tarde inteira...

(*Eu quis fazer você chorar, você sofrer. Um dia o nosso amor morreu, quem chorou fui eu*, canta um velho disco na vitrola, descanso da orquestra.)

Divina se apega à nova ideia. Sim, ele podia ajudar. Maneira de amarrar a garota pela gratidão... Ele seria recompensado, sem falar na recompensa de Deus...

– O que é que custa a você dar uma notinha de dez? Você vinha disposto a gastar. Assim você ajuda uma infeliz...

É toda carinho.

– Tá, meu filho?

– Mas ela topa mesmo?

– Não te digo nada! Ela é de morte! Faz uma caridade, meu filho. Dinheiro não te faz falta. Você não é como esses mortifom que tem aí...

O homem, envolto num carinho de mão pelo corpo, saca da carteira.

– Disfarça... Se o Salô vê você me passando dinheiro pensa que eu te satisfiz, me taca uma multa.

Esconde a nota.

– Deus te dê em dobro... Ela vai até chorar de alegria. Te juro!

– Chama a bichinha aqui pra mesa...

Divina toma um ar de dama antiga.

– Acho melhor não. Volta outra vez. Aí a gente faz uma farra de fechá o comércio! Um surubaço! Acho até melhor eu sair. Assim Salô vê que eu te cantei e não adiantou. Até você, que tem a grana, achou caro. Tá?

Ele encolhe os ombros.

– Mas você jura que volta?

O homem de Juiz de Fora vacila.

– Jura, meu filho... Eu peço pelo amor que você tem à sua família.

Ele jura.

– Deus te pague, sim? – diz, levantando-se.

E com um sorriso:

– Salô vai ficar puto dentro da roupa, eu vou te contar!

XII

Arma um rosto de sexta-feira santa, para maior aflição de Salô, pisca para Tatuzinho, volta para a mesa de Helena.

– O que que ele disse? – pergunta Helena.

– O que eu falei. Você não reparou como ele te olhava?

Helena confirma.

– Gamou por você. Queria de todo jeito ir pro quarto. Perguntou se você topava pra valer. Quadro vivo, de tapeação, ele não suporta. Fui obrigada a comprometer você... Perguntou se você era bem-feita, eu falei que sim. Eu não menti, menti? Nisso eu falei a verdade. Você tem um corpo que muita mulher aí dava a cauda pra ter.

– Não exagera...

– Palavra de honra! Eu te disse ontem. Eu, se fosse homem, tarava...

Helena baixa os olhos.

– Mas tem uma coisa... Com ele não adianta falsidade. O cara conhece. Isso é da tara dele... Você vai ter de me desculpar, mas quando nós formos com ele...

– O quê, hein?

– Eu vou ser obrigada...

As duas se calam, a orquestra também. Todos instintivamente baixam o tom de voz, homens e mulheres, como se colhidos numa conspiração, segredo a ocultar. Salô envelheceu dez anos. A humanidade é uma decepção permanente.

("Eu acabo fechando esta porcaria, vou abrir um salão de cabeleireiro, nem que seja em Parada de Lucas." Para ele, Parada de Lucas era o fim, a mais perfeita expressão do fracasso total.)

Baixinho – a orquestra não está uivando, para permitir fala mais alta – o olhar despreocupado percorrendo as mesas, Divina continua:

– Ele ficou tão gamado que queria ir lá dentro, mesmo as garotas achando ruim... Não faz questão de dinheiro. Não faz mesmo, sabe? É raro encontrar um senhor assim generoso. Você vai ver... Tudo depende dele se agradar. Você teve sorte. Ele gamou. Achou você do barulho. Queria chamar pra mesa. Eu é que não deixei. Era melhor eu sair, dar a impressão de que nem ele tinha topado... Felizmente você agradou de cara. Você não leva a mal?

– O quê?

– Eu precisei dizer, pra deixar ele de fogo, pra fazer ele voltar...

– Dizer o quê?

– Não vai te ofender, minha querida. É do negócio. Eu disse que você não topava...

– Mas eu topo...

– Eu disse que você não topava por interesse. Disse que você gostava...

Helena olha, silenciosa, o freguês distante, que parece hipnotizador de teatro em excursão pelo interior. Divina prossegue.

– Não vai te queimar, hein? Mas pra arretar o cara eu disse que você tinha até me cantado...

– E ele?

– Ficou gamado, eu já disse.

– Mesmo?

– Tu nem faz ideia! Se a gente executar como manda o figurino, ele solta a nota. Combinado, querida?

A orquestra recomeça.

Você pensa que cachaça é água,
cachaça não é água não.
Cachaça vem do alambique
e água vem do ribeirão...

Bacurau repõe um litro de uísque na mesa de Salô. Entrou pelo cano. Fracasso geral, seu homem no Rio, suas mulheres sem faturar. Vai encher a caveira.

Após uma pausa, Helena pergunta, quase tímida:

– E ontem?

– Ontem o quê?

– Também foi pra valer?

Divina já nem se lembrava. Custa a entender. Afinal compreende, ri.

– Com o safado do Benvindo?

– Com a Katinha.

– Eu detesto a Kátia. Nunca fui com a cara dela.

– Mas foi pra valer?

– O quê?

– Ora... Você sabe...

– Ah! agora entendi o que você quer dizer...

O gesto é com as duas mãos se abrindo, num afastar de braços, cotovelo junto ao corpo, tentando traduzir o irreversível, o impossível de ser evitado:

– Você não viu o delegado de berrante na mão? Tinha de ser!

Nova pausa.

– Mas você...

– Te juro por Deus!

As duas se olham nos olhos.

– Me arranja um cigarro – pede Helena.

Divina recorre a um motorista que se abancara na mesa ao lado, olhando com pessimismo a paradeira geral.

– Tens um cigarro aí, Zé Bala?

Ele entrega-lhe a carteira. Helena serve-se. O motorista apresenta o isqueiro japonês, já de chama acesa. Divina agradece. Helena agradece.

– Me deixa dar só uma tragadinha. Eu tou evitando fumar – fala Divina.

Helena atende. É quando Divina tem um estalo:

– Minha Nossa Senhora! Não é que eu ia me esquecendo o mais importante? Olha. Eu tenho uma novidade pra você: o coroa deu uma nota de dez mil pra nós dividirmos...

– Não diga!

– Você viu que cara bom? Ele é legal paca!

Mostra-lhe a nota.

– Olha pra ele e ri, agradecendo...

Helena olha e sorri. O coroa está vitorioso e compensado. Tem um aceno amigo. Helena também.

XIII

A eletrola, enquanto Zi Mulatos se recuperam da inútil batalha por incentivar os ânimos no polo norte de uma noite inusitada, recorda uma vez mais a história de seu Oscar. Cansado do trabalho, voltara ao seu barracão. Surpresa: vazio. Uma vizinha dá-lhe a triste nova: está fazendo meia hora que sua mulher foi embora e um bilhete lhe deixou. Seu Oscar devia ser analfabeto ou a vizinha muito fofoqueira. Porque lhe fala não só do bilhete, mas do texto:

E o bilhete assim dizia:
não posso mais,
eu quero é viver na orgia!

– Se ela tivesse vindo pro Quilômetro Seis – comenta Tatuzinho – entrava pelo cano. Orgia, hein?

– Essa é a ilusão de muita gente – diz Soninha. – Eu também pensava assim.

– Quando eu penso – diz Maria Quibe, que vem se acomodar na mesa, depois de muito tempo solitária junto à orquestra – quando eu penso que o meu sonho, no tempo de cabaço, era cair na vida, acho até graça... Eu me casei pra poder sair de casa. Serviu o primeiro cara que apareceu, um pedreiro.

– O pedreiro Valdemar?

– Não. O pedreiro Valdemar era do trabalho. O meu não era de nada... Era um folgado...

– E você não sabia?

– Sabia. Casei por isso mesmo. Bem que o velho Salim não queria. "Não casa com brasileiro... Não casa com esse vagabundo..."

– O arrebatache do teu pai era um bom filho da mãe! Falando mal do Brasil...

– Da boca pra fora. Bem que ele gosta, coitado... Não queria era o casamento. Mas eu só casava a fim de sair de casa e depois me mandar. Tinha loucura pra entrar num cabaré... Entrei foi por um cano...

– Eu também – diz Soninha. – Tinha uma casa de mulher na minha rua. "Assim" de mulher. Toda hora entrava homem. Eu ficava maginando... Uma orgia danada... Tudo nu... Aquelas coisas... Uma farra que não acabava mais: os homens de mastruço na mão... As mulheres dançando, os homens metendo e, no fim, depois de ter gozado paca, as mulheres ainda recebiam dinheiro... Eu nem dormia de tanto pensar. Ficava espiando pela cerca do quintal, apagava a luz do meu quarto, deixava a janela meio aberta, só olhando...

– Tu não criou calo no dedo?

– Olha, minha filha, eu era tão inocente que nunca me desrespeitei...

Há uma pausa de recordação. Soninha continua:

– Um dia a polícia fechou a casa. Veio um delegado caxias, quis acabar com a pouca-vergonha na cidade. Fechou tudo quanto era casa. As mulheres começaram a passar fome. Os homens começaram a ficar quicando. A gente via no cinema. Meu namorado (muitas vezes eu vi ele entrar na casa de madrugada, nunca falei, ficava era querendo saber o que ele fazia lá...), meu namorado – um bacanaço – nunca tinha abusado comigo: me respeitava muito. Às vezes eu via que ele ficava arretado... Eu tou esbarrando no pau, eu tou sabendo... Quando acontecia isso, era batata: de madrugada ele ia lá! Eu ficava espiando pela janela... Depois que a casa fechou – meu pai achou muito justo, deu parabéns pro delegado! – o sacaninha foi piorando... Foi ficando mais tempo... Foi tomando liberdade... Foi perdendo o respeito...

– E tu deixando...

– Eu não sou de ferro, não é? E uma noite ele não aguentou mais, nem eu... Botou pra jambrar!

Para, olha, angustiada:

– Mas a gente não pode nem beber, Tatuzinho?

– Em primeiro lugar, Tatuzinho você sabe quem é: aquela senhora que tu deve ter matado de vergonha. Em segundo lugar, quem der dinheiro a ganhar a Salô, esta noite, a mãe é tão sem-vergonha quanto a filha...

– Me deu, de repente, uma vontade miserável de tomar um pifa... – diz Soninha.

– Te guenta. Não começa a pensar em tempo antigo. É sempre chato... Eu nunca penso. Nem no antigo nem no de depois. Pensar é fogo!

Soninha ainda vagueia tonta, pela sua pequena cidade, com a casa de mulheres que tanto atormentou a sua imaginação de adolescente.

– Só parou perdição de donzela, na cidade, quando mudou o delegado...

– Pra alguma coisa a gente presta – diz Tatuzinho. – Depois, falam mal... Se não fosse nós, não sobrava um cabaço nesse mundo de Deus!

XIV

Kátia descobre, afundado na mesa, junto à coluna do centro, cujas incrustações de espelho fulguram nos eventuais jogos de luz, um freguês já famoso.

– Olha quem está lá no centro! – diz, bem-humorada, para Lídia.

– O Solano?

– Pois é... Eu não tinha visto. Faz tempo que ele chegou?

– Não tinha notado. Hoje freguês não interessa. Aquele é o bolha mais xexelento que eu já conheci...

– Vou lá bater um papo. Vou me regalar...

Lídia não compreende a inesperada alegria da colega. Fugir de Solano era preocupação comum a todas. Tempo perdido na mesa, dificuldade infinita em resolver, e aquela mania mórbida, imbecil, do sempre renovado perguntário...

– Eu não aguento esse cara. É o chato bicampeão do mundo.

– Deixa por minha conta. Eu vou até lá.

– Não te esquece... Você não pode beber, hein?

– É fogo... Já sei. Mas vou assim mesmo.

Sai, como se fosse para a velha paquera de todas as noites. Salô vai, até, ficar satisfeito.

– Ué! Você estava aí? – pergunta com fingida surpresa. – Tudo azul?

– Azulado... Senta...

Não quer um cuba-libre? Kátia bebeu muito na véspera. Fica para outra vez. ("Com certeza ela quer é uísque, uísque eu não pago.")

– Você chegou agora, meu querido?

– Faz quase uma hora. Estava acompanhando o movimento.

– Viu algum? – pergunta Kátia, risonha.

– Pouco...

– Então viu mais do que eu... Eu não vi bulhufas! A casa está parada, não notou?

Solano confirma. Kátia explica. Não ouviu falar? Não sabe que agora – ideia infeliz daquele pau de arara – mulher está custando doze? Um absurdo! Os homens estão em greve... greve...

– Ah! então é isso? Agora entendi...

– É pra ocê ver... Doze! Só primo rico pode pagar as madamas...

E como hoje tem tempo, solta logo a deixa para a tara consabida.

– Quando eu penso que há tanta garota de família louca pra cair na vida, fico até com pena... Pensam que é vida fácil... Vão ter a maior desilusão!

– Você era assim? – pergunta ele, encantado.

– Tu não faz nem ideia, meu filho...

Está no seu elemento. Mania de Solano é saber como foi o começo. "Como é que você caiu?" "Como foi que você se perdeu?" "Foi namorado, foi?" Todas já sabiam. Ele se inflamava com os detalhes. Queria um romance em cada mulher. Não fazia por menos... Extraía a história, aos poucos, sedento. Permanecia indiferente aos casos que julgava banais: mulher que fazia a vida porque abandonada pelo marido, viúva jovem, desesperada, com filhas pra sustentar, sem profissão, ganha-pão vulgar de último recurso.

– Ah! você casou normalmente?

Não se impressionava. Seu caso era outro.

– Como foi, hein? Conta...

Sem história, antes, não fazia negócio. Muita mulher contou sem resultado a história real ou não do seu fracasso conjugal. Muita mulher exagerou o número de filhos por sustentar, chorou miséria. Ele não estava interessado em resolver problema econômico ou financeiro de vigarista nenhuma...

– O perguntador chegou. Será tira esse cara?

– Não é tira... É tara... – explicava Tatuzinho.

Por isso fugiam dele. Porque o interrogatório lento, gaguejado, ansioso, fazia parte do ritual. Às vezes a entrevista compensava: quarto. De outras vezes, não. A chave? Só Kátia conhecia, não contava a ninguém. Descobrira por acaso. Ele gostava "da que se perdeu e do como"... E por isso tinha sempre novos detalhes, inventava sempre capítulos novos.

– Mas você tinha contado uma história diferente, minha filha...

Torná-la verossímil não era difícil. Só agora estava dizendo a verdade, tinha confiança. E contava, com cheganças de corpo que incendiavam o pasto. ("Qual é o macete que você usa pra arretar tão depressa esse bolha?", perguntavam. "E eu sou besta de ensinar o pulo da onça? Piranhudas, se virem", respondia.)

Hoje Kátia não está empenhada em ganhar tempo. Precisa é encher o tempo. Hoje tem tempo a perder. De sobra. Solano que se dane depois! Também é uma forma de vingança. Vai ficar desvairado. Vai ficar delirante! Vai ficar em brasa! Vai perder a cabeça! E não vai ser possível!

– É doído a gente se perder como eu me perdi... É de amargar... Foi a maior desgraça do mundo! Eu nunca tive coragem de contar aqui a verdade...

Sempre inventei uma história diferente, de vergonha, sabe?, de humilhação... Você sabe o que é uma menina de doze anos, de boa família, que acredita em Deus, que acredita nessas besteiras todas que ensinam pra gente, e pensa em acabar o ginásio, estudar medicina...

– Você tinha vontade de ser médica? – diz Solano, maravilhado com a coincidência.

Kátia faz um ar humilde. Talvez não fosse vocação... Era mais o desejo de imitar o exemplo do pai, de seguir a carreira paterna... (Ah! que pai miserável, que monstro desnaturado, que detalhes ultrajantes, que merecida cadeia!) Solano bebe-lhe as palavras. Pede novas minúcias.

– Você não viu no jornal? Saiu na ocasião... "Médico sem entranhas violenta a própria filha!" Não se lembra de ter visto?

– Com o teu nome?

– Nome, não, eu era menor. Saiu as iniciais. Mas contava tudo, toda aquela miséria. Fazer a filha tomar um pifão, pode ser? Botar no carro, ir fazer um passeio, sá como é? "O médico-monstro de Jacarepaguá!" Você não se lembra? Não faz muitos anos...

– No jornal do Tenório?

– Nesse eu não vi. Não entrava em casa...

E com dignidade, quase orgulho:

– No *Jornal do Brasil*, tá bem? E no *Correio da Manhã*... No *Correio*, com o retrato do monstro...

Na eletrola, agora, é a voz de Elis Regina que enche o salão:

Ah! mas eu preciso aprender a ser só...

 XV

O coração de Brigitte bateu apressado. Palpitava lá no alto, lutando contra a respiração ofegante. Na boate, onde escasseiam os homens – tinham saído para a Maria Navalha, para as casas menores da beira do rio, para o trivial dos fins de semana conjugais – surgia, afinal, o homem que, durante 24 horas, tinha contado como certo. A ninguém o dissera, mas já estava a perder a esperança. Esperava-o para o começo da noite. Mas antes tarde que nunca!

– Te esconde, Brigitte! – avisa Tatuzinho, assustada com os modos estranhos.

O colo arfava, tuque-tuque na caixa do peito. De aparência impassível, porém, Brigitte se ergueu, o jeito de ancas, braços e olhos de uma prostituta que vira num filme alemão, em pequena, o chaveiro na mão, a chave do quarto girando no dedo. Foi direto à primeira mesa de homem só, uma das poucas, um dos poucos.

– Como é que vai, meu enxuto? Dando o desprezo, não é?

Ele não entende a pergunta nem o inesperado da mulher que se junta ao seu corpo, numa suave intimidade.

– Desprezo, por quê?

– Ué! Sozinho, não convidando ninguém...

– Não convido, não é falta de gosto... Vocês é que nem uma vez me olharam... Nenhuma... Todas fingem não ver. E você é a pior... Até agora não tinha me dado a honra... E eu bem que estava de olho...

– Palavra, querido?

A mão da chave larga o instrumento de abrir a porta do seu quarto e envolve, carinhosa, a mão peluda largada na mesa. (Ai, eu queria aprender a ser só, agora na voz dos Zi Mulatos.) O homem sorri, deliciado. Tinha quase esquecido Brigitte, tantos meses fora.

– Você se lembra? – pergunta ele.

Claro que não. Mas diz que sim, claro.

– Tenho vindo aqui, por sua causa, muitas vezes – diz ele, mentindo também.

– Eu estive trabalhando em Belo Horizonte – informa Brigitte – não te contaram?

– Nunca perguntei. A gente nunca deve, quando está com uma mulher, falar de outra. Não é delicado. Não é de *gentleman,* como dizem os ingleses. A não ser que se fale mal. Falar mal de você, com esse corpo maravilhoso, com esses olhos negros, com esse jeito lindo, não é fácil, não...

O homem está encantado consigo mesmo. Dois conhaques, dois cubas, duas cervejas – raramente bebia, mas bebendo, botava pra jambrar... – tinham produzido o melhor resultado. Sentia-se espirituoso e galante. As palavras fluíam. Estava em condições de dialogar, de igual para igual, com artistas, sábios, marechais. Uma embaixatriz, naquele momento, jamais o acreditaria um simples funcionário da arrecadação municipal. Triste era ter subido o preço das mulheres. Ultrapassava suas previsões. Aliás, a bebida tinha absorvido parte das reservas trazidas, dentro de uma estimativa mais modesta. Agora nem por oito podia. Por isso mesmo não chamava. Solitário ficava, solitário ficaria.

Sem aproveitar as fagulhas de gênio ("faúlhas", a variante que empregava num antigo soneto não concluído, ainda hoje na boca de espera do terceto final). Trabalho perdido toda aquela excitação mental. Sem aproveitamento a fabulosa desinibição a tanto custo conquistada...

Mas a mão de Brigitte (gelada no primeiro momento, agora escaldante) lhe aquecia a mão peluda, lhe subia à cabeça. Ele não pode compreender... Como foi possível que a deixassem voltar? Como pode haver homens que deixem fugir-lhes das mãos a joia preciosa que estão contemplando? Como é possível que Belo Horizonte... Não. A bebida não subiu, embora não tenha o costume de beber. Efeito não é. Mas não pode entender Belo Horizonte...

– Você esteve em Belo Horizonte mesmo? – pergunta sem acreditar.

Temerosa de que ele conheça a verdade, ainda assim Brigitte confirma:

– Três meses.

No começo ele estava contente consigo. Uma fugitiva e gloriosa sensação de euforia mental, de projeção do seu íntimo num plano superior à sua existência rotineira de serventuário de um município sem futuro. Agora está, por inteiro, embrutecido. Estará? Não sabe. Perturbação momentânea, talvez. Dificuldade de admitir que uma capital, uma das capitais mais progressistas do país, a terra de onde veio Juscelino Kubitschek, o realizador de Brasília – obra-prima de urbanismo reconhecida em todo o mundo civilizado – tenha permitido a volta de Brigitte (não Bardot, muito melhor!).

– Mas Belo Horizonte deixou?

– Deixou o quê?

Agora quem não entende é Brigitte.

– Deixou que uma criatura genial como você, com olhos tão fabulosos (num tempo de relâmpago tem a vaga impressão de que são quatro...) saísse de lá, depois de ter tido você? Depois de ter tido você?

E quase desorientado:

– Mas pode haver gente tão burra no mundo? É incrível!

Sente-se, outra vez, realizado. Está de calções de seda, peruca branca, sapato de salto alto e fivela, numa gravura do século XVIII, beijando a leve mão que Maria Antonieta lhe estende. No mundo real está apenas Brigitte. Constrangida. Vendo a tolice infinita de seu erro: escolher justamente a mesa de um imbecil de pilequinho. E sentindo no ombro, crispada, a mão temida:

– Preciso falar com você, Brigitte.

O olhar frio e altivo, informa Brigitte:

– Estou ocupada...

– Mas o cavalheiro vai dar licença, não vai?

No tom de voz já se esboça um bofetão.

O serventuário municipal sorri. Evidentemente está tratando com uma pessoa educada, que pede licença. Ele também é...

– Pois não, cavalheiro. À vontade...

A cabeça está leve, leve... Mas continua satisfeito. Ou ficou novamente. Procedeu como um *gentleman,* como dizem os ingleses ("os putos...").

XVI

– Senta aí – ordena.

Brigitte resolve sentar.

– Vai beber?

– Não.

– Eu estou mandando.

– Você manda na sua mãe. Em mim, não.

– Bebe!

Brigitte olha firme nos olhos:

– Não be-bo!

Ele hesita.

– Eu já pedi dois uísques. Um é seu.

– Pediu de besta. Não bebo.

Os dois se encaram. O homem apanha um dos copos, que esvazia de uma boca só.

– Pode beber o outro, pra ficar mais valente.

O homem segura o outro copo. O impulso inicial é copo e uísque no rosto de Brigitte, provocante e duro. Mas há um tão decidido desafio em seus olhos que ele prefere solução diferente: goela abaixo.

– Bacurau!

Todos os olhares estão concentrados na mesa. O diálogo é a meia-voz, prenunciando tempestade. Bacurau chegou.

– Mais dois!

– Mais um – diz Brigitte.

– Dois! – diz o homem.

– Pra um besta só – diz Brigitte.

Bacurau se afasta, apreensivo. Tatuzinho se ergueu, o corpo pesadão, lento, se avizinha.

Aparenta surpresa:

– Meu Deus! Quem é que estou vendo? Como é que vai, doutor?

– Doutor é a mãe – diz ele, os lábios quase cerrados. – Desguia...

Desguia. Calma, continua. Vai até dois tiras de recente chegada, tomando cerveja por conta da casa. A voz é velada.

– Acho bom vocês ficarem de olho. Aquele cara está de porre. Tá querendo alteração.

Os dois conhecem o freguês importante, não se interessam pelo aviso. Bacurau trouxe os dois copos.

– Bebe!

Brigitte está distraída com o chaveiro, a chave em movimento de pêndulo tranquilo.

– Não cansa a minha beleza, Salustiano. Eu já disse que não.

Um silêncio. Ele pensa melhor. Foi burrada. Conhece o gênio de Brigitte. Por mal, nada vai conseguir. Retoma o copo, tentando controlar-se, tem o copo à altura dos lábios.

– Saúde...

Brigitte inabalada.

– Estou bebendo à sua saúde!

– *Gracias...*

Novo silêncio. Nas outras mesas também. Salô está mais animado. É um, pelo menos, que vai faturar. Não é homem de olhar a despesa. Nunca olhou. Quatro uísques já foram. Se ele quiser a dormida, rende um pouco mais. Salustiano mastiga uma pedra de gelo.

– Por que é que você fugiu?

– Cismei.

– Não estava bem, lá?

– Não.

Uma pausa.

– Mas podia, pelo menos, dizer até logo.

– Esqueci. Eu sempre fui fraca em matéria de educação.

– É o seu mal.

– Quem sai aos seus não degenera. Meu pai é sapateiro. Você cansou de me cuspir isso na cara. Pra você, filho de sapateiro é xingo maior que filho da puta...

– E não é?

– Cada um tem de defender a sua classe. É um direito...

Ensaiam armas. Carteira de cigarro americano sobre a mesa. Brigitte estende a mão.

– O cavalheiro permite?

– Por favor, minha senhora!

Apresenta-lhe o isqueiro de ouro, flamejando.

– Obrigada, cavalheiro... ("Xingo já a mãe desse puto...")

– Sempre às ordens, minha senhora... ("A filha da mãe melhorou paca! Ficou ainda mais bonita... Clima dela é puteiro...")

Pensamentos se desencontram. Olhares também. Salustiano acende um cigarro, acompanha a primeira fumaça, encara Brigitte.

– Vamos?

– Pra onde?

Vai dizer humildemente que é para o quarto. Mas perde a cabeça:

– Pra puta que a pariu, tá bem?

Brigitte traz uma dura experiência de pelejas iguais.

– Cada um pro seu lado. Eu vou pra minha, você vai pra sua. Certo?

("Sou um imbecil", rumina Salustiano, "uma besta... O que é que eu tinha de xingar?") Os seios que não pode esquecer ofegam no peito. ("A desgraçada não botou sutiã...") Esmaga no cinzeiro a ponta do cigarro mal começado, leva outro à boca. Procura adoçar a voz.

– Mas você não bebe mesmo?

– Não estou a fim...

– Ahn...

Tamborila com o dedo no copo vazio.

– Então, se você não vai beber, eu vou tomar o seu. Posso?

– Você que tá pagando... Bebe, ué!

Ele bebe. Estranha. Chama Bacurau.

– Que uísque é esse?

– O seu.

– *Scotch*?

– Claro.

– Não tou acreditando muito...

– Quer ver a garrafa?

– Deixa pra lá. Traz outro.

O diálogo irrelevante o acalma um pouco. Agora a voz é mais serena.

– Vamos?

– Pra onde?

– Ué! Pro quarto!

– É... mas hoje não pode ser...

Ele se encrespa.

– Você já se rasgou toda, não é? Sua puta filha da puta! Tava morrendo pra dar pra todo mundo, não é, sua cadela? Quantos?

Brigitte não se altera. A voz tem uma cansada monotonia:

– 20.197... 20.198... 20.199... Vinte mil cento e não sei quanto...

– Eu te dou um tiro na boca, vaca sem-vergonha!

– Tu não é homem pra isso!

– O quê?

– Tu não é homem pra isso!

– Não facilita, cadela vagabunda!

Brigitte apoia os cotovelos na mesa, desafio renovado nos olhos:

– Tu não tem nem coragem de puxar revólver!... Sabe que eu te cuspo na cara, se tu tirar... Puxa, meu puto, puxa, que eu quero te escarrar na fuça! Puxa, se tu tem culhão!

Salustiano se domina. Calam-se ambos. Bacurau traz a garrafa.

– É JB, doutor.

– Não sou doutor, enfia a garrafa no rabo, cai fora!

Bacurau se retira, trêmulo de ódio, Salustiano sente uma quase vertigem, as mãos acompanhando a quentura da testa, que nelas se apoia por segundos. Ficam no ar, meio encolhidas, os braços paralelos, ele olha por entre as mãos, humilde:

– Vamos, querida?

– Ué! Tá gamado por mim? É amor? Não diz...

As palavras se precipitam:

– Volta pra fazenda, meu amor. Eu juro que me caso com você.

Os olhos de Brigitte fulguram.

– Taí! Topei!

– Você topa, querida?

– Topo! Vou te encher de chifre! Fazer como tua irmã com teu cunhado...

– Sua cadela!

– Cadela minha, não. Tua!

– Ordinária!

– Foi sempre o que eu disse! Deve ter puxado pela mãe...

– Eu te mato, Maria do Carmo!

– Brigitte!

– Desculpe. Esqueci que você fazia questão do nome de puta.

– Com muita honra!

– Tem razão... Pra você é título...

– Claro. Antes ser paga do que pagar como tua mãe...

– Eu fecho essa latrina com um tiro, Maria do Carmo!

– Brigitte!

Salustiano faz menção de puxar o revólver.

– Não faz onda, palhaço. Você não tem coragem de trazer...

Uma suprema calma baixa sobre Salustiano. Sem estardalhaço, retira o revólver, coloca-o sobre a mesa, escondido com a mão. Brigitte sorri.

– Ué! Vais matar mesmo? Não faz cerimônia, meu filho... Me mata, se tu é homem... Tás ouvindo, seu porco? Pode matar... Desafio... quero ver.

Ele faz um ligeiro movimento.

– Vai? Vai matar? Mas antes eu vou te dar uma colher de chá, seu corno...

– Eu não sou casado, sua vaca!

– Pois é... antes de tu me matar, seu filho de uma dor de corno, quero te ver ajoelhado, me prestando homenagem...

Salustiano tem lágrimas nos olhos.

– Não me tortura, Brigitte, eu quero paz com você. Eu me ajoelho aqui, se você quiser...

– Não, meu filho, isto aqui é lugar decente... É tudo mulher legalizada na polícia, merece respeito! Vai ser lá no quarto. Eu nua. Tu nu. Te humilhando, seu vagabundo... Pagando pra ter essa honra, tás me entendendo? Pagando antes no guichê, me entregando a ficha...

De repente, Brigitte ergue a voz:

– Ué! Por que a orquestra parou?

Há um sussurro pela boate...

– Salô! O que que há? Não tem música? O doutor tá reclamando...

Quanto riso, oh, quanta alegria!

É o conjunto. Zi Mulatos. Zé Keti. Tentativa de festa. Brigitte é sorriso para Salustiano.

– Esconde a porcaria desse revólver que ele não dá tiro: é brocha... Mas disfarça... Podem te prender por porte de armas.

Casquina, com profundo desprezo:

– O tira é capaz de te acusar de tentativa de assassinato. Artigo 12, pa-
rágrafo 2. Eu tive um freguês que pegou. Mas deixa que eu te defendo. Explico
que tu não é homem.

Irrita-se:

– Esconde essa bosta, já disse!

Salustiano obedece. A voz de Brigitte ressoa de novo, chamando Bacurau. Pede dois *scotchs*. Há um clarão de rafeiro feliz nos olhos de Salustiano.

– Você vai beber também, Maria do Carmo?

– Não. Você que vai beber os dois. Um pela boca, o outro pelo rabo. E
dobra essa língua! Maria do Carmo já morreu!

Sente que está resvalando pela pieguice, reage:

– Sabe onde ela está enterrada, não sabe?

Salustiano calado.

– Sabe no brioso de quem que ela está enterrada? Responde! Sabe ou
preciso dizer?

– Sei. (De cabeça baixa.)

Para salvá-lo do constrangimento e distrair atenções, de uma derradeira
mesa de jovens vai, aos poucos, se elevando um coro inesperado, que procura
se ajustar à batida do samba:

Doze mil é demais
pra qualquer mulher!
Nós damos é oito,
oito, se quiser!

Olhares convergem. Os primeiros sorrisos. Os rapazes se animam,
erguem-se todos, o copo na mão:

Nós queremos mulher.
por doze é demais.
É oito, é oito, é oito só,
o papai não dá mais!

Há um descarrego geral. Aplaudem os homens. Batem palmas as mulheres.

– Bis! Bis!

É canção de protesto. A polícia não topa.

XVII

Com o retorno da normalidade ("Hoje eu engulo dois tubos de comprimido", resolve Salô), Salu(stiano) recupera a personalidade perdida. Olha Brigitte com pena:

– Vocês são umas inconscientes. Por que é que você bateu palma, sua idiota? Estão aplaudindo por quê? Isso é contra vocês!

– Eu estou com as minhas colegas, primo rico!

– Doze não é mais do que oito, sua burra? Vocês ganham mais...

– Por freguês. A gente fatura menos.

– Fatura menos quando é cretina. Vamos pro quarto. Te pago 50!

– Te dou o desprezo!

– Te pago cem!

– Tás muito enganado, meu amor... A tabela é doze!

– Mas eu não sou como esses mortos de fome! Eu posso pagar, tá bem? Posso pagar todo mundo!

– Eu sei. Só com o esterco das galinhas você paga quase vinte mulheres...

– Eu não tenho só o esterco das galinhas, idiota!

– Eu sei, meu bem... Tem o leite das vacas...

– E se eu quiser, mando esses bestas embora, fecho a casa, boto todas essas vacas por minha conta, mando ficar tudo nu!

Brigitte recua na cadeira, cruza os braços, ri:

– Pra quê, meu filho? E tu pode dar conta? Tu tá ficando que nem o teu revólver... Não dá fogo! Toma cuidado! E eu vou avisando: tem muita mulher aí que é religiosa pra chuchu, não gosta de queixo... Quero ver como é que tu vai se arrumar! Há certas coisas que dinheiro não resolve, querido...

– Mas com você resolve!

– Dinheiro, não!

– Eu posso te enfiar um milhão de cruzeiros...

– Onde?

– Na boca... – diz ele, depois de uma hesitação rápida.

– Só que, antes, eu te cuspo na cara! E boto no lixo o teu dinheiro. Piso em cima. A tabela é doze. Doze basta. Eu sou puta. Tenho o meu preço. E vai baixar... Quando você vier comigo, vai ser menos... Oito...

– Eu não pedi abatimento. Pago oitenta!

– Então procura outra.

– Você não aceita?

– De outro, se ele se agradar, aceito. Teu, eu não te dou essa confiança. É na tabela.

Salu(stiano) está desesperado. Procura Bacurau, ansioso, vê que ainda há um copo cheio na mesa, bebe.

– Então vamos na tabela, sua vaca. Pago os doze!

– Tá. Se a tabela não baixar...

Insiste, resoluto:

– Vamos!

– Hoje não, querido!

– Não por quê? Você tá aqui pra servir. É prostíbulo...

– Ih! que palavra bacana! Eu sei... Eu saio na chuva é pra me molhar... Tem até multa. Recebo branco, escuro, roxo, gordo, magro, limpo, sujo, alto, baixo, bem-vestido, malvestido, vivaldino e besta. Pagando, recebo. Puta é puta. Mas hoje, meu filho, hoje não. Nem você nem ninguém...

Ele julga compreender, a voz vacilante:

– Você está a perigo? Então...

– Não adianta escolher outra, se é isso que você tá craniando... Hoje nem eu nem ninguém... Nem por dez nem por cem... Nem por cem milhões! Amanhã, sim. E ou muito me engano, só por oito, tá bem?

XVIII

Salu(stiano) mandara deixar a garrafa na mesa. Sem água. Sem gelo. Água, besteira. Gelo, besteira. Bebe e escuta. Escuta e repete. Já não enxerga direito. O uísque nem sempre cai no bojo do copo, já escorre, já pinga no chão. De repente, se faz luz no seu uísque. As mulheres, de caso pensado, não estão recebendo. É greve geral. Estão combinadas contra a casa. Foi noite branca no Quilômetro Seis. Nem sequer estão bebendo. Idiotas, estão se prejudicando: não ganham. Estão prejudicando Salô: não ganham, não deixam ganhar. E estão prejudicando os Homens! O Homem vem, na maior inocência, perde o melhor do seu tempo! O Homem escolhe, na maior boa-fé, não consegue mulher. O Homem quer pagar, a vagabunda recusa. O Homem quer comprar, não faz questão de preço, não discute essa miséria, é a própria mercadoria quem não quer se entregar! É possível? O mundo acabou? Tudo isso por quê? Porque as mulheres querem se rebaixar ainda mais, querem se vender mais barato! Porque as mulheres querem estar ao alcance de todos! Da massa. Da plebe. Da canalha. De tudo quanto é cachorro de rua!

Sim, ele agora está entendendo. Agora sabe tudo. Brigitte contou. Tão idiota, que não escondeu coisa alguma! As conversas, os cambalachos, os compromissos. Hoje ninguém dá. Ninguém vende. Ninguém recebe. Ninguém bebe! "Pra não dar dinheiro a Salô! Pra tudo voltar a oito mil! Pra qualquer pé-rapado entrar, escolher, papar qualquer uma!" E ele sabe quais são as cabeças! E tem aquela nojenta, que, nem que lhe pagassem, ele aceitaria...

Refreia o tumulto interior. Brigitte está falando ou não, nem sabe. Está é com o vestido de melhor decote. Tem é os seios mais duros do mundo. E o melhor macio de pele. E aquela capacidade sem fim de...

– Pela última vez, Maria do Carmo...

– Brigitte.

– Pela última vez, Brigitte. Vamos?

– Amanhã, se o preço baixar.

– Brigitte, eu estou falando baixo, eu estou calmo. Eu pago o que você pedir. Se você está com medo dessas vagabundas, desguia, finge que vai pro quarto, saímos, vamos prum hotel.

– Puta, meu filho. Filha da puta, não. Bai-bai! – diz Brigitte, saindo para a mesa de Tatuzinho.

Segundos, apenas. Os gritos abalam a casa.

– Polícia! Polícia! Polícia!

Alvoroço. Os tiras surgem. Salô vem correndo. Mulheres fogem.

– Comunistas! Putas comunistas! Putas comunistas!

("O que foi, doutor?" "O que que há?" "Não fique nervoso..." "Calma, doutor...") Numa confusão de gritos e urros, Salustiano procura explicar. Não é doutor. Está havendo uma greve. Infiltração comunista. Salô era um bobo alegre, não tinha notado. Havia subversão no Quilômetro Seis. Havia uma célula entre as vacas... Era uma pouca-vergonha. No Brasil nem trepar sossegado a gente podia, o comunismo não deixava. Até em casa de mulheres eles estão instalados!

– Prende essas vagabundas! É tudo subversivo! Estão em greve, Salô, estão em greve contra você, sabe lá o que é isso? Em greve...

Poucas haviam ficado no salão. Entre elas, braços apoiados na mesa, Tatuzinho. Salustiano dá com os olhos nela.

– E eu sei quem é a alma danada dessa greve! Sei quem é a responsável por tudo!

Debatendo-se entre os braços musicais de Belardo e Canhotinho, só agora Salô começa a entender os mistérios da noite sem michê...

– Quem é essa traidora? Quem é?

– Essa vagabunda aí... A Tatuzinho!

Todos se voltam para a mulher pálida que se ergue. Cuja voz é tranquila e pausada:

– Tatuzinho é apa-pupu-tapa-quepe-opo-paparipiupu!

Foi ganhando velocidade nas últimas sílabas.

– Prende essa mulher! – grita Salô.

Novas companheiras fogem. Os policiais avançam.

– O que que há? – pergunta uma repentina voz autoritária.

Surpresa. Olhares. Espanto.

– É o doutor delegado – diz um tira se encolhendo.

Salu e Salô têm um primeiro recuo. Mas Salô é logo dengue.

– Ah! doutor! Que felicidade! Foi Deus quem mandou o senhor! Seja bem-vindo!

Diz e sente um arrepio espinha acima. Pensa no delegado anterior, que era Benvindo no nome.

XIX

Mas há delegado e delegado, polícia e polícia. Há bom e há mau. Salô é quem sabe. Esse é gentil, é prudente, é cortês. O próprio nome o proclama: dr. Gentil Prudente Cortesão. Até com um pouco de exagero. Coisa rara o nome coincidir com a pessoa. Miss Brasil fora, na pia batismal, Napoleão Valente da Silva. Conhecera na infância um cangaceiro feroz: Benedito Jesus da Conceição. Do Dr. Benvindo fugiam, apavoradas, as mulheres, quando aparecia.

Nisso pensava Salô, mais sereno, ouvindo os conselhos do dr. Cortesão. Fizera fechar a casa por prudência. Pedira gentilmente a Salu(stiano) que ficasse para esclarecimentos.

Cortês, ouvia as partes, bem-humorado.

– Fale agora você, minha filha – dizia a Kátia, mais próxima. – O que é que vocês pretendiam?

– A gente não fizemos por mal, doutor. A gente estamos na... na...

– Diga.

– Não posso, doutor. Me foge a palavra. O senhor compreende, não é? A gente queria forçar Salô a baixar a... a... ficha... Até era bom pro povo...

– Por que vocês não discutiram o assunto com o dono da casa?

Todas querem falar a um só tempo. O delegado compreende as razões de Salô. Compreende as razões das mulheres.

– Tudo por causa da Maria Navalha – diz Marlene. – Salô achou desaforo ele igualar o preço...

O Dr. Gentil Prudente Cortesão acha graça. Conhece a crise geral. Acredita no que dizem as jovens. Já passou na Maria Navalha. Se o Quilô queria acabar com a concorrência, era manter o preço antigo. Preço por preço, o melhor...

– É o que nós achamos, doutor – diz Marilu. – Subiu o preço da Maria Navalha, pra nós é açúcar no mel. Todo mundo vem pra cá...

– Exato! – diz Maria Quibe.

– Quem vai ganhar mais é Salô – diz Berê.

O delegado concorda. Afinal, as mulheres não deixam de ter a sua razão.

– Pra você é melhor... Como é o seu nome, desculpe?

– Raimundo Teofrasto de Souza, seu criado. Me chamam de Salô, brincadeira das meninas.

– Pois é, seu Raimundo...

Não é sorriso. É mais que riso. É risada.

– Até que pra você é melhor – fala, sério, o delegado. – Você ganha mais.

– Doutor, não é por questão de dinheiro. Eu não sou ganancioso. Era pra defender o interesse das artistas...

Paciente, o delegado mostra-lhe o engano. Se era verdade o que diziam...

– É verdade, doutor! Eu fazia pelo menos dez fregueses por semana – diz Lídia. – Hoje não faço nem por mês!

Outras confirmam. Há vários depoimentos.

– Teve noite antigamente de 240 fichas – diz Sueli.

– Uma só... aliás, 239, querida...

– O mês passado não teve noite de 50...

Cortesão procura uma solução honrosa. Por que não dez mil?

– Não dá, doutor! Oito já é fogo...

– Então vocês estudem...

Volta-se para Salô. Está muito calor. Não tem um uisquezinho? Salô quase desmaia de vergonha. "Ah! doutor, desculpe! Estava tão perturbado..." Bacurau sai correndo, volta com o *scotch* ("são servidas?"), o dr. Cortesão bebe à saúde de todos.

Vencido pelo voto geral, constrangido pela presença do delegado, querendo conquistar-lhe as boas graças, acreditando no argumento mais forte ("preço por preço, o melhor...") Salô assina a ata de rendição. Volta aos oito mil.

– Viva o dr. delegado!

– Viva Salô!

– Viva o Brasil!

Cortesão sorri, provando o uísque.

– É do seu gosto, doutor?

– Não é mau.

– Se o doutor não levasse a mal, só pra comemorar... o armistício...

– Você vai beber também?

– Não, doutor, eu respeito muito... Mas, pra comemorar, eu pedia licença pra oferecer... aliás, tomei a liberdade...

Hesita. Bacurau vem chegando. Está cansado. Não é bem um diplomata:

– Já deixei a caixa lá no carro, seu Salô...

O delegado ri alto.

– Uma caixa? Você não está exagerando, Raimundo? (O olhar de Salô petrifica o riso de Tatuzinho.) Eu sou pouco amigo de uísque...

– Mas esse é escocês...

– Mesmo assim...

– Mas o doutor não recebe os amigos... seus amigos não gostam?

Cortesão é cordato.

– Bem... Para os amigos, vá lá...

Com um gesto se despede. Vai saindo, Salô e as mulheres o acompanham. Salustiano fica, retém Brigitte pelo braço. Cambaleia.

– A greve acabou, Maria do Carmo?

– Brigitte.

– A greve acabou, Brigitte?

– Você viu.

– Então vamos?

– A casa já fechou. E eu tou morrendo de dor de cabeça. Volta amanhã.

Salu já não tem muita reação.

– Só amanhã, meu amor?

– Só, meu filho. Em compensação, é quatro mil mais barato...

XX

Debalde as mulheres pelejaram. A princípio pedidos isolados. Depois pedidos coletivos. "Pelo amor de Deus..." "Tenha pena, Salô..." "Pelo amor que você tem a sua mãezinha..." "Lembre-se de que ela vai ser mãe também..."

"Você sempre foi tão generoso..." "Não seja vingativo..." "Ela não fez por mal..." "Foi pensando na gente, querendo ajudar..." "Foi até por você mesmo... É mais movimento na casa..."

Debalde insistiram. Salô inflexível.

– Não! Isso, pra mim, é um ponto de honra! Já cedi em matéria de preço. Desci pra dez. Voltei pra oito. Passo pela vergonha de' ter uma casa em que as mulheres custam o mesmo preço daquelas rampeiras da Maria Navalha. Isso arrasa com uma pensão. Isso desmoraliza qualquer estabelecimento! É preço de cinema poeira! Só falta a gente entrar no programa do Chacrinha! Pra mim, minhas filhas, é um fim de carreira... Eu estou arrasado! Me igualei a Maria Navalha! Nunca pensei que era capaz de descer tanto!

Deixa-se afundar numa cadeira. A cabeça cai na mão demunhecada, o cotovelo apoiado na mesa. Um pensador a seu modo. Volta ao mundo, ergue os olhos, o indicador é um não insistente:

– Mas isso, não! Tatuzinho, não! Eu perdoo todas! Eu esqueço o prejuízo desta noite. Passo uma esponja... Não me queixo de ninguém. Saio pra outra! Mas Tatuzinho, não!

– Mas pensa um pouco, Salô! Ela está doente...

– Pode até tar morrendo! Não! E ainda por cima xingou, na frente de todo mundo, um dos melhores fregueses da casa!

– Mas foi na língua do pê – argumenta Brigitte.

– Ofende muito mais! – sentencia Salomé, doutor em puta-que-o-pariu. – Ofende muito mais! Na minha terra, quem chama um homem de félha da póta nunca mais abre a boca. Abotoam na hora! Língua do pê é pior...

– Mas o cara nem ligou – diz Berê.

– Porque é um homem fino, um cavalheiro...

– Eu sei! – diz Brigitte.

– De qualquer maneira – diz Salô – isso é pra mim um ponto de honra. Eu prefiro fechar a casa. Ou ela sai fora, hoje – mas hoje mesmo! – ou não se abre, hoje de noite, aquela porta!

Ergue-se, inflexível.

– Falei e tá falado.

Tem um último aviso:

– E quem não gostar, pode sair também. Pode sair com ela. Porta da rua, serventia da casa!

Dá alguns passos, volta.

– E tenho dito, suas vigaristas, mulheres de liquidação, trepada de Maria Navalha, comunistas!

XXI

Não foi surpresa. Tatuzinho ouviu, tranquila, a explosão de Salô. Estava sendo expulsa. Nem mais um dia na casa!

– Hoje de noite você não me aparece no salão, entendeu?

– Pois não, seu Raimundo...

O que mais endoidecera Salô fora exatamente um sorriso igual, em igual momento. "Seu Raimundo" era o fim...

– Pode ir arrumando as malas. Não quero saber da sua presença, de jeito nenhum, no Quilô. Comunista, não!

A voz muito calma, Tatuzinho explica:

– Acho que as malas eu não posso fazer. Vou ter que deixar... Vou sair com a roupa do corpo, Deus e a minha barriga. As malas ficam.

Salomé se desfaz em gestos frenéticos.

– O Quilômetro Seis nunca foi depósito municipal, sua... Não guardo coisa nenhuma!

– Eu tenho que deixar...

– Não admito!

– Estou devendo uma porção de diárias...

Salomé hesita. Avalia mentalmente o que possui Tatuzinho em relação às dez ou quinze diárias ("está lá no livro, quem sabe é Sofia Loren..."). Pergunta, depois de uma pausa:

– Você vai pra Maria Navalha?

– Maria Navalha tá caro. Tá custando o preço do Quilômetro Seis. Com esta barriga, eu não sou mulher de oito. Vou pra Porto Novo do Cunha, até as coisas melhorarem.

– Vais passar de cavalo a burro...

– O que eu não quero é passar de um veado pra outro...

Difícil o entendimento. Tatuzinho entornava tudo. Salô, ao saber que ela não ficaria na Maria Navalha, já estava disposto a perdoar-lhe os atrasados. Mas Tatuzinho apelava para a ignorância, ofendia, não havia acordo possível. Era o fim. Dá-lhe as costas.

– Se vire! Nem quero ver a sua cara! Nunca mais!

E se afasta.

As amigas se aproximam. Dobrar Salô, tentativa sem resultado. De ficar, não há jeito. Entrar em casa nova, naquela altura da gravidez, é quase loucura.

No Quilô, pelo menos, era conhecida, fregueses antigos, alguns ajudavam. E tinha amigas para as horas duras.

– Você não devia ter xingado o Salustiano...

– Lavei a égua, minha filha!

As garotas riem.

– Mas você precisava ter gozado o Salô? Tu é doida!

– Deixa pra lá. Mais vale um gosto de que quatro milhões...

Estão agora no quarto de Tatuzinho, que faz os seus cálculos. Tem três michês na caixa. Vinte e quatro mil. Nove são de Salô. Sobram quanto?

– Dezoito – diz Berê.

– Quinze – corrige Tatuzinho.

Calculou melhor, deve apenas onze diárias, são vinte e dois. Tem quinze a receber, faltam sete. Pode deixar dois vestidos...

– Acho que não é preciso. Salô perdoa. No fundo ele é um cara legal...

– Não, minha filha. Prefiro perder. Eu tenho o meu orgulho!

– Os vestidos vão fazer falta. Você já mandou alargar?

– Já.

– Taí. Nem Salô pode fazer nada com eles...

– Tive uma ideia – diz Kátia. – Você vende pra Eliana. Estão grandes, servem pro Gina Lollobrigida. Quando o xexelento aparecer, ele usa e paga pra ela...

Brigitte discorda.

– Acho que você não deve vender. Vai fazer falta. O restante a gente arranja com as garotas.

Tatuzinho agita a cabeça:

– Não, minha filha. Agradeço muito, mas não quero. Dinheiro de mulher eu não aceito. Meu negócio é homem...

Tem um, palpitando no ventre. Barriga pontuda quase sempre é homem. No primeiro parto fora assim. Morreu depois, desidratado. Mas a barriga era em ponta e saiu macho, um bebê que era um sonho, estava ali no retrato, de bunda pra cima, olho arregalado.

XXII

O ônibus de Porto Novo passava em frente ao portão pouco depois de 16 horas. Havia sempre lugar, não era preciso reservar passagem. O ajuste de contas foi fácil. Eliana comprou um dos vestidos, o mais velho, por 30 mil. Gina compensava bem, pagaria o prejuízo. Tatuzinho não devia saber que a compra de Eliana era apenas um meio de passar-lhe às mãos a colheita que Brigitte, Kátia e Berê haviam feito entre as colegas. O próprio Salô ("se falarem que eu dei, eu viro onça!") entrou com 5 mil. As duas malas reuniam todos os seus bens, água de colônia, perfumes baratos, cartões de Natal, velhos retratos, um transistor sem pilha.

Passa de 15:30.

– Bem, minhas pistoleiras, eu vou girar. Se não encontrar mais vocês, felicidade pra todas!

Abraços, beijos, olhos vermelhos.

– Nós vamos até o ponto do ônibus.

– Vão não. Besteira. Os passageiros vão pensar que morreu alguém. Tá tudo com nariz de missa de sétimo dia... Deus me livre!

Consente que apenas Brigitte a acompanhe. Alguém precisa ajudar, carregando uma das malas.

Vão subindo a ladeira, rumo à estrada. Os passos, pedrinhas que saltam do chão ressequido.

– Se o Salustiano voltar – diz Tatuzinho – esfola o filho da mãe...

– Esfolo – promete Brigitte.

Pedrinhas saltando. Estão no alto. Agita no ar um último adeus para as colegas. Na curva distante o ônibus aponta. Sinal. Marcha diminuindo. Malas na mão.

– Bai-bai, Brigitte.

O ônibus para. Estende o rosto para o beijo da amiga.

– Vai com Deus, Ermelinda.

Os olhos de Tatuzinho se iluminam.

– Você se lembrou, Maria do Carmo?

– Veio de repente.

Tatuzinho sorri.

– Mas pode me chamar de Tatuzinho... Não tem importância...

Sobe no carro, ajudada pelo trocador. Pode ser que Deus se lembre dela em Porto Novo do Cunha.

Glossário de nomes
e expressões

Abobrinha [p. 28 – Quer me pagar dez **a.** cada pingolada?]: nota de mil cruzeiros, cor de abóbora, com a efígie de Pedro Álvares Cabral.

Ademã [p. 136 – Adoro quando ele bate a campainha: **a.**!]: bordão com que o jornalista Ibrahim Sued se despedia dos telespectadores em seu programa de TV nos anos 60/70 (do francês *à demain*: até amanhã).

Analfa [p. 101 – Nem a Raimunda, que é **a.** de pai e mãe]: analfabeta.

Bolinha [p. 23 – **B.**, mora?]: droga estimulante (anfetamina), para cortar o sono.

Cafa [p. 102 – Dá até pro administrador da fazenda – um **c.**!]: cafajeste.

Cafifa [p. 192 – **C.** não se usa mais. É luxo.]: cáften; cafetão.

Espeto [p. 170 – aguentar a noite sem faturar e sem beber, é **e.**!]: chatice; pessoa ou situação difícil.

Fancho [p. 82 – ele dá pros **f.** dele, de cada vez, muito mais do que o que a gente ganha]: fanchono; homossexual.

Farinha (camisa a vender) [p. 108 – A mão direita arruma a camisa, que vendia **f.**]: a camisa que se usa com as fraldas (partes inferiores) por fora das calças.

Filostroque [p. 187 – Já tava meio **f.**]: baratinado; desorientado.

Flórida [p. 25 – Poça! É **f.**!]: eufemismo de foda.

Frank Sinatra [p. 85 – O chato nele é tirar onda de **F.**]: Francis Albert Frank Sinatra (1915-1998) cantor e ator norte-americano.

Gamado [p. 55 – Estava **g.** por ele. Doidinho.]: apaixonado; louco de amor.

Ibrahim Sued [p. 136 – tudo quanto é vigarista da alta que aparece no **I.**]: jornalista e apresentador de televisão carioca, de origem árabe (1924-1995).

Jambrar (botar pra) [p. 68 – Bota pra **j.**!]: o mesmo que botar pra quebrar.

Jimbo [p. 166 – O que eu não quero é que entre **j.** pra Salô]: dinheiro.

Juscelino Kubitschek [p. 203 – **J.**, o realizador de Brasília]: Juscelino Kubitschek de Oliveira (1902-1976), 21º presidente do Brasil.

Lisol [p. 26 – No dia em que eu ficar com os seios assim, bebo **l.**]: nome comercial de substância química, usada como veneno.

Lotar (não) [p. 34 – Não **l.**]: o mesmo que não encher (a paciência).

Marlene Dietrich [p. 151 – um olhar que **M.** lançou na década de 30]: nome artístico de Marie Magdalene Dietrich (1901-1992), atriz e cantora alemã, naturalizou-se norte-americana em 1939.

Maria Antonieta [p. 203 – beijando a leve mão que **M.** lhe estende]: Maria Antonieta Josefa Joana de Habsburgo-Lorena (1774-1792), rainha consorte da França e Navarra.

Minxar [p. 139 – **M.** Vaquinha. Garanto que vai ficar tudo em pé, esperando o show]: o mesmo que mixar; diminuir; malograr.

Morar (em algo) [p. 21 – E te despacha, **m.**?]: entender; compreender [algo].

Muamba [p. 71 – Eu vou precisar dessa **m.**]: contrabando; coisa furtada.

Nerusca de gaita [p. 166 – **N.** de gaita!]: nada de dinheiro; neca de dinheiro.

Pechiché [p. 20 – aumenta a pilha no **p.** desarrumado]: do francês *psyché*, móvel de quarto dotado de espelho reclinável; penteadeira, toucador.

Peso [p. 24 – Esse é que dá **p.**]: azar; falta de sorte.

Pifa [p. 179 – Hoje eu tomava era um bom **p.**]: pifão; bebedeira.

Pílulas [p. 160 – Se a mulher não vale o preço da casa, **p.**!]: expressão de desdém ou de aborrecimento.

Pissirico [p. 27 – Macho que me visse assim, o **p.** nunca mais levantava]: o pênis.

Poça [p. 25 – **P.**! É flórida!]: o mesmo que puxa ou poxa.

Pronto [p. 52 – Há cinco anos era um **p.**, hoje tá milionário]: duro; sem dinheiro.

Roberto Campos [p. 159 – Salô era o **R.** das putas]: Roberto de Oliveira

Campos (1917-2001), economista e diplomata, ministro do Planejamento no governo Castelo Branco.

Rustido [p. 21 – E se enfia, muito ágil, no *blue jeans* **r.**]: gasto, desbotado.

Santos-dumont [p. 159 – Eu estava com medo de um **s.**]: referência à cédula de dez mil cruzeiros, que trazia a efígie de Santos Dumont (1873--1932), o Pai da Aviação.

Saps [p. 127 – com o ex-gerente do **S.**]: sigla de Serviço de Alimentação da Previdência Social, órgão que deu origem à Cobal (Companhia Brasileira de Alimentos).

Sem-pescoço [p. 25 – O **s.**?]: referência a Humberto de Alencar Castelo Branco (1897-1967), primeiro presidente da ditadura militar, governou de 1964 até sua morte em acidente aéreo.

Simoque [p. 20 – Tem um de **s.**]: corruptela de *smoking*.

Sufragante (no) [p. 137 – morreu no **s.**!]: na hora; no mesmo instante.

Tenório [p. 201 – No jornal do **T.**?]: Natalício Tenório Cavalcanti de Albuquerque, conhecido como Tenório Cavalcanti (1906-1987), advogado e político alagoano, com base eleitoral em Duque de Caxias (RJ), fundador do jornal *Luta Democrática*.

Tomates (os) [p. 59 – Dava pra ajudar minha mãe? Os **t.**!]: exprime raiva ou indignação, equivalente a "os culhões!".

Toutiço [p. 44 – palmadinha no **t.** gordo]: nuca.

Transistor [p. 29 – Alguém, no 22, liga o **t.**]: aparelho de rádio.

Tuia (por fogo no risco ou rastilho de) [p. 81 – Marlene toca fogo no risco de **t.**]: expressão equivalente a "botar lenha na fogueira" ou "atear fogo à pólvora" (tuia ou fundanga é o nome que se dá à pólvora usada em trabalhos de magia, na umbanda).

Zarur Sem Sopa [p. 126 – **Z.** (era a cara do Zarur, mas não dava colher de chá a ninguém)]: Alziro Abrahão Elias David Zarur (1914-1979), jornalista e escritor, fundador e primeiro presidente da Legião da Boa Vontade.

Zequinha de Abreu [p. 176 – Mas **Z.** também fracassa]: José Gomes de Abreu (1880-1935), compositor e instrumentista brasileiro, natural de São Paulo.

Nota biográfica

Orígenes (Ebenezer Themudo) Lessa foi um trabalhador incansável. Publicou, nos seus 83 anos de vida, cerca de setenta livros, entre romances, contos, ensaios, infantojuvenis e outros gêneros. Como seu primeiro livro saiu quando ele contava a idade de 26 anos, significa que escreveu ininterruptamente por 57 anos e publicou, em média, mais de um livro por ano. Levando em conta que produziu também roteiros para cinema e televisão, textos teatrais, adaptações de clássicos, reportagens, textos de campanhas publicitárias, entrevistas e conferências, não foi apenas um escritor *full time*. Foi, possivelmente, o primeiro caso de profissional pleno das letras no Brasil, no sentido de ter sido um escritor e publicitário que viveu de sua arte num mercado editorial em formação, num país cuja indústria cultural engatinhava. Esse labor intenso se explica, em grande parte, pela formação familiar de Orígenes Lessa.

Nasceu em 1903, em Lençóis Paulista, filho de Henriqueta Pinheiro e de Vicente Themudo Lessa. O pai, pastor da Igreja Presbiteriana Independente, é um intelectual, autor de um livro tido como clássico sobre a colonização holandesa no Brasil e de uma biografia de Lutero, entre outras obras historiográficas. Alfabetiza o filho e o inicia em história, geografia e aritmética aos 5 anos de idade, já em São Luís (MA), para onde a família se muda em 1907. O pai acumula suas funções clericais com a de professor de grego no Liceu Maranhense. O menino, que o assistia na correção das provas, produz em 1911 o seu primeiro texto, *A bola*, de cinquenta palavras, em caracteres gregos. A família volta para São Paulo, capital, em 1912, sem a mãe, que falecera em 1910, perda que marcou a infância do escritor e constitui uma das passagens mais comoventes de *Rua do Sol*, romance-memória em que conta sua infância na rua onde a família morou em São Luís.

Sua formação em escola regular se dá de 1912 a 1914, como interno do Colégio Evangélico, e de 1914 a 1917, como aluno do Ginásio do Estado, quando estreia em jornais escolares (*O Estudante*, *A Lança* e *O Beija-Flor*) e interrompe os estudos por motivo de saúde. Passará, ainda, pelo Seminário Teológico da Igreja Presbiteriana Independente, em São Paulo, entre 1923 e 1924, abandonando o curso ao fim de uma crise religiosa.

Rompido com a família, se muda ainda em 1924 para o Rio de Janeiro, onde passa dificuldades, dorme na rua por algum tempo, e tenta sobreviver como pode. Matricula-se, em 1926, num curso de Educação Física da Associação Cristã de Moços (ACM), tornando-se depois instrutor do curso. Publica nesse período seus primeiros artigos, n'*O Imparcial*, na seção Tribuna Social-Operária, dirigida pelo professor Joaquim Pimenta. Deixa a ACM em 1928, não antes de entrar para a Escola Dramática, dirigida por Coelho Neto. Quando este é aclamado Príncipe dos Escritores Brasileiros, cabe a Orígenes Lessa saudá-lo, em discurso, em nome dos colegas. A experiência como aluno da Escola Dramática vai influir grandemente na sua maneira de escrever valorizando as possibilidades do diálogo, tornando a narrativa extremamente cênica, de fácil adaptação para o palco, radionovela e cinema, o que ocorrerá com várias de suas obras.

Volta para São Paulo ainda em 1928, empregando-se como tradutor de inglês na seção de Propaganda da General Motors. É o início de um trabalho que ele considerava razoavelmente bem pago e que vai acompanhá-lo por muitas décadas, em paralelo com a criação literária e a militância no rádio e na imprensa, que nunca abandonará. Em 1929 sai o seu primeiro livro, em que reuniu os contos escritos no Rio, *O escritor proibido*, recebido com louvor por críticos exigentes, como João Ribeiro, Sud Mennucci e Medeiros e Albuquerque, e que abre o caminho de quase seis decênios de labor incessante na literatura. Casa-se em 1931 com Elsie Lessa, sua prima, jornalista, mãe de um de seus filhos, o também jornalista Ivan Lessa. Separado da primeira mulher, perfilhou Rubens Viana Themudo Lessa, filho de uma companheira, Edith Viana.

Além de cronista de teatro no *Diário da Noite*, repórter e cronista da *Folha da Manhã* (1931) e da Rádio Sociedade Record (1932), tendo publicado outros três livros de contos e *O livro do vendedor* no período, ainda se engaja como voluntário na Revolução Constitucionalista de 1932. Preso e enviado para a Ilha Grande (RJ), escreve o livro-reportagem *Não há de ser nada*, sobre sua experiência de revolucionário, que publica no mesmo ano (1932) em que sai também o seu primeiro infantojuvenil, *Aventuras e desventuras de um cavalo de pau*. Ainda nesse ano se torna redator de publicidade da agência N. W. Ayer & Son, em São Paulo. Os originais de *Inocência, substantivo comum*, romance em que recordava sua infância no Maranhão, desaparecem nesse ano, e o livro será reescrito, quinze anos depois, após uma visita a São Luís, com o título do já referido *Rua do Sol*.

Entre 1933, quando sai *Ilha Grande*, sobre sua passagem pela prisão, e 1942, quando se muda para Nova York, indo trabalhar na Divisão de Rádio do Office of the Inter-American Affairs, publica mais cinco livros, funda uma revista, *Propaganda*, com um amigo, e um quinzenário de cultura, *Planalto*, em que colaboram Mário de Andrade, Sérgio Milliet, Tarsila do Amaral e Di Cavalcanti. Antes de partir para Nova York, já iniciara suas viagens frequentes, tanto dentro do Brasil quanto ao exterior – à Argentina, em 1937, ao Uruguai e de novo à Argentina, em 1938. As viagens são um capítulo à parte em suas atividades. Não as empreende só por lazer e para conhecer lugares e pessoas, mas para alimentar a imaginação insaciável e escrever. A ação de um conto, o episódio de uma crônica podem situar-se nos lugares mais inesperados, do Caribe a uma cidade da Europa ou dos Estados Unidos por onde passou.

De volta de Nova York, em 1943, fixa residência no Rio de Janeiro, ingressando na J. Walter Thompson como redator. No ano seguinte é eleito para o Conselho da Associação Brasileira de Imprensa (ABI), onde permanece por mais de dez anos. Publica *OK, América*, reunião de entrevistas com personalidades, feitas como correspondente do Coordinator of Inter-American Affairs, entre as quais uma com Charles Chaplin. Seus livros são levados ao palco, à televisão, ao rádio e ao cinema, enquanto continua publicando romances, contos, séries de reportagens e produzindo peças para o Grande Teatro Tupi.

Em 1960, após a iniciativa de cidadãos de Lençóis Paulista para dotar a cidade de uma biblioteca, abraça entusiasticamente a causa, mobiliza amigos escritores e intelectuais, que doam acervos, e o projeto, modesto de início, toma proporções grandiosas. Naquele ano foi inaugurada a Biblioteca Municipal Orígenes Lessa, atualmente com cerca de 110 mil volumes, número fabuloso, e um caso, talvez único no país, de cidade com mais livro do que gente, visto que sua população é atualmente de pouco mais de 70 mil habitantes.

Em 1965, casa-se pela segunda vez. Maria Eduarda de Almeida Viana, portuguesa, 34 anos mais jovem do que ele, viera trabalhar no Brasil como recepcionista numa exposição de seu país nas comemorações do 4º Centenário do Rio, e ficará ao seu lado até o fim. Em 1968 publica *A noite sem homem* e *Nove mulheres*, que marcam uma inflexão em sua carreira. Depois desses dois livros, passa a se dedicar mais à literatura infantojuvenil, publicando seus mais celebrados títulos no gênero, como *Memórias de um cabo de vassoura*, *Confissões de um vira-lata*, *A escada de nuvens*, *Os homens de cavanhaque de fogo* e muitos outros, chegando a cerca de quarenta títulos, incluindo adaptações.

É nessa fase que as inquietações religiosas que marcaram sua juventude o compelem a escrever, depois de anos de maturação, *O Evangelho de Lázaro*, romance que ele dizia ser, talvez, o seu preferido entre os demais. Uma obra a respeito da ressurreição, dogma que o obcecava, não fosse ele um escritor que, como poucos no país, fez do mistério da morte um dos seus temas recorrentes. Tendo renunciado à carreira de pastor para abraçar a literatura, quase com um sentido de missão, foi eleito em 1981 para a Academia Brasileira de Letras. Dele o colega Lêdo Ivo disse que "era uma figura que irradiava bondade e dava a impressão de guardar a infância nos olhos claros". Morreu no Rio de Janeiro em 13 de julho de 1986, um dia após completar 83 anos.

Eliezer Moreira

Leia também, de Orígenes Lessa:

O feijão e o sonho

O feijão e o sonho é a história do poeta Campos Lara e sua mulher, Maria Rosa – ele, um homem sonhador voltado para o seu ideal de criação, disposto a todos os sacrifícios para viver de sua literatura; ela, uma mulher de pés no chão, valente e batalhadora, às voltas com o trabalho da casa e a criação dos filhos, inconformada com o diletantismo do marido e sempre a exigir dele mais empenho, mais feijão e menos sonho, para garantir o sustento da família. Um tema ao mesmo tempo social e intimista, explorado com humor e uma discreta ternura, permeada da visão crítica que caracteriza o autor.

Publicado em 1938, recebido com admiração por leitores e críticos, *O feijão e o sonho* conquistou em 1939 o Prêmio António de Alcântara Machado, da Academia Paulista de Letras. Em pouco tempo entrou para o grupo seleto dos grandes romances brasileiros, como *A Moreninha*, *O Guarani*, *Dom Casmurro* e *O Ateneu*, entre outros que são reeditados com frequência e nunca deixam de atrair leitores de todas as idades.

Tendo ultrapassado a marca das cinquenta edições, a obra-prima de Orígenes Lessa foi três vezes adaptada para a teledramaturgia e alcançou enorme sucesso e popularidade, tornando-se um clássico indiscutível da literatura brasileira.

Rua do Sol

A prosa de *Rua do Sol* se identifica fundamentalmente apenas com outra obra da mesma delicada extração, do mesmo gênero autobiográfico, o igualmente lírico *Olhinhos de Gato*, romance da infância de Cecília Meireles por ela mesma, no qual vamos encontrar os mesmos traços essenciais de inocência e de maravilhamento ante a descoberta do mundo, paralelamente ao minucioso registro de certos aspectos pitorescos da vida cotidiana no meio em que vivia a criança, como ocorre também no caso deste livro.

Romance da inocência, na definição exata de Adolfo Casais Monteiro, *Rua do Sol* tem ainda o condão, isto é, a inesperada virtude de estender uma luz de entendimento sobre toda a obra de Orígenes Lessa, porque a criança que vai aqui retratada é como se fosse a mesma, ou as mesmas, que povoam a grande maioria dos seus livros.

IMPRESSÃO E ACABAMENTO: GRAPHIUM